作者简介

艾伟，1966年生。当代作家。著有长篇小说《风和日丽》《爱人有罪》《爱人同志》《南方》，中短篇小说集《乡村电影》《水中花》《小姐们》《水上的声音》《整个宇宙在和我说话》等。作品多次获奖，其中《爱人同志》获《当代》文学奖，《风和日丽》获《人民文学》长篇小说双年奖及春申原创文学年度最佳小说奖，多部作品曾登中国小说学会年度小说排行榜。部分作品被译介到国外。

《越野赛跑》首发于《花城》杂志 2000 年第三期

人民文学出版社版(2001年)

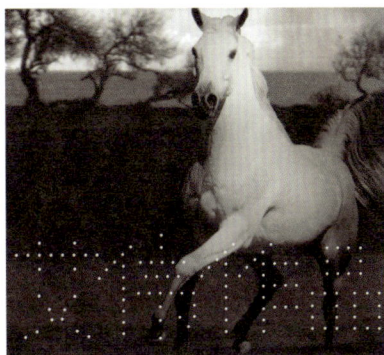

浙江文艺出版社版（2011年）

《花城》首发 最新修订本

纪念珍藏版

越野赛跑

艾伟 著

SPM

南方出版传媒

花城出版社

中国·广州

图书在版编目（ＣＩＰ）数据

越野赛跑 / 艾伟著. -- 广州 ：花城出版社，
2016.10
　　（《花城》首发）
　　ISBN 978-7-5360-7947-2

　　Ⅰ．①越… Ⅱ．①艾… Ⅲ．①长篇小说－中国－当代
Ⅳ．①I247.5

中国版本图书馆CIP数据核字(2016)第129709号

出 版 人：詹秀敏
策划编辑：林宋瑜
责任编辑：揭莉琳　林菁
技术编辑：凌春梅
装帧设计：刘红刚

书　　名	越野赛跑	
	YUEYE SAIPAO	
出版发行	花城出版社	
	（广州市环市东路水荫路11号）	
经　　销	全国新华书店	
印　　刷	恒美印务（广州）有限公司	
	（广州南沙经济技术开发区环市大道南路334号）	
开　　本	880毫米×1230毫米　32开	
印　　张	12.625　6插页	
字　　数	260,000字	
版　　次	2016年10月第1版　2016年10月第1次印刷	
定　　价	54.00元	

如发现印装质量问题，请直接与印刷厂联系调换。
购书热线：020－37604658　37602954
花城出版社网站：http://www.fcph.com.cn

……到处都同样是一场不知道通往何处的越野赛跑。

——威廉·福克纳

目录
Contents

第一章

马儿的来历

1

　　光明村不大，交通也不发达，通往外面世界的只有一条把村子一分为二的横贯南北的石子路（这条路有个社会主义式的名字叫机耕路）。村里的人出去的少，进来的也不多，来的都是货郎或别的诸如扫烟囱者、锡匠、箍桶匠等手工劳动者。村的东边是田野，但平地不算多，不远处就是山，越往东山就越多。山里边还有一个叫天柱的地方，老是出现一些奇怪的事情。村的西边有条江，这条江是孩子们的乐园，他们在夏天可以去游泳，在别的季节可以去钓鱼。对大人来说，这条江意味着他们不可能朝西走，除非他想自杀，因为江上没有桥。江对面有一些村庄，村里人认为那里比这边热闹——其实这也不一定。这样的环境应该称得上安静的，但环境好不一定村庄就平静，后来光明村就出了很多事情，也称得上轰轰烈烈。

一九六五年秋天的某个晚上，光明村突然开进一支军队，是人民解放军。解放军讲纪律，不太愿意麻烦老百姓，他们不声不响地在天柱山脚下搭起了帐篷，住了下来。他们虽然是一支庞大的队伍，可行军时静悄悄的，他们的到来当然引出几声狗吠，但光明村的人都睡得比较死，因此不知道军队进驻了。村民是第二天才知道这件事的，他们对解放军有安全感，他们虽然不知道军队为何而来，可他们知道军队不是来打仗的。因为没仗可打，国民党早已逃到台湾去了，美国佬也被我志愿军和朝鲜人民击溃了，光明村在南方，离苏修比较远，要打也找不到敌人。

军队开进来的第二天早上，村头突然飞奔而过几匹马，这是村里人感兴趣的。事实上，就是因为村民见到马儿疾驰而过，见到马背上的解放军，才猜到军队开进了村子的。那天还有点雾，光明村一有雾，风景就有点像国画。村子东边的群山几乎隐了去，村子各家各户房子前后的苦楝树丛像是浮在半空中，一些飞鸟在看不见的地方聒噪，它们八成栖息在附近的电线杆上梳理自己的羽毛。村里的大人和孩子都喜欢早起，起床后他们就聚在村头的高音喇叭下谈天。高音喇叭要晚些时候才响。人们喝着茶，开着粗俗的玩笑。玩笑的内容大都是昨晚上床上的事情。就在这个时候，马儿从村头奔驰过来，由于雾气太重，马儿像是从天而降。这就是说，马儿像天兵天将一样驾着云朵而来。事实上，社员们事后都是这么说的，他们说：难怪美帝苏修都怕我人民军队，原来解放军比天兵天将还神呢！南方没有马，社员们是第一次见到马，所以对马儿很感兴趣。

对解放军的威武村里的人看法是一致的，但其他方面就有点分歧。比如刚才究竟飞过去几匹马，这些马是白马还是黑马，就有不同的说法。开始时意见很多战线极混乱，但争了一会儿，基本上分成两派。一派以老金法为代表，认为刚才跑过去三匹马，马是白的；另一派以守仁为代表，也认为刚才跑过去的马儿是三匹，但马儿是黑的。老金法参加过游击队，因此自认为是村里的元老，平时好发表个意见在所难免。但光明村的人对老金法不是很买账，关于老金法在部队的身份也有多种说法，这几种说法都不够高大英勇。比如有人说老金法在部队只不过是个养猪佬；又比如有人说他在部队什么都不干，也不是部队的人，只负责替游击队淘粪坑；再比如还有人传说老金法为什么只养猪只淘粪是因为他是个胆小鬼，打仗时像缩头乌龟，只打了一次仗游击队就不让他去前线了。虽然这几种说法对老金法不利，但老金法是共产党员，是村支部里的人，在村里说话有一定的分量，所以附和的人不少。再说守仁，年纪不大，也没参加过革命战争，但他要求进步，入了党，也是村支部里的人，代表着村里的少壮派，当然也有支持的人。于是两派争个你死我活。这边说是黑马，那边说是白马。就在这个时候，光明村的支书冯思有走了过来。冯思有是光明村普遍承认的老革命，资格老、威信高，脾气相对也大，整天黑着脸，随时要训人的样子。虽然冯思有样子比较可怕，但社员们认为冯思有其实是个心肠不错的人。总之，冯思有的革命经历是确信无疑的，因为他的身上有好几处伤，货真价实。那光滑的疤痕在他身上散发着光荣的光芒和气息。他是光明村真正的权威。当人们为某事争执不下时，只有他才能一锤定音，不管他说得对还是错。冯思有站在两派的中间，听两派描述自己认为是白马或黑马的依据，让冯思有定夺。虽然冯思有并没看到刚才奔驰而过的马，但他还是板着个脸，坚定地说：马是白马。双方这才平息下来。

那边成人的争议刚刚平息，村头的粪坑上，两个孩子也发生了争执。他们为谁最先见到马争了起来。这两个孩子一个叫小老虎，一个叫花腔，两人都是十四五岁。这样小的年纪老实说拉大便是没有规律的，但他们发现大人们都是每天早上坐到粪坑上拉大便，于是他们也人模狗样地早早起床到粪坑上大便，意思是说他们也长大了，可以和大人平起平坐了。只是这两个孩子相互看不惯，相互不服气。那叫小老虎的孩子，很有点领袖天赋，光明村的孩子都听他的，都愿意和他交朋友。那叫花腔的脾气有点怪，不太合群，平时独来独往。不知怎么的，花腔就是看不惯小老虎，觉得小老虎自以为是，因此如果小老虎说东，花腔一般都会说西。小老虎对花腔当然也有看法，他觉得花腔没有理由和他对着干。小老虎很想找个机会好好教训教训花腔。

现在机会来了。

事情起因是这样的。小老虎和花腔正在大便，马儿从天而降，从他们面前跑过。小老虎见到马儿很兴奋，立马从粪坑上跳下来，高呼道：我见到马了，我见到马了，是我第一个见到了马。这时，花腔也从粪坑上跳了下来，不以为然地说：你叫什么呀，是我先见到马儿的。小老虎听了这话，很扫兴。别的孩子可不敢在他面前这样说，就是这个人一点都不买他的账，因为这个人自称能够目穷千里，还能透过衣服和皮肉看到别人的五脏六腑。小老虎可不信这个鬼，他就把眼瞪圆了，问：你说什么？花腔冷笑了一声，说：是我最先见到马，马儿还在半空中我已经看到了。小老虎想，我今天一定要给他点颜色看看。于是他就过去给了花腔一拳。两人就打起来了。

刚刚争论完的成人见到两个小家伙在粪坑前大打出手，觉得又有事做了，他们就走过去看两个孩子打。这也是光明村的风俗，光明村的人喜欢看牛斗架，也喜欢看小男孩摔跤，孩子们打架他们就在一旁起哄。见有人起哄，两个孩子就越打越勇。但一会儿，两个孩子没了气力，把各自的手搭在对方的肩上原地打转。成人看着不过瘾，纷纷走了。两个孩子就自动放开了，因为他们觉得谁也制服不了谁，如果再打下去只能两败俱伤。他们之所以自动放开当然也有些外来因素，因为田间广播突然响了起来，他们俩都没有精神准备，吓了一跳。这一吓就各自收起了搭在对方肩上的手。手是收起来了，口没有收起来，依然对骂。小老虎说：这次便宜了你，下次剥你的皮。花腔当然也不甘示弱，他骂：我下次不但要剥你的皮，我还要抽你的筋。

他们骂的时候，田间广播开始播中央人民广播电台的《新闻和报纸摘要》节目。一个女播音员正在铿锵有力地说："《海瑞罢官》宣扬了什么？……所以，《海瑞罢官》是一株毒草,影响很大,流毒很广……"但光明村没人能听懂广播里说的是个什么意思。

2

光明村究竟谁最先见到马?不是花腔也不是小老虎,而是步年。为什么这么说?因为那天早上,步年在另外一个村里替人出殡。这个村在光明村的南边,而马是从南边来的,因此步年最先看到了马。

步年当然不是殡仪馆的,光明村四近还没有实行什么火葬呢。这一带人死了比较复杂,出殡有一套仪式。尸体放到棺材里后,由八个人抬着把棺材埋到山上的墓里去,但棺材前面要有一群人敲锣打鼓,吹拉弹唱,棺材后面死者的亲戚要披麻戴孝,号啕大哭。步年就是棺材前面吹拉弹唱中的一员。他们吹的是《孟姜女哭长城》,这曲子是步年选定的。他们如果替婚礼吹奏就用《社会主义好》或《歌唱祖国》,但出殡用就不太好,于是步年想了想就选了个《孟姜女哭长城》。当时有人提出光吹一个太单调,步年又想了想,另外预备了一个《莫斯科郊外的晚上》。步年想,反正苏联也变修了,吹这个曲子给死人听也不算反动。这个曲子弹唱班子的人没听过,步年只好一句一句教他们。

出殡的队伍缓慢地朝山上爬去。步年把唢呐吹得很卖力。步年是棺材前那一伙的首席乐手,气氛好不好全仗他的唢呐了。步年不但卖力,吹得还蛮有创造力,他把《莫斯科郊外的晚上》中的某几个音无限拉长，这样，听起来就有一种悲叹的效果。

当然步年吹得这么卖力这么有创造性是有原因的。

步年今年十九岁，是光明村的天才。这样说他是因为他懂得很多东西，别人感到为难的事他一学就会。他很能赌，会吹唢呐，还喜欢演戏。光明村的人都不知道他是怎么学会这些玩意儿的。后来人们发现他其实也不比别人聪明，要说聪明的地方就是他总是能够和一些怪人交上朋友，他的许多玩意儿都是向怪人们学来的。比如村头的瞎子水明，他能打扑克，因为他能摸得出每一张牌，所以眼睛瞎也没问题。每张牌平平光光的，可瞎子就能摸得出。步年很奇怪，就同水明交朋友。水明就给步年教了一二，步年没多久即能摸得出每张牌了，虽偶有失误，但如果同人打扑克，步年这点功夫是足够了。

躺在棺材里面的那个死者也是个怪人。此人不是光明村的，本来步年一伙是不给别村的人送葬的，但有一天，这个人自己找上门来了。

这个人叫高德，七十多岁了，无后。他找到步年，对步年说：步年，我和你朋友一场，我这辈子对你没任何要求，只有一事相托，我死后，你要把你的吹拉弹唱班子叫过来，给我送葬。步年知道这个老头有点疯，以为他说这疯话是开玩笑，所以就说：你好好的人，怎么想到死了，你是不是活腻了。老头说：钱我带来了，五十元，这点钱是给你们兄弟的辛苦钱，到时你们要好好给我吹打一番。步年看到钱就笑了，他说：高德老板，你这个资本家，就认钱字，你如果死了，你不花钱我也给你去吹。老头说：你如果不拿着钱，我就会不放心，我都要死的人了，你让我放心点好不好？说着老头把钱塞给步年，然后转身走了。

几天以后，步年才知道老头没开玩笑，老头在绝食，谁劝都不行，他就是想死。高德老头这样，村里的人也拿他没办法。他们村的人认为高德老头是个高人，他有料事如神的本事。这个结论村里人当然是经过几十年的观察才得出来的。从前，高德是资本家，在城里开了一家大煤场，生意一直不错，但一九四八年，他不想开这个煤场了，他把煤场分给了工人们，自己回到乡下来了。他到乡下后，还劝那些富人把地卖了得了，换些钱享受享受，结果高德被乡绅们骂得要死。这些富人因不听高德话，在一九四九年一个个人头落地，但高德在解放后政府一直把他当作开明绅士、社会贤达，日子过得比较滋润（他这个人懂得享受）。这以后，村里人认为他是个预言家。现在预言家活得好好的，却去绝食，村里人还是有点想不通，但因为高德老头永远正确，村里人想不通也就不去想它了。

步年听说高德老头绝食时，老头已生命垂危。步年打听到老头不但给他钱，还给了别人钱。也就是说老头把自己的后事都安排好了。老头考虑得相当周到，比如，谁替他的尸体擦脸（因为绝食时，他的口水横流，脸弄得很脏，所以死了需要擦脸。干这活可得二十元），谁背尸体（可得五十元），谁抬棺材（可得一百元），等等。步年这才知道事情的严重性，等他赶到老头那里，老头已奄奄一息。老头睁开眼，看了看步年，他的眼神已十分遥远。老头张了张嘴，从嘴里发出一种古怪的声音，像是从肺部里出来，细若游丝，音节则像鸭叫，又没有鸭叫那么响亮，或者说他发出的声音就像是喉头有痰时说出的话。步年好不容易才听清楚老头在说什么。

老头说：多看看报纸，多听听广播。

老头吃力地抬起那只早已没有力气的右手，做了个用来强调语气的手势。步年发现老头的眼神里充满惊恐。

步年按老头的要求叫了他的伙计给老头出殡。由于上述原因，他吹得如此卖力就不难理解。在黄泥小路上，在棺材的前头，步年把《莫斯科郊外的晚上》吹奏得如诉如泣，可谓撼天地而泣鬼神。步年一边吹一边想，这个高德老头临死还不忘做一回他的老师，竟叫他多看报纸。步年可不想看报纸，他一看报纸头就大。他觉得还是这样穷乐来得有趣，来得自由自在。

步年正这么想的时候，天空中出现异象，他抬头一看，原来是三匹马儿。这是步年第一次见到马，以前只在图画中或电影中看到。这时，步年手中的唢呐停吹了。他一停，他的伙伴也都停了下来。他们站着不动看疾驰的马儿。他们还看到了马背上的军人，都说，是解放军，是解放军。他们停下来，后面抬棺材的也只好停下来。这一带的规矩，半道上不能把棺材放下来，否则就要倒霉。抬棺材的立在那儿，双腿打战。抬着走的时候借着棺材上下的颠力，可以省点力气，如果站着不动，就很累人。抬棺材的人就骂步年他们：你们发什么呆啊，是不是见到大头鬼啦。他们说话的当儿，也都见到了马儿。

步年见后面的人骂，好像从梦中醒了过来。他听到远去的马蹄声清脆悠扬，就跟着马蹄声的节奏吹了起来。于是，《莫斯科郊外的晚上》变得欢快起来。后来步年觉得自己很对不住高德老头，人死了还吹得那么高兴，他真担心老头从棺材中爬出来把他训一通。那老头儿可是非常好为人师的。

3

步年对新事物有很强的好奇心，他想弄清马儿从天而降是怎么回事。步年马上打听到军队开进了天柱。军队进来了，粮草也要接着运来。这一带交通不便，汽车没法子开进来，军队只好用马运送给养和情报，这样光明村的人有幸见到了马儿。

步年替高德老头吹打完后，回村已是午后。早上的雾气已散，天气晴朗。因为是秋天，虽然太阳很大，也不算太热。步年来到村头，看到小老虎领着孩子们在村头的香樟树下撒野，花腔却独自一人爬在不远处的一棵树上，眼睛望着南方。小老虎这边却没像花腔那样专注，他们在马儿没出现以前显然对欺负人更感兴趣。小老虎觉得解放军骑在马上真是威风，他很想尝尝骑马的味道，他对一个胖孩说：趴下。胖孩不解其意，说：你叫我干什么？小老虎说：我要把你当马骑。胖孩显然对这个提议不太接受，他说：你那么重我怎么吃得消？这时，另一个瘦子跳将出来，他说：你不愿意就算了，骑我的吧。小老虎没骑到瘦子身上，而是瞪起眼睛看胖子，他的眼睛瞪起来有点吓人，瞪得胖子要哭了。胖子坚持了一会儿，趴到地上说：好吧。小老虎爬到他身上说：我为什么要骑你？因为你胖，像一头猪，骑起来舒服。

　　小老虎的行为步年全看到了。步年觉得小老虎太不像话了，决定管管他。步年把小老虎从胖子身上拉下来，训斥道：你怎么这样欺负人，他是人你怎么能当马骑。小老虎被步年一拉差点摔倒，他没想到步年会来管这事，光明村的成年人不愿管孩子们的事，小老虎认为步年很没资格，反唇相讥：是他自己愿意的，关你屁事。步年问胖子：是你自己愿意？胖子见有人为他打抱不平，就说：我不愿意。步年又训小老虎，说：你都听到了？人家根本不愿意嘛，现在是社会主义，你还想同旧社会的地主资本家一样骑在穷人头上作威作福？步年这样一说，小老虎就有点被镇住了。但小老虎也不是这么好唬的，他眼珠骨碌一转，又有了说辞：你是大人，你欺负我算什么本事，嗽，你也就在我们小孩子面前占点便宜。步年听到这话，火一下子上来了，过去一把抱住小老虎，举过头顶，想把小老虎抛到烂泥田里去，转念又想，小老虎终究是个孩子，就不同他计较了。他把小老虎扔到地上。小老虎恶狠狠地瞪了步年一眼，说：此仇不报，誓不为人。步年听了小老虎的话，轻蔑地笑了笑。（步年没想到，就在这天晚上，他家屋顶的瓦片被一阵冰雹似的石子砸得千疮百孔。这是小老虎领着他手下的孩子所为。）

步年正笑着，花腔走了过来。花腔的脸上挂着幸灾乐祸的笑容，显然步年教训小老虎，他感到很舒坦。花腔走过香樟树时，拍了拍手，头朝天，大声地说：马儿不会来了，因为我看到马儿从前面的一条小路跑过，跑到天柱去了。

一个孩子说：你说什么，你说什么，你说马儿跑过了？我们怎么没看见。

花腔说：你们怎么会看得见，你们给地主资本家做牛做马，你们怎么会看得见。

步年听了花腔的话，不禁多看了花腔几眼。步年想，现在的孩子怎么一个个老三老四的。

步年没有相信花腔的话，他继续等在村头，希望能见到马。这天，马儿如花腔所言没有出现。步年等到天黑就回家弄晚饭去了。

吃过晚饭，步年朝天柱那边望了望，打算去天柱看一看。其实很多人（部分大人和几乎所有孩子）都想去天柱看看解放军，看看那些威武的马，但他们都不敢去。部队早已通过上级有关部门给光明村下了通知，光明村的人不得擅自靠近天柱，否则会有危险。这个通知田头广播在下午已经播过了。一些内行的人绘声绘色讲解放军在天柱的情形。其中，老金法讲得最起劲。如前所述，老金法曾是游击队员，自以为懂军事，讲得比较专业。他说：军队在天柱，老百姓当然是不能靠近的，解放军虽然是人民子弟兵，军民鱼水情，但老百姓那么杂，谁能搞得清谁是好人谁是阶级敌人，脸上又没有写着。我们这里虽然离苏修远，但离台湾近呀，说不定台湾特务说来就来了呢？解放军的警惕性肯定高，他们睡在帐篷里，四周有人站着岗。解放军站岗，手里拿的可是真家伙，子弹上了膛，如果有人敢靠近，就可能给崩了。老金法这么一说，许多人点头附和，原本想去天柱看看的人，都打消了念头。一些人把老金法的话记在心上，在吃饭时没忘警告一下自己的孩子。

即使大人们不警告孩子们，孩子们也不敢晚上去天柱。天柱那地方实在有点特别，老发生一些稀奇古怪的事情。

在村民的感觉里，天柱好像不在地球上，而是在他们的想象之中。可事实上，光明村东边的群山中，确实存在这么一个神奇的地方。这么说吧，天柱可是个天然昆虫博物馆——当然光明村的人也叫不来昆虫这样文绉绉的词语，他们一概叫它们为虫子。有些什么虫子呢？翻一下书可以查出它们的学名，它们是：天蛾，石蝇，大蜓，螽斯，鹿角蚪等等。也有一些人们比较熟悉的虫子，如蝴蝶，各种各样的都有，五彩缤纷。世界上的色彩和图案，没有比昆虫更为神奇的了，比如天蛾，它有一双无比巨大的眼睛，几乎占据了它整个头部。天蛾的眼睛很像动物的眼睛，眼珠很小，眼白的面积占百分之八十，因此黑眼珠看上去就像是高光下的一粒豆子，坚硬，冷漠，看上去很惊悚。天蛾的色彩是黑色和黄色组合而成，呈斑马状。又比如独角仙，头部很小，头上有类似雄鸡的冠，头上的角画出一道优美的弧形，犹如一道彩虹，它的身体如同金属铸造而成，外壳由暗红色、青色、黄色构成，图案规则对称，通体无毛，极富光泽。所有这些东西都让人觉得诡异，色彩和图案，好像不是在人间，而是来自另外的人们无法想象的世界。这么多的虫子在天柱飞来飞去容易让人分不清现实和幻觉，以为自己是在太虚幻境之中。天柱不光虫子多，植物也同别处不一般，比较原始，有些藤蔓生出的叶子大得惊人，像梧桐叶子。也只有天柱长得出这样的藤蔓，若把这些藤蔓移到别处，开出的叶子就像爬山虎那样细小了。总而言之，天柱这地方有点神奇。光明村的人倒也习惯了，初来乍到的人见到这里的一切，常常觉得自己在做梦。据这些陌生人描述，在天柱，他们常常会看到远处向他们走过来的人像某种爬行的昆虫，走到近处才变成人。光明村的人听到那些外地人这么说，并不感到奇怪，人要是在梦中什么事都会发生。

所以，晚上要去天柱那地方是要有一定勇气的。不但要不怕军队手里的枪，还要不怕天柱的虫子和种种传说。步年去，实在是他太想近距离见见马儿了，如果能顺便骑一骑马当然最好不过。想想骑着马儿的感觉，步年的心早已像虫子那样飞到天柱山上面了。

步年来到一座山顶，停下来，往下看。他看到天柱山下面的湖边果真有军队的帐篷，并且如老金法所言，军队荷枪实弹，三步六岗，煞有介事，好像一场大战即将来临。军队出现在天柱这个地方，看上去像一群外星人。步年看不清自己，不知道自己是不是变成了一只虫子，比如天蛾什么的，眼睛是否变成了复眼。就在这时，三匹马儿进入了他的眼帘，他的心跳加速，血液流动欢畅，他觉得自己像虫子一样飞了起来。步年看清楚了，那三匹马两匹是白的，一匹是红棕色的，毛色纯正，没有一根杂毛，每一根毛在月光下闪闪发光。步年又走近一点，他看到马儿突然变形，变成了一只在地上爬的蜈蚣，眼睛很骇人。一会儿，他才明白看到的原来是马儿在水中的倒影。这时，步年出了一些问题。他先听到一只虫子嗡嗡嗡地从耳边飞过，接着有一支硬硬的家伙抵着他的后脑勺。他回头一看，是个士兵。士兵把他抓了起来。步年想，怪不得人家说解放军是天兵天将，果然神，刚才周围还没人影，眨眼就出来一个解放军，难道解放军都变成虫子隐藏了起来？

士兵捆住了步年的手，用一条黑布蒙住了步年的眼，把步年关到一间帐篷里，再没人理他。

步年蒙着眼呆在帐篷里，弄不清白天黑夜。他心里急，感到时间流逝得很缓慢，因此，他认为至少在帐篷里呆了三天。关于时间，村里一些长者认为，天柱的时间和光明村的时间不一样，在天柱，时间按自己的方式流逝着。这种说法来由已久，至少在光明村流传了千年。可见时间的相对性早已被光明村的人发现。不知过了多少时光，步年听到悠扬的军号响起，接着传来一阵马啸声。马啸声尖利温热，步年听了热泪盈眶。他的泪水浸透了蒙着他的黑布。湿透了的黑布让步年觉得眼前更漆黑。他的视觉没有了，听觉和嗅觉发达起来。他听到了一般人听不到的声音，那些低频鸣叫的虫子，嚓嚓嚓的，让人浑身发痒。他还闻到一般人闻不到的气味，比如光明村特有的含着大便芬芳的气味。这样的听觉和嗅觉要是在平常绝对可以称得上特异功能。

步年突然嗅到了村支书冯思有的气味。他正走在来天柱的半道上。冯支书的气味真是复杂，烟草的臭味相当浓烈，还有狐臭。过去当游击队员时他知道自己有狐臭，但当上光明村的支书后，他就忘记了自己有狐臭，因为他自己闻不到，别人也不敢向他提。步年还从这复杂的气味中分辨出冯支书儿子的尿腥味。冯支书结婚迟，儿子还只有十一岁，照说这岁数也不会尿床了，可他儿子还尿，据说还是个夜游神。这复杂的气味虽不好闻，但步年闻着很快乐，简直令他飘飘欲仙。可见香和臭是相对的，对香和臭的爱好也是有条件的。要说步年为什么飘飘欲仙，是因为步年认为支书冯思有是来救他的。

事实也是这样的，当冯思有书记的气味溢满整个帐篷时，步年眼睛上的黑布被摘了下来。摘下来时，世界却并不存在，眼前一片空白，非常耀眼的空白，这空白刺得他眼泪涟涟。一会儿，世界才回到他跟前，他看到了怒气冲冲的支书冯思有和几个严肃的军人。他听到冯思有支书操着一口生硬的官话，教训起他来。

冯支书说：你捣个什么乱，你偷偷跑到部队里来干什么？你要来你就光明正大地来，你却躲在山上，像一个想偷吃马肉的人，可你还自以为自己是个侦察兵，你这样鬼鬼祟祟的样子，就像电影里的国民党。告诉你，步年，我军是一支高度警惕的部队，哪怕你变成天柱的虫子，我军也能把你抓起来。我军眼睛是孙悟空的火眼金睛。跟我回去。

听到最后一句话，步年露出天真的笑容。

4

步年从解放军那里回来的路上，冯思有支书都在说官话，不说乡话。步年想，支书官话说上瘾了。说官话也好，官话里脏话少，听着就不像乡话那样触目惊心。只是支书的官话说得实在太糟，磕磕巴巴的，听着让人着急。他真想替支书骂骂自个儿，好让支书歇一口气。如果是步年来骂自己，那一定比支书来得深刻。

他会这么骂：步年啊步年，你想干什么？你如果想搞情报，台湾蒋家王朝又没发你工资；你如果想骑马，你好好一个劳动人民自己长着腿骑什么马。告诉你步年，你有脚你就自己走，就是毛主席长征时也不骑马，自己走，把马儿让给战士骑。再说了步年，你都十九岁了，如果你去天柱和女人偷情，我也能理解，但你去看马儿，我就犯糊涂，难道马儿比女人还好不成？步年啊步年……

步年这么想着，就到家了。他不知道刚才支书都说了些什么。他站在屋子面前，问支书：还有什么话说，要说屋里说。支书站在他家门口，古怪地看着他。一会儿，支书说：步年，你的屋顶怎么这样啦？你的瓦怎么全被砸啦？你昨天不住在家里你的瓦就被砸了，步年你没仇人吧？步年这才看到他的屋顶被砸得千疮百孔。他猜来猜去猜不出是谁干的，后来，他断定是他的兄弟步青搞的鬼。他把冯思有支书送走，就黑着脸去找步青。

步年和步青是双胞胎。两个人谁也搞不清谁是兄谁是弟，因此相互不服气。步青打小就不喜欢说话，有点自以为是，还喜欢出风头——当然步年也很喜欢出风头。光明村的人都认为步青这孩子不够仁义，这个结论基本上是公正的。在学校

时，步青就喜欢揭人家的短，还喜欢打小报告，什么事都往老
师那儿告。虽然不是班干部却像班干部那样好指挥人。吃共
产主义大食堂时，光明村的人都认为大师傅粥煮得太稀，大
家都感到虽然吃得饱胀饱胀的，但一会儿就饿。步年滑头，就
想了些办法。他发现食堂的大师傅没吃稀饭，而是偷偷地在
吃馒头。步年就神不知鬼不觉偷了几个。那时候，步年的爹早
就死了，母亲还活着，步年还算孝，把馒头分一个给母亲。母
亲舍不得吃，给了步青吃。步青这才知道原来步年在偷馒头
吃。于是他就把这事告到支书冯思有那儿，说步年破坏共产
主义事业。这事如果冯思有想往大里搞，也可以搞得轰轰烈
烈，不但可以给步年戴帽子，还可以让食堂的大师傅吃不了
兜着走。但冯思有支书不想大搞，他认为一大搞局面就会很
复杂，于是他就训告状的步青。他骂，什么馒头，我没见过食
堂有什么馒头，一定是你看花眼了。步青这孩子，从小有心
计，他没把馒头吃完，还留了半个做证据，他拿出来给冯思有
看，说：这就是馒头，现在你看见了吧？冯思有一把夺过馒
头，塞进嘴里，含糊地说道：没有呀，我没有看到馒头呀。步
青才知道冯思有也很腐败。这事后来步年知道了，于是步年
找步青打架，两个人是双胞胎，长得一样高，力气一样大，所
以也分不出胜负，两败俱伤，都打出了血。母亲一死，兄弟两
个索性分了家。他们家没什么东西，只有两间破屋子。西边的
屋子比东边的好，兄弟俩都想要，互不相让，差点为此又打了
起来。结果，还是步年想出了办法，步年赌性比较重，平时有
事没事都喜欢让老天做主，他建议用抓阄来决定。抓阄的结

果是步年分到了较好的西屋。步青没办法只好接受这个结果。步青这人比较多疑，他想为什么西屋偏偏让步年抓走了呢？这里面有没有什么猫腻呢？步年善于赌博步青是知道的，步青听说步年向水明瞎子学了摸牌的绝技，是作弊的高手。步青认为很难讲这次抓阄步年没有做手脚。步青心里对这次分房很不服。有一回，步青找到步年提出重新抓一回阄，步年当然不同意。

步年见自己家的屋顶被人砸了，理所当然认为是步青干的。他黑着脸去找步青。步青在村尾，正和姑娘们聚在一块。步青如今长得非常英俊，很讨姑娘们喜欢。步青喜欢把自己装扮得很骄傲，表情总是很冷峻，眼神也很锐利，非常深沉了。村尾有一个池塘，有三个姑娘正在池塘边洗衣服。步青站在一边和姑娘们说笑。三个姑娘争着和步青说话，一个说：步青，你有没有脏衣服？你去拿来，我给你洗，你娘没了，你都是自己洗衣服的吧？另一个说：步青，你什么时候上城的话同我说一声，我也想上一趟城，我想去城里买一块布料回来。她们叽叽喳喳说着，步青几乎插不进嘴，只好在一旁矜持地笑，他知道自己很讨姑娘们喜欢。这时，步年跳了出来，步年跳到步青跟前，骂道：冯步青，你过来，你为什么要砸我的房顶，你他娘的为何这样用心险恶。步青冷冷地看了看步年，没理他，继续和姑娘们说话。步年见步青这个样子，怒气倍增，他冲过去，抓住步青的衣襟，吼道：他娘的，冯步青，分房的事是由抓阄定的，是听天由命的事，你为什么要不服？你不服就是对天不服，对天不服，你就不会有好下场。步青一脸严肃，不以为然地冷笑一声，说：我没砸你的房顶，你把手放开，否则，我就要不客气了。步年根本不相信步青的话，他讥笑道：你没砸我房顶？难道我房顶是自己碎掉的？你还是不是男人？自己干的事要有勇气承认。见他们兄弟俩吵架，正洗衣服的三个姑娘围了过来，七嘴八舌地在一旁劝架。她们说：你们是兄弟呀，有事好好商量呀，干嘛打架呀。步年见有人围过来，就想让人评评理。步年说：他是我什么兄弟呀，他砸我的房顶呀。姑娘们却站在步青这一边，她们说：不会吧，步青不会干这种事的。步年在姑娘面前出步青的丑让步青觉得很没面子，步青黑着脸警告步年：你不要再闹了，再闹我就动手了。步年讥笑道：嘿，你砸了我房顶，你还有理了，你还威胁我。步青二话不说，就抱起步年把他掷到池塘里，然后头也不回地走了。还是姑娘们把步年从池塘里捞起来的。

　　事后，步年知道自己确实冤枉了步青。屋顶不是步青砸的，而是小老虎所为。步年就找到小老虎的父母，要求赔偿。小老虎的父亲把小老虎打了一顿，还叫人替步年盖好了屋顶。步年这人一向乐观，屋顶修好了后，就把小老虎砸房的事情忘记了。

5

　　步年每天想着能再见到马，当然最好能尝尝骑在马上的滋味。他甚至认为，只要能让他骑一会儿马，他这辈子就不算白活了。他晚上老是梦见马，在清晨快要到来时，他的睡梦中全是杂乱无章的马蹄声。后来，他意识到，他可能不是梦中听见了马蹄声，而是真的听见了。有了这个想法后，他索性不睡觉，整夜站在村头。果然，清晨时分，部队的马跑过光明村，机耕路上尘土飞扬。

一天清晨，步年照例来到机耕路。他看到村头的香樟树下，躺着一匹白马，一个士兵蹲在马的旁边。马儿正喘着粗气，呼嚓呼嚓的，像打铁用的风箱发出的声音。步年不知道发生了什么事，走了过去。步年看到马儿在痉挛。马儿的前腿正在刨地上的泥，刨出的泥飞出足有十米远，其中一些泥土还落在步年的身上。马儿的脖子伸得很直，像一根被拉伸的钢筋。士兵跪在马背后，他在不停地给马的腹部按摩。步年看到士兵的手上满是鲜血，他小心翼翼地靠近士兵，从士兵的肩膀上望去，看到马的屁股上正有一团血淋淋的东西挤出来。原来马儿正在生小马。步年靠近士兵时就像他投影在地上的影子那样无声无息，因此，忙碌着的士兵不知道背后站着一个人。当步年问士兵需不需要帮忙时，士兵吓了一跳，一个转身从腰间拔出手枪，问：谁？步年连忙举起手说：是我呀，我看到马儿正在生小马，我看你一个人忙不过来，我想帮帮你呀。士兵认出了步年，松了一口气，说：原来是你，你他妈的总是这样鬼鬼祟祟的，吓了我一跳。不过你来得正好，你去挤马的肚子，我来把小马拉出来。你瞧，这小马不是头先出来的，是腿先出来的，我担心难产呢。步年照士兵的吩咐钻到马肚子下面挤。士兵的一双血手正握着小马的双腿，咬着牙在往外拉，头上都是汗水。他又不敢拉得太重，怕把小马拉断。

步年挤着老马的肚子，他似乎摸到了肚子里小马的头，心不住地狂跳起来，小腹暖洋洋的，有美妙无比的亲切感，就好像这小马是他的儿子。早晨的气息和马儿的血腥味混杂在一块，犹如一杯醇厚无比的美酒，令步年心醉。

就像是绳子突然断了，只听得咕噜一声，士兵终于把一团东西从老马的屁股里拉了出来，士兵向后一个趔趄，捧着小马跌倒在地。小马吱吱吱地欢叫着在他怀里乱拱。这时，老马狠狠地踢了步年一脚，把步年踢出一米远，然后回过身来到士兵面前舔小马身上的羊水和血污。士兵放了小马，小马竟会一拐一拐地走动，它来到母马跟前，用嘴去拱奶子。母马一边让小马吃，一边舔小马。一会儿，小马吃饱了，它的毛发也全干了。同母马一样，是一匹白马。小马在母马身边撒起欢来。天亮了，步年看到士兵的脸上露出快乐的微笑。士兵擦了擦脸上的汗，看了看远方。远方晨曦初露，山色如墨，一条道路融化在五十米之外的晨雾之中。士兵把目光从远方收回来，回到小马身上。士兵抚摸了一下小马，想了想，对步年说：我还有任务，这小马你可以给我照看几天吗？步年简直不敢相信这是真的。本来，他觉得能摸摸老马小马，已经很满足了。现在，士兵竟然还要叫他照看小马，他当然是求之不得。他咽了一口口水，高声地说：我一定会好好照顾小家伙的，你放心好了。我不下地，专门照顾马，我会向冯支书请假的，他一定会同意的，因为这是拥军马。士兵笑了笑，拍了拍步年的肩，说：我回来后，会来把小马领走。说完，士兵骑上老马，一声驾，马儿慢慢地向村南跑去。步年抱着小马，站在那里，目送士兵远去。

这以后，步年把全部心思都放在小马身上了。他常把小马带到江边，让马儿吃江边的嫩草。他从不把马儿带到机耕路上去，担心路过机耕路的解放军把马儿接走。他有一个小小的私心，他想多养几天小马。他的心里很矛盾，一方面他盼望那个士兵到来，马儿是解放军的，总归要还给他们的；另一方面，他又害怕士兵的到来，因为那意味着要把他最心爱的东西献出去。

直到有一天，驻扎在天柱的解放军一夜之间撤走了，就像他们静悄悄地来到光明村，他们去时也悄无声息。步年听到这个消息，心欢快狂跳。这意味着什么，这意味着这匹可爱的小白马永远地归他所有了，意味着小马永远地留在了光明村。

第二章　情感问题

1

部队开走后，这匹马一直由步年养着。过了一年，小马儿变得十分壮实，它虎头虎脑的样子，十分可爱。步年把马养得这么好，实在算是个奇迹，要知道步年从来就没有养马的知识，如果养一只狗或一只猫，步年能轻松对付，养马儿步年得从头摸索。可步年摸索得很好，马儿一直很健康。不过社员们认为，马儿并不如想象的那么娇生惯养，至少它在南方并没有发生水土不服的问题。

光明村的牛儿关在牛棚里面。牛棚很脏，臭气熏天，步年当然不能让马儿住在那样的地方，他把马儿关在自己的屋子里。如前所述，步年所住的西屋也不算最好，步年这个人平时比较懒散，不怎么爱打扫卫生，但终究是人住的地方，自然比牛棚干净得多。一般人的看法是马儿比人脏，马儿占领步年的屋子会把步年的房间弄得像牛棚，可事实上，自从马儿住进步年的屋子，步年突然变得勤快了，他把屋子打扫得窗明几净。每天傍晚，步年都要给马儿洗澡。步年自己不愿意洗澡，即使干活干得汗流浃背也不愿意擦一把，但步年天天给马儿洗澡。步年不喜欢洗澡是因为光明村还没有自来水，用的、吃的水是从西边的江里一担一担挑来，这是要花力气的，为了少花力气，节约用水，步年也就省去了洗澡。但步年给马儿洗澡，舍得用水。他把一只水缸吊到半空中，再用一根皮管把水接下来。这样，水就源源不断地落在马儿的身上。马儿的毛发被洗得一尘不染，浑身散发着银光。马儿洗完澡，步年就拿新鲜的青草喂马。他把青草放到地上，然后自己躺在青草上面，马儿吃草前，先舔步年的脸，和步年亲热一番。马儿的舌头舔在他的脸上，他感到全身暖洋洋的，就好像自己落在温暖的水中。他想起读书时，语文课本上描写的被毛主席温暖的大手一握时的情感，猜想一定同他此时的感受差不多。马儿舔他的时候，他用手捧住了马儿的脖子，双脚搁在马儿背上。这时，马儿的脖子上传来一股力量，变得像一根木头那样硬，然后这根硬木头缓慢向空中提升，马儿的前腿离地，划向空中，它的头部向空中一伸，发出一声叫啸。步年有一种飞翔的感觉，他把捧着马脖子的手放掉，让自己重重地落在草堆上。马儿开始吃草。步年在一旁有滋有味地看马儿吃。

　　步年给马儿起了个名字。小马的性别是雌性，因此即使小马看上去很威武名儿也不能起得太刚烈，应该起得温柔一点。想来想去，步年想到了两个名字。一个是主演《一江春水向东流》的白杨，一个是主演《霓虹灯下的哨兵》的陶玉玲。这两位演员步年最喜爱，可以说是步年的梦中情人。两位演员各有优点：白杨皮肤白，形象端庄，体态优美；陶玉玲喜庆、活泼，笑起来两个酒窝很有感染力。他一时不知怎么取舍。后来他决定叫马儿为陶玉玲，这是考虑到白杨在电影里扮演的是旧社会被压迫的妇女，命太苦，步年怕起这个名字小马的命也跟着苦起来，相比之下陶玉玲生活在新社会，有朝气，也比较符合小马的虎虎生气。于是，步年就叫小马为陶玉玲。没多久，光明村的人都知道马儿叫陶玉玲。

步年喜欢骑着马儿去城里玩。光明村的人尤其是孩子们对步年可以骑马进城很羡慕。他们进城只能步行去，要翻几座山，越几道岭，去一趟城很不容易。每次步年进城，村头就有一队孩子夹道欢送。开始的时候，孩子们幻想步年能带上他们，但步年从来不让孩子们碰他的马。后来，孩子们死了心，就站在村头编顺口溜数落步年。当他们知道步年给马儿起了个陶玉玲的名字后，他们编的顺口溜是这样的：

冯步年啊是光棍，
日日夜夜想女人。
每天晚上和谁困？
马儿当作陶玉玲。

不但孩子们编顺口溜数落步年，光明村的成年人也常常笑话步年，说马儿是步年的老婆。其实这个说法程度还不够强烈。老实说，光明村的人对待老婆没有步年对待马儿好。光明村的男人绝对不会像步年侍候马一样侍候老婆的，相反常常是女人侍候男人的，一旦侍候得不周到，男人还会对老婆大打出手。但步年是不会动马儿一根毫毛的。后来，还是守仁想到了这一点，守仁结合自己的情况，这样想：我是个常常打老婆的人，因此老婆一钱不值，但我在乎我那未出嫁的小姨子，希望她做我的小老婆。如果她做我的小老婆，我愿意像步年侍候马那样侍候她。从这件事情上，守仁受到启发，认为马儿不是步年的老婆，应该是步年的小老婆。守仁于某天早晨在村头把这个想法公布出来。大家认为这个说话比较准确。

综上所述，可以这样认为，步年和马儿的情感非常好，好得有点儿特别。但光明村的人认为这情感虽特别，还是劳动人民朴素的情感。因为无论如何，马儿和牛儿一样，是劳动人民的动物，大家在描述劳动人民在旧社会的悲惨生活时总是用"做牛做马"来形容，这就是证明。

2

一九六六年春天的某天，步年骑着马儿进城去了。这天，他的兄弟步青陷入了恋爱的痛苦之中。

光明村的男人都喜欢嬉皮笑脸的步年，但女人们喜欢一本正经的步青。如前所述，光明村有好几个姑娘爱上了步青，有几个胆子较大的姑娘还给步青送信物。有一个姑娘用麦秆子扎了一把扇子，在扇子上绣了一对鸳鸯，她认为这些花纹就足以表达她的心思了。

这些送信物的姑娘中，值得一说的是小荷花。小荷花送了步青一双线手套。关于线手套有必要做些解释：乡下没有线手套，线手套只有住在城里的工人阶级有，是他们的劳保用品。这说明线手套乃稀罕之物，不但稀罕，还代表一种等级，一种身份。也就是说，送这线手套的人在城里有亲戚。这个姑娘有点大胆，大胆得无心无肝，她曾跟城里的表哥私奔过。事情是这样的：小荷花的表哥前几年来乡下玩，那时候光明村的人还没发现小荷花是个美女——事实上那时候小荷花并不起眼。那些日子，表哥像一只发情的狗一样围着小荷花打转。表哥是个城里人，城里人来到光明村当然是惹人注目的，顺带着，小荷花也进入了大家的视野。小荷花竟如此风骚，她竟然能发出如此清脆的疯笑，咯咯咯咯咯，没有停止的时候。她对那位表哥的每句话、每个动作都作出夸张的反应。这位表哥看来是个情场老手，他把小荷花逗得心花怒放，让她以为自己生活在城里。他们后来竟然到天柱的湖中游泳。在光明村，女人是从来不游泳的，如果她们要洗澡，就在家里的水桶里洗。小荷花却去天柱游泳，竟然还穿着游泳衣（关于游泳衣的来历，人们猜想是这位表哥从城里带来的，可见表哥蓄谋已久）。他们在天柱的湖中游泳，大人都不好意思去看，但又很想知道他们怎么游，于是就打发孩子们去偷看。如前所述，天柱那地方有点怪，什么事情都可能出现，孩子们带回来各种各样的说法。有些孩子（以胖子为代表）说：他们看到湖里有两只青蛙，一只青蛙爬到另一只青蛙的背上；另一些孩子（以花腔为代表）说：他们看到的是两条蛇，在湖里面游，还吐蛇信子，相互对吐；还有一些孩子（以小老虎为代表）说：他们看到湖里小荷花像美人鱼，她有一条鱼尾巴，她的屁股很大，在水中，她的胸脯看起来也很大。光明村的大人更相信第三种说法（可能是某些审美观念在起作用），他们就是从这天开始发现并承认小荷花长得美，是光明村长得最美的人。但光明村的人对她的行为不以为然。一定是因为去天柱游了泳，后来真的发生了邪门的事：小荷花竟和这位表哥私奔了。这事很轰动，大家议论纷纷，一致认为小荷花和她表哥不会有好结果。这是明摆着的，他们是表兄妹，政府不会允许他们近亲结婚。就算不是近亲，小荷花又是光明村的第一美人，这位表哥也不会同她结婚，工人阶级不会娶一位农民。有了这段插叙，可以猜出小荷花送给步青的手套来自哪里。

尽管有很多姑娘对步青有意思，但步青只喜欢小荷花。这并不是说步青对小荷花和她表哥的事一无所知。步青对小荷花一直是很关注，步青进入青春期，小荷花就是步青幻想的对象，小荷花私奔的事他不可能不知道，不可能不放在心上。但他还是喜欢小荷花，目光老是围着小荷花打转，一点办法也没有。当然这并不说明步青对私奔的事不介意，说明他胸怀宽广，事实上每次想起小荷花同人私奔步青都很痛苦。

别以为小荷花出了这样的事会有挫折感，她好像什么也没发生过，照样生活得开开心心。自从私奔之后，小荷花发育迅速，她的屁股比以前更大，腰儿比以前更细，腿儿比以前更长，光明村的小伙子不但没有看轻她，相反都很喜欢她。当然她也很大方，常和村里的小青年打闹，让每个小青年觉得她对自己有意思。这也不是她刻意所为，她可是个没有多少心计的姑娘。要说刻意所为的倒是她对步青的态度，在一本正经的步青面前，她是有所收敛的，不敢那么疯疯癫癫。这说明，她在乎步青。

虽然步青喜欢小荷花，但一直不知道怎么表达。还是小荷花大方，她有一天对步青说：你的样子很像我表哥。别以为小荷花说这话是因为对表哥念念不忘，她有深意在里面。这深意步青也领会了。因此，步青就同小荷花好上了。他们好上后就去天柱。那地方光明村的人一般不去，算他们胆子大，他们敢去，可见色胆包天这句话没有说错。到了天柱那地方，正常的人也会变得不正常，因此可以想象小伙子步青和大姑娘小荷花在那里干什么。小荷花同表哥私奔过，这方面显然比步青内行，因此她显得主动也不是奇怪的事。

既然有了这事儿，步青打算娶小荷花。小荷花一听步青想到她家去提亲，很高兴，这是她梦寐以求的事情，她现在就想嫁给步青。但同时她也很担心，怕她爹不答应。

小荷花这样想是有理由的：因为她爹有些想法很落后，封建思想没有完全铲除，这是其一；另外，自她出了同表哥私奔这件事后，她爹对她很不放心，担心她再被人骗，因此把她管得很紧，任何人如果看上了小荷花他都认为动机不纯。说了半天，还没介绍小荷花的爹是谁——小荷花的爹就是老金法。如前所述，老金法因为参加过党的游击队，就喜欢在村里摆老资格。他虽然参加过革命，但思想却不怎么革命，想包办女儿的婚姻。自从小荷花同她表哥出了那丢脸的事，老金法长了心眼，准备暗地里给女儿物色一个对象。他给女儿选定的对象是光明村支书冯有思的侄子。冯思有因参加革命，结婚很晚，儿子还只有十一岁，并且有尿床的毛病，但他的侄子已经二十岁了。冯思有对自己的儿子一点也不喜欢，对侄子却是宠爱有加，说起侄子来常常眉开眼笑。老金法是个有心人，这一点他看出来了，很明显，冯思有支书会培养自己的侄儿的。老金法据此有了自己的看法，他展望未来，认为冯思有的侄儿将会是光明村的支书，会接冯思有的班。所以，如果小荷花嫁给冯思有的侄儿，他们家就成了皇亲国戚（瞧，这称谓就够封建的）。当然，到目前为止，老金法还处在观察阶段，他还没托人替女儿做媒。至于那个叫步青的小子，老金法做梦也没有想过把女儿嫁给他。

　　小荷花不知道她爹的心思，当步青说要去她家提亲，她虽担心爹不同意，但没试过怎么知道呢？想象总比现实先行一步，当步青向她家走来，准备向她爹提亲时，小荷花想象自己上了花轿准备进洞房了。因此，当步青提亲不成，小荷花感到非常难过。

　　现在来说说步青提亲的事。步青来到小荷花家。老金法坐在堂中，他的一只脚搁在椅子上，用手在抠脚丫，另一只手捧着茶杯，嘴里唱着小调。他见步青到来，警惕了。步青从不到他家串门，现在来必有一些事情。老金法停止哼小调，没叫步青坐。老金法已经猜到步青干什么来的，女儿身后屁颠颠跟着的小伙子很多，不过步青是其中之一他倒没想到。老金法摆足了架子，等着步青说话。步青知道老金法瞪着他，老金法眼中的内容他看出来了，不过他不在乎老金法怎么想，他对提亲一事很有把握，因为小荷花已经是他的人了（事实上，这一点步青根本不能过分自信，因为小荷花曾经是她表哥的人，说不定还曾是其他男人的人，以后还会是别的男人的人），他到老金法这里提亲，只不过是通知他一声。步青在老金法锐利的目光下一点也不慌，好像真的没什么事求着老金法似的。

　　步青过分乐观了。当他向老金法提出想娶小荷花时，老金法冷笑了一声，连头都懒得摇一下，眼睛只看门角落。他在看什么？他在看门后那把刷马桶的竹刷子。老金法想用这竹刷子打步青一顿，好让步青知道自己姓什么。老金法有这想法是有原因的：其一，步青太自不量力，癞蛤蟆想吃天鹅肉。步青是什么人？是个孤儿、家里有什么？只有一间破楼房、房子里有什么？什么也没有，只有一张破床、虽然步青长得尚可，也算健壮，但漂亮顶个屁用。其二，老金法对步青这人没什么好感。老金法一向相信自己的眼光，以为看人不会走眼。他认定步青不是好东西。你瞧，步青眼睛朝天，这种人往往心狠手辣，没多少人情味，如果女儿嫁给他就要吃苦头。再瞧，他来提亲，居然态度也不谦卑一点，居然不叫声爹，就这样不卑不亢地来提亲了，瞧着就来气。所以，老金法只冷笑不回答。步青不知道老金法冷笑什么，他认为小荷花应该嫁给他，并且理由看来也很充分，所以步青接着说：如果你答应，我就叫你一声爹；如果你不答应，那事情比较复杂，因为小荷花已经有了（"有了"指肚子里有崽了，事实上还没有。步青认为上床和"有了"是性质相同的事情，他还认为提亲时用"有了"更为有效。这就有点讹诈的味道了，可见老金法对步青的看法也并非无凭无据）。老金法听了步青的话，怒从心起，二话不说，冲到门角落，拿起那马桶刷子，劈面朝步青打去。步青没想到老金法来这么狠毒的一招，一时有点蒙了。马桶刷子早晨刚用过，很湿，上面还沾着几片擦屁股纸。老金法劈头打步青，步青躲得快，没打着，但马桶刷子上的臭水和擦屁股纸却直奔步青的脸而来，让步青躲都躲不及。臭水和擦屁股纸沾到脸上，步青免不了要去擦，结果，被老金法的马桶刷子打中了额头。

步青没想到老金法这样对待他，一时不知如何应对。他退到门外，转身就跑。跑着跑着，他想起自己孤零零在世上，没爹没娘的，情绪突然复杂起来。他的愤怒涌上来了，他的屈辱涌上来了，他的仇恨也涌上来了。他活那么大，从没被人用马桶刷子打过。步青是个自尊的人，这样的奇耻大辱是可忍孰不可忍。他忍着眼泪，一路小跑回到家，关上门就哭。

小荷花躲在自家西边的窗口上偷听步青向她爹提亲。当小荷花听步青说他想娶她时，她看到爹看了一眼马桶刷子，就感到不对头；当步青说她有了时，她就不再考虑步青的处境，很想从窗口跳进去骂步青无中生有。她还没来得及跳，里面爹和步青发生了战争。她一见形势不对，就往自己家里赶。步青逃得快，她赶回家时，步青已没了踪影。美女救不成英雄了。她爹威风地拿着马桶刷子，叉着腰，正气得发着抖。她很不以为然，她认为该生气的应是她和步青。于是小荷花跳到爹面前，也叉着腰，骂开了。她说：爹，你为什么打我的未婚夫。老金法说：谁？谁是你的未婚夫，我怎么不知道你有未婚夫？小荷花说：步青就是我的未婚夫。老金法说：你这个傻丫头，懂什么。小荷花说：我不懂难道你这个昏君懂？你只有我一个女儿，以后要我的未婚夫来养的，你不同他搞好关系你还打他，以后他打你我可不会帮你。这些话老金法听了气得差点吐血。他想，他这个宝贝女儿真是什么都不懂，怪不得容易受骗上当。老金法因为生气，说话就结巴，他说：有有有你这样对爹说话的吗，嗯？说着拿起马桶刷子要打小荷花。小荷花嘴上凶可还是怕她爹的，见她爹打来，就抱着头逃了。

小荷花来到步青的屋子前。门关着，小荷花猜想步青在里面。小荷花就嘭嘭嘭地敲门，里面一点声息也没有。小荷花知道步青在生气，就哭了起来，她一边哭，一边在门外叫：步青你开门，我是小荷花，我爹要打我，他在后面追。叫完后，她止住哭，听里面的动静。里面没回音。小荷花又叫起来：步青你开门，我是小荷花，我爹不答应，我也是你的人。叫完后，她又止住哭，走近一步把耳朵靠在门板上。里面还是没声响。小荷花想了想，又叫：我爹是个老封建，他不是人。既然他不是人，你就不要生他的气。小荷花还没喊叫完，老金法就杀将过来。老金法听到小荷花在骂他，气得眼睛发白，拿起马桶刷子，往小荷花头上砸。小荷花身体比较矫健，读中学时曾得女子乙组短跑第一，跑起来像一匹烈马，她爹哪里打得着她，不但打不着，要追上也难。开始时，老金法还跟得上小荷花，小荷花往东跑，老金法跟着往东跑，一会儿，小荷花不见踪影。原来，小荷花跑进了天柱。老金法壮了壮胆也跑到了天柱。一眼望去，满眼都是飞扬的昆虫，那些阴郁的色彩让老金法全身发冷。还有那些植物，茎很小，叶子却大得惊人。更可怕的是，这些叶子摇头晃脑，像是在同他打招呼。他站在山脚下，喊：小荷花，我儿，你出来，跟爹回去，爹不打你了。除了虫子的叫声、鸟鸣声和山谷的回声，没有听到小荷花的应答。老金法想小荷花是个没脑子的姑娘，骗她一下她大概会回来的。他就又喊：小荷花，你不要生气，是爹不对，爹是老封建，破坏婚姻法，爹认罪。爹已经承认错误了，这回你应该出来了吧？老金法说完，仔细倾听，还是只有虫子叫、鸟儿鸣和自己的回声。他又喊：好吧，好吧，我让你同步青结婚吧。他的话还没停，眼前飞过一只蝴蝶，他眨了眨眼睛，蝴蝶变成了自己的女儿小荷花。他想，天柱这地方果然邪门，虫子可以变成人。不过他也没多想，这事没事干的时候可以想。他看到女儿出现在自己面前，就冷笑起来，他想，傻女儿，一骗就灵，你想跟步青那小子结婚，做梦去吧。大约是因为在天柱，小荷花竟然很聪明，一眼看出爹的冷笑藏着杀机，所以一下子跳出一丈远，叫道：爹，你这是骗我，你还是那么封建，人不死，心不改。说完，又迅速在老金法的视线里消失了。这下，老金法再怎么叫喊，小荷花也不肯露面了。

光明村的人都听说了小荷花失踪的消息。他们去天柱找，找了一整天，没有小荷花的影子。老金法没办法，想，可能步青知道小荷花在哪里，就托支书冯思有去找步青，让冯思有做做步青的思想工作，把小荷花找回来。步青躺在家里，听到冯思有的叫声，只好去开门。步青开了门，又躺到床上。他是个聪明人，知道冯思有干什么来，他已下定决心不答应任何人的要求，除非老金法亲自来求他。

傍晚的时候，步年骑着马儿从城里回来，看到老金法焦急地站在村头，问他怎么回事？老金法把事情说了一遍。考虑到步青是步年的兄弟，所以老金法最后补充道：我实在不喜欢步青那小子，要是你步年来提亲，我马上同意，只可惜我家小荷花不喜欢你。步年听老金法说他用马桶刷子打步青，就骂老金法：老金法，亏你还干过革命，你怎么能这样欺负一个社员。老金法沉痛地点了点头。他现在最大的愿望是动员更多的人去找小荷花，态度比任何时候都好。步年问：小荷花是在哪里失踪的？老金法说：在天柱。步年说：我去找找看。说着他骑着马朝天柱方向走。一会儿，老金法就看不见步年和他的马了。

步年再次出现，天已暗了，这天的月亮出得很早，村庄和田野被映照在一片月光之中。光明村的人看到，步年骑着马突然出现在天边，马上驮着美人小荷花。小荷花显得很开心，正在唱一支山歌：公社好比常青藤，社员都是那向阳的花。

应该补充的是，在步年把小荷花找回来的路上，步青正准备去天柱找她，因为老金法已亲自到他家求过他并向他赔礼道歉了。步青没想到步年把小荷花找了回来，他的作用就显示不出来了，因此对步年很恼火。特别是老金法，看到小荷花已找回来，把刚才对步青说的话全赖掉了。他对步青说：小子，没你我也找得到女儿。你瞧，我女儿回来了，你瞧我打了她，她一点也不伤心，她还唱着歌呢。步青听了这话，转身走了。

另外还应该补充的是，步年把小荷花找回来后，光明村开始流传这样一个说法，步年的马儿会飞，是一匹飞马，至少在天柱这马是会飞的。步年骑在飞马上一下子找到了小荷花。反正在天柱，这样的怪事情很多，人们也见怪不怪。多年后，冯思有那个尿床的儿子读了不少世界各地的神话故事，发现这些故事都可以在天柱找到它们的雏形。

3

在此必须说明一下步年干什么活。步年当然是个农民，自从光明村被人民公社化了后，大家喜欢称彼此为社员。步年是光明村的社员。是社员就要下地干活，光明村种的是水稻，一年三季，因此活儿特别多。以前的描述一定给人这样的印象，以为步年不用干活。实际上，步年也要干活。替红白喜事吹唢呐只不过是他的副业，他搞副业所赚的钱一部分还要交给村里的。以前他在地里干活，但有了马儿，养马便成了他的专职，就像放牛是花腔的活儿一样。步年这样优哉游哉（这是光明村的人对步年的普遍看法，其中包含着不满）是有原因的。步年养的马不是一般的马，是解放军托付给他的，人民军队的马大家都认为应好好照顾，并且必须有专人负责看管。支书冯思有说了（因为有人对步年这么逍遥不服，认为步年把马儿当作他的私有财产，支书才说话），步年养的马是拥军马，而不是随便一匹什么马，你们知道这是什么个性质，嗯，性质！这马是军民团结一家人的铁证。再说了，这马原本生长在北方，不远万里来到我们南方，不好好照顾，它就要想家的，这同人一个理。所以，步年这不是逍遥，而是肩负着重大的责任。支书冯思有是个老革命，他家的阁楼上还有一支驳壳枪，因此，他的威信很高，他这么一说，大家就不再有意见。

步年让马儿吃最好的草。什么草最好？步年认为清晨沾满露水的草最新鲜，最美味。步年每天起得很早，骑着马儿去江边。江边的草长得最疯。马儿在江边吃了草，饮了水，就回到村头的香樟树下晒一会儿太阳。步年梳理马儿的鬃毛。鬃毛油亮，在阳光下闪烁。村里的孩子照例会过来看马，步年不让他们过分靠近马，孩子们靠近，他就会用马鞭子打他们（马鞭子是步年用棕榈线做的，虽叫马鞭子，但步年还没拿它打过马。考虑到他用这鞭子打孩子，因此叫马鞭子很可疑）。

步年刚把马儿拴在香樟树上，小荷花就来了。他知道小荷花想骑他的马。

小荷花和步年玩不到一块，每次聚在一起，他俩就要相互挖苦。造成这一局面的原因在步年这儿。步年每次见到小荷花都要开小荷花的玩笑，玩笑开得很出格。那时候，步年还没有马，他组织一帮人吹吹打打替人做红白喜事，搞得很热闹。小荷花喜欢热闹，步年他们排练时，她就来捣乱。她一来，步年的人马没了心思，不排练，和她调笑。步年很恼火。要说步年讨厌小荷花那也不准确，事实上，步年喜欢小荷花和自己疯（比如他吹唢呐时，小荷花用手蒙住他的眼，他吹出的调子就会微微颤抖，就会跑调），但小荷花同别的小伙子疯，搅了他的排练，他就觉得很过分。步年严肃地说：小荷花，你这个样子，当心嫁不出去。小荷花从一个小伙子手里拿起一面锣，狠狠敲了几下，锣发出刺耳的声音。小荷花嘻嘻一笑，说：步年你放心，我有对象了。步年冷笑了一声，心中涌出恶毒的念头，说：你有了啊？是谁啊？不会是你表哥吧？步年这样说，当然很难听，小荷花虽然没脑子，也听出来了。她扑过去扯住步年的耳朵，要咬步年。幸好，别的小伙子迅速把小荷花拖开了。小荷花哇哇地哭了起来，她骂：我对象是谁关你屁事，我就是嫁不出去也不会找你。步年反唇相讥，说：我宁愿一辈子做光棍，也不会娶你这样的……破鞋。说出这句话，步年很后悔，步年觉得这话不是他心里想说的。这说明步年控制不了他的嘴。听到步年骂自己破鞋，小荷花哭得更响了。她想从小伙子的手中挣脱，小伙子们把她抱得死死的，她挣脱不出来。她见手中还拿着锣，就敲打起来，敲一下，喊一声"救命"。那些小伙子开始骂步年，骂步年说出这么难听的话，要步年给小荷花赔不是。步年此刻早已后悔，就走过去说：小荷花，我不是人，我不该那样说你，你如果生气，你就打我一下，我保证不还手。小荷花还没等步年说完，就撩起脚向步年的胯下踢去。步年躲闪不及，私处被重重踢中，当场昏了过去。这下小荷花慌了，她停止了哭，站在步年面前，说：

你没事吧，你不会死吧。步年当然不会死，但他下面肿了，因此在床上躺了好几天。小荷花要照顾步年，步年就是不让她照顾。步年觉得他下面肿着，让一个姑娘照顾简直是笑话。但小荷花觉得不照顾步年，心里很不安。步年下身被小荷花踢肿，心里很恐惧，他化解恐惧的方法就是骂小荷花。每次小荷花来，他就说：幸好我下面肿着，否则孤男寡女呆在一起，人家会以为我在搞破鞋。小荷花因为对步年有愧疚感，原谅了步年的粗鲁。步年下面一痛，就会说粗话。后来说多了，步年对小荷花粗鲁的说话方式成了一种习惯，要改也很难。也奇怪，粗话听多了小荷花也不再难过，相反还感到很亲切。当然步年在人多的时候是不说的，他只是单独和她在一起时叫她"破鞋"。比如，他下面好了后，他把她拉到一边对她说：你是破鞋，我也破了，以后我要是生不出儿子，一定会杀了你。小荷花回骂：破棍，你断子绝孙我最高兴。后来步年得到一匹马，有一天，小荷花刚从地里干活回来，带着满身大粪的臭气，来到步年身边，笑着说：破棍，让我骑一把如何。步年想，这个破鞋，干了一天的活还没累着，还想骑我的马。步年觉得小荷花要骑也得偷偷地骑，不能让孩子们看见，否则孩子们会骂他重色轻友。为了在孩子们那里有清白的名声，他就对小荷花说：你跟我来。小荷花跟着步年往东走。小荷花见步年领着她去天柱，就慌了。她说：我不去天柱，天柱虫子多，吓死人了。步年骂：想当年你搞破鞋时还同人去天柱游泳呢，你怕什么呀。小荷花说：我同我对象在一起当然不怕天柱，你不是我对象所以我怕天柱。步年说：如果想骑马你就跟我来，如果不想骑就回去，革命不是请客吃饭。小荷花咬了咬牙，心里虽然害怕，还是跟步年去了。他们来到湖边，小荷花不走了，她说：现在你总可以让我骑了吧？步年左右前后观察，没孩子跟着，就说：好吧，你来骑吧。那时候马儿还小，但要爬到马背上也不容易，小荷花爬了几次就是爬不上去。小荷花说：你帮我一把。步年看着小荷花撅着大屁股，头有点晕，听到小荷花要他去托一把，顿觉得头重脚轻，托小荷花屁股时没了力气。他的手一碰到小荷花，小荷花就咯咯咯地笑了起来。小荷花不但没有爬上去，反而从马上跌了下来。于是从头再来。这回，小荷花终于爬到马背上了。步年把小荷花托到马背上后，拍了一下小荷花结实的屁股。小荷花尖叫，骂步年：你要死啊。就在这时，光明村的孩子们齐声高叫起来：不得了啦，步年和小荷花搞破鞋啦。步年骤然听了这话，吓了一跳。不但步年吓了一跳，连马儿也受了惊，一下子蹦得老高，蹦到半空中。小荷花被马一颠，再次从马上跌了下来，重重地摔到地上。小荷花把气撒到马儿上，拿起一块石头，砸马儿。石头把马儿砸得哇哇叫。步年骂小荷花：我好心好意给你骑马，你竟然不知好歹，还砸我的马。小荷花说：我不但要砸，还要杀了它，这是什么鸟马，和你一样是坏蛋。步年说：我算是看清你了，我如果下次再让你骑我的马，我也像马儿一样在地上爬。小荷花向地上吐了一口唾沫，抬着头走了。远处，孩子们幸灾乐祸地高叫着：步年搞不成破鞋生气了呀。

小荷花现在又要骑他的马，步年虽然过去咒过不会再让她骑的，但此一时彼一时，现在情况变了，步年认为让小荷花骑一骑也很应该。道理明摆着的：一、小荷花和步青好上了，也就是说，小荷花有可能成为他的嫂子。虽然步年和步青兄弟不和，一直是冤家对头，但他们兄弟名分总还在的，不让嫂子骑有点说不过去。二、那天小荷花在天柱失踪，步年找到了她，要她跟他回去，她不肯回。小荷花向步年提要求，说除非以后每天给她骑马，还要让她骑马进城，她才跟他回去。步年答应了。步年想，都快一家人了，这点要求当然得答应。有了这两个原因，步年只好让小荷花骑马。光明村还没有人享受过这等待遇，就是支书冯思有也没骑过步年的马呢。

步年让小荷花骑在马上。小荷花要步年牵着马转一圈。小荷花骑在马背上感到很威风。小荷花问步年：今天去不去城里？步年说：今天是十五，当然要去城里。小荷花说：我今天想去城里买块花布，天马上要热了，得缝件衬衣穿穿，我今天要骑着马儿进城。步年想了想，就答应了。步年骑着马朝南走，一会就走出了村子。平常走出村子，步年就从马背上下来，不肯让马儿太辛苦。小荷花不知道这个情况，想一路骑着马进城。她在马背上描述骑马儿的美妙感觉，她说：骑在马上真舒服，步年，要不你也一道上来骑，两个人骑马儿也不会有大问题。步年白了小荷花一眼，没好气地说：你不要咋咋呼呼的，再这样我不让你骑了。小荷花听了，哈哈大笑，说：步年，我知道你的心思，我不傻，我知道你心痛马，不想让我骑马，我偏要骑，让你心痛，谁叫你答应过我。他们又走了一会儿，离村更远了。步年因为心痛马，一路上没理睬过小荷花。小荷花喜欢说话，没人同她说话会闷死。她知道如果一直骑

在马上，步年不会理她，于是她就跳了下来，讨好地对步年
说：骑在马上我屁股痛，还是下来走走吧。步年一下子高兴起
来。步年也是喜欢说话的人，一路闷着心里也很难受。步年开
始问一些他一直想问的问题。他的问题是：一、小荷花怎么和
步青好上了？她为什么看上了步青？二、老金法搞封建家长制
想做祝员外，步青和小荷花被逼成了梁山伯与祝英台，他们
打算怎么办？步年很担心他们变成蝴蝶，飞到天柱去。

　　第一个问题，小荷花是这样回答的。小荷花说：你的兄弟
比你男人气更足，哪像你整天嬉皮笑脸，一看就是个不正经
的人，一看就知道对我不怀好意，想占我便宜，你们男人没一
个好东西。只有步青，脸儿深沉，眼儿坚定，对我爱理不理，
哪像你们，老是拍我马屁，想从我这里捎点油水。姑娘可不喜
欢像你这样的武大郎，而喜欢像步青那样的武松。告诉你，喜
欢步青的姑娘不少呢，我们村好几个人给他送定情信物呢，
我是施出浑身手段才和步青好上的呢。

　　步年听到小荷花这样说，当然很气愤。他没想到自己在
她眼里竟然成了武大郎。他很想再骂她一声破鞋，又想她不
久可能成为他的嫂子，就忍了。

　　回答第二个问题时，小荷花一脸茫然，说话结巴，前后矛
盾，不知所云。她说：我爹那个老封建，活活把我和步青拆
散，还敢用马桶刷子打步青。可怜步青，心比天高、命比纸
薄。到如今，他整天把自己关在家里，我去敲他的门，也敲不
开。我知道他可是匹好马，不想吃回头草了，不想要我了。可
我就喜欢他这个样子，有志气。如果是你步年，我一敲门你就

屁颠颠来开门了。我就在步青家门口喊，骂我爹，我嚷着要和他私奔。哪知步青在屋里大骂：别丢人现眼了，谁想同你私奔，同你爹私奔去吧。我爹这几天盯我盯得很紧，正好听到步青在骂我爹，我爹拿起一块石头，砸步青家的门。刚砸了一下，步青就打开了门，对我爹说：我在你家里，你用马桶刷子打我，我没还手，是给你机会向我道歉；现在你又来砸我家的门，如果你再砸，我不会再给你机会。我爹以为他参加过游击队，人家不敢怎的，继续砸。于是步青就和我爹打起来。我爹当然不是步青的对手，我爹被打出了血。我很生步青的气，他竟敢打我爹，还把我爹打出血。我就骂步青，骂他爹娘死光，骂他是个穷坏。我骂过后又很后悔。我爹现在禁止我和步青接触，他如果见到我和步青在一块，会打断我的腿。我这几天心里烦，所以，和你玩玩，散散心。

他们俩向城里走去。小荷花一路上骂骂咧咧说个不停，步年听得津津有味。步年因为经常骑着马儿上城，因此不知道步青和老金法打架了。他很奇怪没人向他说起这件事。他想，看来小荷花成为他嫂子的可能性也不是很大。

4

步年和小荷花骑着马儿进城了，步青正关在屋里生闷气。这回他生的不再是老金法的气，他把所有的愤恨转移到步年身上。他注意到，自从步年把小荷花从天柱找回来后，他俩打得火热。步年竟单独和小荷花骑着马儿进城。步青虽和老金法打了架，还是希望小荷花继续来找他。他起初以为是老金法把小荷花管住了。小荷花这个姑娘是没什么脑子的，只要她爹一吓唬，再骗骗她，她就会犯糊涂。后来，他发现小荷花没来找他完全是步年从中作梗，不禁妒火中烧。他们兄弟一直以来就是冤家，在这件事上，步年一定会站在老金法一边的，说不定步年这样还是老金法的主意呢，说不定老金法想把小荷花许配给步年呢。步青越想越觉得步年可恶。更可恶的是，每次小荷花上马，步年都会去托小荷花的屁股。这完全是居心不良，小荷花的屁股这么圆浑，这么美妙，步年会没有想法？除非步年是太监。小荷花平时疯，喜欢和人打情骂俏，但男人们可以摸她的脸，她的腰，就是不能摸她的屁股。她的屁股特别敏感，一摸就要笑，笑着笑着就要扑到摸她的人的怀里。步青的醋坛子就打翻了。他老是从屋里出来，跑到村头朝南边望，看看步年和小荷花是否回来。他的联想变得越来越丰富，恨不得把步年杀了。这天，步年和小荷花是傍晚时分才回来的。看到他们回村，步青狂躁的心才稍稍平静了一点。

步年和小荷花三番五次进城。步青认为步年在向他示威。现在他不但恨步年，还恨步年的马。他认为步年之所以吸引小荷花是因为他有一匹马。步青想，别人用手中的权力玩弄女性，步年是用马儿当道具诱骗女性。步青越想越忍无可忍。他认为不能让步年这么得意，这么道德败坏，他应该给步年一点颜色看看。他本来是懒得理步年的，他一直认为他的兄弟是个人渣，正经事不干，只知道吹吹打打，还是个赌棍。现在这个人竟把粪拉到自己头上，竟和他的对象搞得火热。他经过思考，认为要打击步年，最好的办法是杀了他的马。没有了马儿，步年就失去了吸引小荷花的资本。

步青就想杀掉马。步青没有想过这是一匹拥军马，是不能杀的，杀了他就会被打倒。可见，他被老金法的马桶刷子打晕了，或者说他吃醋有点吃晕了。总之杀马是不理智的行为。他实施这个计划是在晚上。如前所述，步年把马儿关在自己的屋子里，所以要杀掉马也不容易。好在步青和步年从前是一家人，步年的屋子步青很熟，什么地方放着一把凳子、一只水缸步青都了然于胸。杀手步青轻而易举地来到马儿的面前。正当他举起刀子，准备向马儿刺去时，耳边传来一个威严的声音：你这是破坏军民鱼水情！这可是拥军马！原来步年在睡梦中听到屋子里有声音，就醒了过来。他听到脚步声，很轻，很熟悉，像他死去的母亲的脚步声。他以为是娘在天之灵飞到屋里来看他，因此很激动，一会儿他才辨认出是步青。步青正举着刀子，听到步年的声音，犹豫了一下，还是向马儿刺去。步年飞过去，用身子挡住。结果，刀子刺在步年的手臂上。黑暗中，步年的手臂流出漆黑漆黑的血。看到步年受伤，步青清醒了不少，对自己爬窗进来刺马儿感到荒唐。步年抚着伤口，对步青说：你想干什么，你干嘛同我的马过不去，你这可是反革命行为！步青嘟囔道：小荷花每天骑你的马，我看不过去。步年斥道：小荷花还说你是武松，我是武大郎，不像嘛，哪有武松吃武大郎的醋的！

第三章　一下子生动起来

1

开始的时候，步年每月农历十五去城里。后来，步年去城里的次数多了起来。其中的原因是：一、步年在生产队负责看马，不用下地，空闲的时间太多，不怎么好打发，如果去城里，一个来回就是一天，日子容易打发。二、城里变得越来越热闹了，高音喇叭成天响个不停，特别是城里的墙上贴出了大字报，读着很有趣。关于大字报，步年还是前次去城里发现的。他很有兴致地读了，觉得很过瘾。大字报上面什么都有，有揭露某人是特务的，有批判某人是中国的赫鲁晓夫的，有让教堂里的外国修女滚蛋的，还有要求城里的那间"西施包子店"这样的封建主义名称改掉的（步年非常喜欢吃那里的包子，他只要兜里有点钱就会去吃一回），更有说某男和某女搞腐化的。墙上还有一些标语，有"破旧立新"，有"造反有理"等等。步年平时不看报不听广播（他早已把高德的临终忠告忘记了），对标语的意思似懂非懂。但大字报上的内容他是喜欢看的，他觉得读大字报就像看戏听书，有故事，有想象力。遗憾的是大字报里的主角他一个都不认识，如果认识他们一定会更有趣，比如他非常想知道那个搞腐化的女人是不是漂亮——当然，在他的想象里，那女人是漂亮的，他认为女人如果不漂亮就不会去搞腐化。三、城里的女人比乡下的皮肤白。小荷花虽然漂亮，但小荷花的皮肤被太阳晒成了棕色，没法和城里的女人比。步年去"西施包子店"吃了几回包子，发现了包子店的一个姑娘长得很水灵，不但皮肤白，眼睛也很大，还是圆脸蛋，笑起来有酒窝，像陶玉玲。有一回，步年端着包子从那姑娘身边走过，他还闻到了她身上的香气。而在小荷花身上，你是绝对闻不到香气的，小荷花身上只有水牛的气息。因为包子店有这位姑娘在，步年每回来城里就想去吃包子，即使兜里没钱，也会不自觉向包子店靠近，就是站在门口往里看几眼也好。以上三点，可以发现，步年这么频繁地去遥远的城里既有物质原因，比如吃包子，又有精神原因，比如看姑娘和读大字报。

这天，步年起了个大早，策马进城。他最惦记的还是西施包子店的姑娘，一进城直奔包子店。他一路左右观察，发现城里又有新的变化。他路过清广庙，发现门口把守大门的两只石狮子，左边的一只头被砸了下来，右边的腿断了两条；他走过清广中学，发现一帮学生佩着红袖套在喊口号，有几个成年人戴着高帽，跪在地上；他跑过清广街（城里最热闹的街），发现原来的店名都改了，原来的"吕记浴室"改为"人民浴室"，原来的"三孝女年糕厂"变成"东方红年糕厂"，原来的"好手艺理发店"则挂上"工农兵理发店"的照牌。他终于来到西施包子店，包子店也已改成红旗包子店，不但店名改了，店外面还写了标语：欢迎工农兵进餐！看到这个标语，步年的心中就涌出温暖的情感。多么有人情味呀，工人老大哥惦记着我们农民兄弟啊！他把这笔账很自然算到了包子店姑娘的身上。

步年牵着马，在街头瞎逛。吃了两斤包子，他感到肚子很胀，胀得路都走不动了。他觉得应到什么地方休息一会儿，他想到去电影院看大字报，那地方大字报比较集中。

他来到电影院门口，站在原本贴电影海报的高墙前面。大字报又增加了不少。有人正在往墙上贴，贴在原来大字报上面。步年觉得这样不好，很可惜，一张大字报写了那么多字，多么不容易，就这么把它们给盖了。步年仔细看，发现墙上的纸已有一寸厚，可见，他们已习惯这么做了。他正这么寻思着，看到一个熟悉的身影。这人身材高大，体态匀称，穿着没有标徽的军装。步年一眼认出此人，他就是光明村的常华。常华是四年前经过一系列严格的政审和体检，脱颖而出光荣地加入中国人民解放军的。光明村的人都为之骄傲。要说最骄傲的当属常华的父亲，常华穿上军装佩着大红花被部队接走的那天，他的父亲也佩上了大红花，手中捧着一块"卫国光荣"的匾额。村支书冯思有为了营造气氛，请了步年一伙敲锣打鼓，吹奏《三大纪律八项注意》。常华父亲笑得合不拢嘴。由于常华父亲刚掉了门牙，牙床比较痒，经常用舌头去舔。那天，常华父亲的舌头也激动得红通通的。关于当兵的光荣感觉，如果去问常华的父亲，他可以谈半天。问他什么时候最高兴，他就说是每年的建军节。每年建军节，由支书冯思有带队，一班人马就会敲锣打鼓来慰问他老人家，送他一张由县政府人武部盖章的慰问信。步年上去和常华打招呼。步年从常华的军装没了标徽猜出常华复员了。步年想，常华父亲要是知道儿子已不是人民解放军了该有多失望。

常华见有人招呼，迅速转过头来，朝步年这边看。他马上认出步年，于是向前一个大步，和步年握手。光明村没有握手礼仪，因此，步年长这么大，没同人握过手，他除了感觉常华那种居高临下的矜持的热情外，还感到很不适应，他迅速把手抽了回来。步年对常华客气地微笑。常华却很严肃，脸上的表情像个大人物。步年刚才看到常华高大的背部就感到常华有大人物的架势了。他知道这样的人一般不能直呼其名，那样他们会不高兴，正确的叫法应该是××同志。所以，步年笑道：常华同志，没想到在这里见到你，真没想到。常华回答：我复员了。

照步年的天性，他一向不愿意主动接近那种有着"同志"表情的人。这是因为：一、他比较敬畏这类人，在他们面前老感到自己放不开手脚；二、他猜不大透那些被称为同志的人心里在想什么，觉得他们平平常常的表情后面总藏着一个深不可测的后花园。步年考虑到这是在城里，他和常华相遇也算有缘，步年客气地提议常华骑着他的马儿回村。步年说：你是解放军，有资格骑我的马。常华浅笑了一下，问：你怎么会有一匹马？步年就告诉常华马儿的来历。

常华起初没骑步年的马，而是和步年并肩走。常华向步年打听村里的事。常华问：村里有没有大字报？村里有没有造反派？步年笑道：我们村又不是城里，我们村那么闭塞，没有人教他们写大字报，也不知道怎样参加造反派。常华若有所思地点了点头。步年见常华不吭声，继续说：我们村还同以前一样，静悄悄的，只有村头的田头广播哇啦哇啦的。不过，大家从不听广播，也听不懂上面在说什么。

走了一会儿，常华突然说：我骑一下你的马。步年说：没问题，你骑吧。常华从步年手中牵过缰绳，非常潇洒地上了马。还没等常华坐稳，马儿突然跃起前蹄，一声长啸，向前飞奔而去。常华没准备，从马背上颠下，重重地摔在地上。步年看到这情形吓了一跳，连忙跑到常华跟前，伸出手去拉常华，还问：摔坏没有？常华一脸恼怒，狠狠地把步年的手打开，自己从地上爬了起来。常华的眼中露出凶光，他从地上拾起一块石头，向马儿砸去。石头刚好落在马屁股上。步年只觉得那石头像是砸在自己的心口上。步年吹了一把口哨，马儿就跑了过来。马儿跑过来时，眼神警觉，看着常华，生怕常华再拿石头砸它。常华的手掌擦破了皮，有几颗石子还嵌入肉里，正在想办法取出来。他骂：他娘的，老子杀了你。步年凑近马屁股，发现上面布满了血痕，用手轻轻地抚摸。步年对常华早已没了好感，愤怒的目光已经多次向常华扫视。当他听到常华说要杀了他的马时，愤怒转化为语言和行动。他冲过去推了常华一把，说：你这个人怎么这样，怎么能拿这么大的石头砸马，你这个人怎么不讲道理。常华站在那里，把手叉在腰上，吼道：你胡闹什么！步年看到常华装得这么威风，冷笑一声，说：如果我再让你碰一下我的马，我就是孙子，我就在地上爬。步年骑着马，昂首而去。一会儿，他看到常华那厮被远远地抛在了后面。

大约过了三个小时，太阳西下的时候，步年回到了光明村。他进村时，看到冯思有支书、老金法、守仁一伙站在村头，步年原来班子里的伙伴拿着锣鼓在交头接耳。冯思有问步年：你一路上可见到常华？步年这才知道原来他们这是为了欢迎常华。步年没好气地说：没看见。伙伴们见到步年，让他从马背上下来，要他入伙吹打。步年没好气地说：你们是吃饱了没事干，常华这家伙有什么好欢迎的。

2

步年没有想到，就是这个常华让光明村一下子变得生动起来。步年更没想到的是常华竟会先拿小荷花开刀。

常华复员回村三个月后，光明村出现了第一张大字报。这张大字报就是针对小荷花的。大字报的题目是《破鞋》。当时，步年正在江边放马，有人告诉步年：不得了啦，村头出现了大字报，写得可黄啦。于是步年就骑着马儿去村头看热闹。

村头果然很热闹。步年先看大字报，大字报上，小荷花的衣服都剥光了，赤身裸体着。关于小荷花怎样成为破鞋，描述是细腻的，大胆的。比如，小荷花和表哥在天柱水库洗澡变成蛇的那一段，看了就让人想入非非。大字报署名为"井冈山红卫兵"。大字报下面，小老虎和一群孩子戴着红袖套，保卫着大字报。孩子们的表情严肃，好像他们突然大权在握。这恐怕同他们戴着红袖套有关，他们的权威感都源于此。步年问旁人才知道大字报是小老虎贴上去的。

一会儿，老金法匆匆赶来，连衣服都没穿，只吊了一条短裤。老金法扭着小老虎的耳朵吼道：你们为什么要这么干，你们这是什么目的。小老虎说：老金法，毛主席已经说了，革命群众有权大鸣、大放、大字报，你难道想反对毛主席，不让我们听毛主席的话？老金法一听这话，气昏了。他像老鹰抓小鸡，一把抓住了小老虎，把小老虎举起来，要把他投到河里去。老金法知道这事的策划者是谁，常华和守仁暗地勾结的事逃不过老金法的眼。

孩子们见老金法要把小老虎投到河里去，冲上来救驾。孩子们像蚂蚁一样附在老金法身上，让老金法无法施力。有一个孩子把老金法的短裤都剥下来了。老金法见自己露出了屁股，不禁悲愤交加，突然哭了。他哭道：你们为什么要欺负我们孤儿寡父呀！你们给我把大字报撕下来呀！思有支书你给我做主呀！孩子们见老金法哭，就放了手。小老虎不放过老金法，他举起手，高喊了一声：打倒反革命破鞋！于是孩子们跟着齐声高呼：打倒反革命破鞋！

老金法哭着回家，孩子们跟着来到他家门口，孩子们提出要小荷花挂着破鞋去游街。老金法气得口吐白沫。他拿了一把铲子，站在门口，不让孩子们进去。老金法说：谁敢进来，我就叉了谁。双方对峙着，围观的人越来越多。光明村几乎所有的人都来了。常华和守仁也在其中，他们的脸上已有了杀气。

看到这一切，步年想，他娘的，这事闹过头了。他听到屋子里小荷花的哭泣声，很轻微。步年心里很难受，想，我过去叫小荷花为破鞋，那只不过是私下叫叫，现在竟然公开了，还让人家怎么活，人都是要面子的呀。

两部侧三轮摩托车进了村子。一部三轮摩托车上插了一面旗帜，上写"井冈山红卫兵"几个大字；另一部上面站着一个挂牌的人，那个人低着头，牌上写着：打倒身边的赫鲁晓夫黄中一！光明村的人都认识黄中一，他是城里的书记啊，一位大领导啊，他居然被他们抓起来批斗了。后来，人们才知道，来的那帮人是城里的造反派，头头是常华部队里的战友。常华走过去，张开双臂和城里的红卫兵拥抱。步年想，看来一切都是精心安排的，小荷花游街是在所难免了。

在城里红卫兵的支持下，小荷花只得挂上破鞋上街游行。常华和守仁还让大香香挂鞋陪游。大香香在旧社会跳过大神，也是光明村有名的骚妇，据说还同冯思有支书有一腿子。大香香开始还想反抗，城里的红卫兵给了她几个耳光，她就泄了气，只好挂上破鞋游街。常华对守仁说：你带她俩去村头，让她们坦白是怎样成为破鞋的，不说就打她们，直到她们老实坦白。守仁点点头。这一招是城里的战友临走前教给常华的，城里的战友说：这叫红色恐怖。守仁照常华的吩咐去做，

　　果然，看热闹的人越来越多，后来光明村凡是会走路的人都来听她们讲自己做破鞋的事。一时，村里人都很兴奋，像是在过狂欢节。

　　光明村的人围成了一个大大的圆圈，都伸长脖子往圈子中间望。一些孩子爬到树上，咧着嘴往下看。孩子们的手上还握着几块泥土，不时砸向圈子中间的破鞋。要说光明村道德感最强的就数这些孩子们。圈子中间，小荷花和大香香跪着，脖子上的破鞋不是一般的破，破得简直不像一双鞋，不但鞋面有很多洞，连鞋底都是洞。光明村的人一向节俭，鞋不破得彻底是不肯丢弃的，因此，破鞋并不好找。破鞋还是守仁从自己家的鸡笼里找到的。鸡笼里怎么会有破鞋？守仁没有想通，可能是被老鼠拖进去的。破鞋长期浸淫在鸡粪里，很臭。破鞋挂到大香香和小荷花脖子上时，大香香臭得跳起来，小荷花则当场臭晕过去，好一会才醒过来。但久闻不知其臭，没多久，她们俩就习惯了。她们俩跪着，守仁站在她们背后，手里拿着一根棍子。守仁要她们老老实实向革命群众交代。在棍子的威慑下，大香香和小荷花只得老实交代。

　　大香香向群众坦白的时候，用的是跳大神的腔调。她唱道：各位社员莫学我，我是破鞋被人戳；天生一个仙人洞，无限风光在其中；有人送我一块钱，我就让他进西天……大香香好像进入了角色，她真的跳起了大神。她继续唱：各位社员莫学我，下流坏子就是我；有人想要乐一乐，在我身上摸一摸；啊呀啊呀叫一叫，呼噜呼噜睡一觉；天黄黄，地黄黄，玉皇大帝在天上……她这么又唱又跳的时候，光明村的人都乐开了花。守仁却并不满意，觉得大香香生动是生动了，但讲得太虚，没实质性内容。她没提起曾和谁一起搞过，而守仁要的就是那个"谁"。守仁就喝住了大香香，说：严肃一点，说说你都和谁搞过。大香香说：我和你搞了呀。围观的人笑得越发开心了。守仁踢了大香香一脚，说：老实点。

守仁知道，大家对大香香没多少兴趣，大香香的事村里人都知道，人们想听的是小荷花那些事。守仁把大香香放在一边，走到小荷花前面，让小荷花接着讲。只听得小荷花哇地哭出声来，像孩子一样摇头，眼中满是乞求。守仁黑着脸，根本不放过她，抓住她的头发，说：搞起来总爽快吧，现在感到难为情了？快说。小荷花只好哭哭啼啼地讲她和表哥的事。她说：我表哥把我带到天柱，我的头就晕。我看到虫子飞，要表哥去给我捉一只。结果表哥就摸我的奶子。表哥说虫子在这儿。我说在哪儿？他说在里面。他就从我的衣服里伸进去。表哥问，这个是不是虫子，不是的话，我放手了。我说这个是虫子，你抓住它。后来我就晕过去了。后来，我发现我变成了虫子，表哥也变成了虫子。表哥趴在我背上，我们一起在飞。后来，我们又变成了人。表哥问我，还想不想让我给你捉虫子？我说想。小荷花一边说，一边哭，表情纯洁，像个白痴。她说完这个故事，村里人还想听，他们说：小荷花，再说一个，再说一个。小荷花用手蒙脸，很难为情似的。

光明村的人都听得口水横流，原本呆板的脸突然变得很生动，一些人常年生病，脸色原本苍白，那一刻变得健康红润，气韵顺畅。可见听听人家怎么搞破鞋有益身体健康。守仁觉得效果差不多了，决定让大香香和小荷花游街。路线是绕村一圈，守仁让两破鞋在前面走，大家都咧着嘴乐呵呵地跟在后面。

如前所述，光明村的西边有一条江，天柱有一个湖泊，湖泊和江之间有一条小河相连。这条小河从光明村村头流入，穿过光明村汇入到江。小荷花和大香香挂着破鞋沿着小河边走。前几天，下过几场暴雨，小河水流特别汹涌。大香香一边游街，一边唱她的顺口溜，倒也自得其乐。她有一段日子没跳大神了，正好活动活动筋骨。小荷花表情呆滞，不时看小河中的水。光明村的人只注意大香香，基本上忘记了小荷花。就在这时，小荷花猛地跑了起来，速度快得惊人，好像她发现了什么宝贝，怕人家占了先抢了去似的。只见她一头扎入汹涌的急流之中，顷刻不见踪影。大家才明白她这是想自杀。等大家再次发现她，已在大约五十米远的拐弯处，她正在挣扎。

光明村的人并不是不想去救小荷花，但没一个人敢跳下水去。这段小河太危险，跳下去后万一撞到岩石上就会自身难保。

这时，大家看到有一匹白马向小河边跑来。骑在马上的当然是步年。步年没想到小荷花会去自杀，她这样没脑子的女人竟会想到自杀。步年想，自杀个什么呀，好好的自杀个什么呀，你以为大家不知道你是破鞋啊。步年跳入河中，顷刻被急流冲得失去了方向。他落入一个漩涡中，像一根垂直的木棍，在漩涡中高速运转。这时，他感到自己和一具软绵绵的东西缠在一起，那具东西滑腻腻的，一定是小荷花。他抓住小荷花，奋力向上一蹿，露出了水面，向岸边游去。

　　游到了岸边，步年打了小荷花两个耳光。步年说：你好好的，寻什么死啊，你本来就是破鞋嘛，让人家说说有什么关系。小荷花却抱住步年嘤嘤地哭。小荷花哭道：我想死了呀，你干吗救我呀，你不救我的话，我早已死了呀。步年说：你以为死那么容易啊。你如果想死，你再跳啊，我保证不会再救你。小荷花说：步年，你和他们一样，不是个好人。

3

　　小荷花被批斗，步青感到非常震惊，情感也相当复杂。一方面他觉得小荷花很可怜，另一方面他竟有一点庆幸。他想，幸好我去提亲时被老金法打了一顿，如果老金法认我做女婿，我现在岂不成了破鞋的未婚夫了嘛。对老金法用马桶刷子打他，步青记恨在心。如前所述，步青是个自尊心很强的人，这样的奇耻大辱他当然受不了。步青认为罪魁祸首是老金法，如果他们不想搞倒老金法，他们也不会拿小荷花开刀。老金法倒了，他们才会放过小荷花。步青越想越气愤，他骂道：他娘的，老金法，你还以为你女儿是个宝贝，其实我娶你的女儿是看得起你，可你竟用马桶刷子打我。他还骂小荷花：小荷花，你就是太骄傲，成天和步年在一块，让我吃醋。现在好了，你成了破鞋，再不会有人为你吃醋了，就是我也不会为你吃醋了。

　　守仁突然来到步青的家，要步青写一张大字报，揭露老金法的封建思想。步青开始觉得下不了手，最终还是写了一张。

步青的大字报充满了对老金法的蔑视和嘲弄。上面这么说：这个自称是老革命动辄摆老资格的人究竟干过一些什么呢？这只混入革命队伍的老狐狸，以为自己披上了羊皮，我们就识不破他，反动派再狡猾也逃不过人民群众雪亮的眼睛。老金法哪里是什么老革命，分明是隐藏在革命队伍里的蒋帮特务。大字报接着说：老金法十多岁就去上海打工，不久参加了国民党军队，在国民党军队里做伙计，即是个烧饭的。我军过长江时，他被我军俘获。这个人一贯见风使舵，他替解放军烧了一顿饭，解放军觉得好吃，于是就让他搞炊事。但反革命就是反革命，这个人虽然参加了人民军队，可心里想着蒋家王朝，一有机会就要向党和人民反扑。这个人在部队时，就曾在伙食中投毒，使一连战士闹肚痛、拉肚子、呕吐。战士只好躺在床上打针吃药，不能去消灭国民党。我军火眼金睛，识破了老金法的阴谋诡计，不让他再干炊事，而是叫他去养猪，去掏大粪。这样的人回到光明村却时时摆老资格，他究竟有什么资格可摆，他只能到国民党那里去摆老资格，只能摆反革命老资格。

看了这张大字报，最气愤的是以小老虎为首的孩子们。他们看到老金法竟对解放军投毒，激发出一腔正义。那还了得，解放军正在打国民党，打着打着，突然食物中毒，闹肚痛，想拉屎，岂不乱了套，岂不要让国民党占了便宜，我军岂不要打败仗？用心何其险恶。要说反动，这才是真反动。

　　孩子们向老金法家赶去。老金法家里空空荡荡，没有一个人。小荷花因为被定为"破鞋"，正关在队部，但老金法应该在的呀，他没理由不在自个家呀。他的女儿出了那样的丑事，他难道还有脸出门？小老虎喊：老金法，你这个国民党，你躲什么呀，你给我出来。屋子里没有任何动静。一天到晚跟在小老虎身后的那个瘦子对小老虎说：虎哥，老金法他娘的是不是有什么法道，他是不是飞走了？听说国民党训练特务是有一套的。此人小老虎叫他"屁瘦"。为什么这么叫他，事出有因：一般家养的鸡很肥大，但有个别鸡却特别瘦，吃得多，养不肥。这种鸡有一个特点，身子瘦，屁股却很大，大家把这种鸡叫屁瘦。小老虎认为瘦子的样子很像那种鸡，于是叫他屁瘦。小老虎不同意屁瘦的观点，冷着脸说：老金法不在家，不是说他不在村子里，你派人去村子里找一找，把他找回来。你同他说，我们要批斗他。屁瘦带了一帮人去村子里找，小老虎和其他几个留在老金法家等候。小老虎当然也不是坐等——他这个人闲不住，他就在老金法家翻箱倒柜，希望发现什么机关，比如发报机什么的。发报机没找到，却找到一个红本本，上面写着"养猪光荣"。又找到一个黑本本，上面写着"掏粪光荣"。小老虎找到黑本本时还以为是什么国民党的委任状，结果不是，很失望。他就点火把两个本子烧了。这个时候，一个孩子从抽屉里找到一袋东西，样子像没充气的气球。那孩子不知道这是什么玩意儿，拿来给小老虎看。小老虎一看脸就红了，他知道这个东西，这个东西叫避孕套。他曾在自家柜子里翻出这玩意儿，还把它吹大在屋外玩，结果被他爹狠狠地抽了两个耳光。小老虎想，他娘的，小荷花果真是破鞋，还没结婚，就藏着这个东西，生活是何等腐化。他娘的，真的太流氓了。小老虎把孩子手中的避孕套夺了过来，藏入口袋。他说：这个东西不值得你大惊小怪。

屁瘦带着孩子们在村头转了一圈，连老金法的影子也没找到。问村里的人，都说没看见。那个叫花腔的孩子，一脸讥笑地说：你们怎么会找得到他，告诉你们，他早已逃了，逃到天柱的山上去了。不过谁能说得清楚，他逃到台湾去了也说不定。考虑到花腔和小老虎不和，屁瘦觉得花腔的话不可信。虽然大家都在说花腔能目穷千里，但屁瘦不打算相信他。屁瘦带着孩子们回到老金法家，对小老虎说没找到，还顺便汇报了花腔的说法。

小老虎觉得花腔说得有道理，他认为老金法一定是畏罪潜逃了。至于逃到台湾还是逃到天柱，小老虎认为天柱的可能性更大。因为老金法要逃到台湾也不容易，一有我人民海军把守东海岸，二是老金法要逃也没工具，他总不至于游泳过去吧。考虑到老金法的年纪，游泳恐怕也游不了几米。因此，小老虎认为老金法一定逃到天柱去了。他当即决定带孩子们去天柱，把老金法找回来。

天突然下起了暴雨。雨水有手指那么大，斜斜地落在大地上，落在正向天柱进发的孩子们身上。虽然雨很大，天柱那地方很可怕，但孩子们初生牛犊不怕虎，冒雨前行。看老金法这个反革命哪里逃，逃得了和尚也逃不了庙。孩子们下定决心，一定要把老金法抓回来。光明村的大人都很担心孩子们这一去统统变成虫子。但大人们也不敢挡孩子们的道，不让他们去干革命。你如果拦着他们，他们就会贴你的大字报，光明村的成人都知道要是自己被写进大字报意味着没好果子吃。最好不去惹他们，他们才不管你是谁，是他的爹还是他的娘，他们觉得你落后就要贴你的大字报。光明村的人站在村头，看着孩子们远去。也许是因为雨水太大，天地间白茫茫一片，他们看到，孩子们像走在半空中。一会儿，他们看见孩子们爬上了云端，飞翔在天柱的上空。

雨一直没停，下了三天三夜。孩子们也没有回来。光明村的成人都很着急，就去天柱找。他们站在天柱山的脚下喊：×××，你们在哪里？你们回来啊。雨落在山林间的声音很大，哗哗哗哗的雨声和哗哗哗的溪水声把他们的喊声都掩盖了过去。他们叫了一天，没有一个孩子出现。孩子们好像集体失踪了。

找了一个星期都是这样的情况，他们没有发现孩子们的蛛丝马迹。一星期后，雨突然停了，太阳从云层中钻了出来，天柱山上出现一道彩虹。这时候，光明村的人惊喜地发现，失踪了七天七夜的孩子们正从那道彩虹掉下来。他们只眨了一眨眼睛，孩子们已走在从天柱回来的路上。孩子们看上去一个个肮脏不堪，像刚从泥浆中出来，他们见到大人不停地傻笑。光明村的人问他们出了什么事，怎么去了七天七夜才回来。孩子们很吃惊，他们说，他们只去了一天呀。光明村的人问他们有没有找到老金法。孩子们说，他们找到了，老金法果真在天柱。他在养猪，养了一大群猪，足足有一百多头。大家很奇怪，老金法刚去天柱哪来那么多猪。孩子们说，是虫子变的，他们解释说他们亲眼看见天柱的虫子飞到老金法的养猪场就变成了猪。孩子们说：怪就怪在这里，我们到了天柱，有的变成了蛇，有的变成了猴子，还有的变成了老虎，有人变成了猪。变猪的和老金法养猪场的猪还真看不出什么区别。光明村的人见孩子们胡说，打断了他们，问：既然你们碰到了老金法，为什么不把他抓回来？孩子们憨笑起来，他们说：我们忘了抓他了，到了天柱，我们就忘了干什么去的了。光明村的大人糊涂了，因为自己糊涂，他们认为孩子们去了一趟天柱也都糊涂了，说的都是胡话。

虽然孩子们没把老金法抓回来，但守仁在征得常华同意后还是决定开一个批斗大会，专门声讨老金法畏罪潜逃。批斗大会选在相公庙开，由常华主持，光明村全体社员参加。因为大字报是步青写的，首先上台声讨老金法的就是步青。步青平时说话不多，在台上倒是能说会道。他不紧不慢地流畅地言之成理地把老金法包办婚姻之类的封建思想批了个臭。步青讲得还算实际。接着常华要守仁讲。守仁的声音很响，说话像放炮，轰一声，又轰一声，断断续续，听起来比较吃力，可光明村的人还是听明白了，守仁的发言是务虚，他几乎没批老金法，他指出，老金法虽然畏罪潜逃，但老金法不是光明村最大的赫鲁晓夫，光明村的赫鲁晓夫还伪装着，狐狸尾巴还没有露出来。他如果不露出来，我们也有办法，我们就去摸他的裤裆，把他的狐狸尾巴挖出来。

光明村的人当然不笨，他们在人群中、在台上找冯思有。

冯思有没来开批斗会。光明村的人知道，冯思有的尾巴没几
天可藏了。外面关于冯思有的大字报越来越多，自从冯思有
亲眼见到城里的红卫兵打倒了黄中一，他已有多日没出门，
把自己关在屋子里。

　　几天后的一个晚上，正在睡梦中的光明村人被一声枪响
惊醒了。枪声击中了大家日益绷紧的阶级斗争之弦。大家还
以为蒋介石反攻大陆了。一部分人甚至准备逃到天柱去。光
明村的民兵拿起枪小心地朝江边走。这时，天已经亮了，天上
的星星已经隐去。光明村的民兵走近江边，发现整个江面一
片通红。他们感到很奇怪，怎么会血流成河呢？好像这里发生
过一次重大战役。后来他们才发现了一具尸体，一看原来是
村支书冯思有，他畏罪自杀了。

　　常华当即决定，叫人在江边临时搭一个台子，开批斗会。
又叫守仁把冯思有的儿子叫来，让他站在台上。冯思有的儿
子叫冯爱国，他的脖子上挂着冯思有的牌子，算是替老子请
罪。台上常华开始细数冯思有的罪状。光明村的人都站在江
边听常华的报告。

　　冯爱国患有夜游症，他晚上夜游，天亮了却很能睡。这会
儿，冯爱国蔫着身子低着头好像还没睡醒，整个人看上去就
像一摊烂泥。光明村的人都感叹冯思有怎么会生出这么个儿
子，冯思有多么精神，可他的儿子简直像一条虫子。这时，冯
爱国的裤腿里流下一片黄黄的水流。社员们都笑出声来。大
家都知道冯爱国有尿床的毛病，没想到批斗的时候会出现这
种事情。守仁见大家笑，敲了敲桌子。常华继续在讲话。

　　冯爱国就在常华的鼻子底下挨批，和常华离得最近。人们发现常华的脸上露出痛苦的表情，只见他的鼻子在不停地翕动，好像受到了什么刺激。一会儿，光明村的人都闻到了一股恶臭。他们都没搞清楚这是什么臭味，只觉得这是他们闻过的最恶心的气味。他们中有人嗅过死人腐烂的气味，现在的臭气比死尸还臭。整个江边臭气熏天，好像这里有一座专门制造臭气的工厂。大家似乎看到了臭气的颜色，是黑色的，像乌云一样从江边升起，飘向远方。他们实在忍受不了，像受到猎人追逐的野兔子，纷纷逃窜。一时局面乱了。

　　还是守仁警觉，他发现了臭气的源头。他冲到冯爱国的后面，一把扒去冯爱国的裤子。冯爱国的裤子上沾了一摊黑黑的屎。冯爱国的屎这么臭，大家啧啧称奇。守仁很生气，狠狠踢了冯爱国一脚。冯爱国竟然毫无反应，睡着了，鼻子正发出安详而均匀的呼吸声。

　　以后的几天中，来自江边的臭气整日整夜萦绕在光明村上空，熏得光明村的人喘不过气来。

第四章　步年是一匹马

1

　　步年骑着马，站在村头的大字报栏前看了一会儿。看城里的大字报时，他老是想，城里毕竟是城里，乱七八糟、见不得人的事就是多，光明村可没这些臭事。但现在他的看法有了改变。他认为光明村虽然小，但一样藏龙卧虎。他看到今天的大字报在号召大家一起去砸代表封建迷信的庙，就想去看个究竟。他骑着马儿朝相公庙走去。

　　光明村的庙，值得一说。远处看这庙，让人感到既稳重厚实又富丽堂皇。它的飞檐是金黄色的，飞檐倾斜着刺入天空；它的墙则漆成淡黄色，虽然有几年没刷新了，但墙上的斑驳倒平添几分幽色。展露在飞檐之下的柱子也是雕刻精细，法度得当。总之，在这个简朴的小村里，这座庙显得相当华丽。如果走入庙中，别有一番天地。庙里有一个十分精致的大戏台，这在别的庙里可从来没见到过。大戏台三面敞开，前面挡着一护栏。护栏用木头雕刻而成，雕的都是帝王将相、才子佳人。戏台正面还有一对联：试看此地风云会，演出当年事迹来；一时富贵皆春梦，万古功名总戏场。横批：作如是观。光明村的老人说，那金匾上的金子是真的。相公庙是光明村的政治文化中心之一（另一处是村头香樟树下），社员聚集的广场。光明村过去斗地主，斗反动派在这里，过去请来的戏班子也在这里演出。

　　守仁带着一帮人打算把庙里的菩萨砸烂。他们到相公庙时发现有人捷足先登，竟把菩萨的头割走了。被割走了头部的菩萨看上去阴森森的，竟把一伙人镇住了。这尊菩萨大家很熟悉，闭上眼睛都能想起菩萨既威严又慈悲的面孔，每次进相公庙，光明村的人都会感到这尊菩萨的光芒，他们说不准这光芒来自何处，他们就是觉得这菩萨有光芒万丈。现在菩萨的头被人割走，整个大厅便暗淡无光了，就好像他们走错了地方，一时不知怎么办了。刚才摩拳擦掌的一伙人眼中露出畏怯之色。带头的守仁见此情景也感到不安，可他是带头的，不能露怯，他深深吸了一口气，跳出来喊：有人的觉悟比我们还高，比我们还积极，可见群众的革命要求有多强烈。我们还等什么。于是，守仁第一个冲上去，对准菩萨的手，把菩萨的手敲了下来。大伙儿见守仁动手了，只好跟上。有人砸菩萨的身子，有人砸菩萨的腿，一会儿，泥塑的菩萨就成了灰尘。砸完菩萨，他们又砸庙内的其他代表封建主义的雕刻石像。

步年一直站在庙门口看热闹。步青也在砸，样子还很积极。步年想，步青他娘的在拍常华的马屁，他想往上爬呢。步年的脸上浮出一丝讥笑。步青看了步年一眼，神情古怪。不知怎么的，马儿突然扬起前蹄叫啸。步年没准备，差点摔下马来。他不知道马儿为什么会受惊，跳下马去安抚。他看到马儿的眼中有惊恐之色。步年说：他们砸庙，你怕什么？说完，步年牵着马朝江边走。这天，马儿似乎一直处在不安之中。

2

光明村出现了题为《烈士的鲜血岂能亵渎》的大字报。大字报是针对步年的。几年前步年做过一段日子的代课教师，其间，步年发展了一批红领巾，红领巾多出两块，步年就做了条短裤。大字报揭发的就是这件事。小老虎他们当然不会放过这事。前段日子，他们批破鞋，斗老金法，搞游行，觉得很过瘾。但近段日子，村里的反革命似乎挖光了，他们的日子过得很清淡。这时挖出一个步年，他们好一阵兴奋。小老虎他们浩浩荡荡奔向步年的家。

他们在半道上碰到了步年。步年刚从江边放马回来，还不知道有人贴了他的大字报，骑在马背上，唱着小曲。他那样儿好像全世界他最幸福。孩子们围住了他，马儿就迈不开步子了。孩子们抬起头，开始责问马背上的步年：冯步年，你下来，老实交代你的反革命罪行。步年看见小老虎瞪着的两只三角眼就像两把刀子，好像小老虎只要眨一眨眼睛就可以把步年杀死。别看步年整天骑着马，是光明村的逍遥派，其实他对常华回来后光明村的变化也是经常思考的。常华批破鞋，他倒没觉得什么，批批破鞋时，大家娱乐娱乐，也是件不错的事。小荷花和大香香也确实是破鞋，批她们俩没什么大不了的，她们想来也不会太在乎。步年没看到批破鞋背后更深的革命用意。接着老金法失踪了，接着冯思有自杀了，步年才感到光明村玩得有点过了。步年也算个聪明人，他很快就想出了原因：有人想夺权。如前所述，步年虽在这个小村，但见多识广。来光明村改造的右派分子曾给他讲过一些宫廷故事，如唐朝李世民为了当皇帝杀了他的兄弟，为了权力杀来杀去是这个国家的传统。不过步年看不出光明村有多少权力，值得这样杀来杀去。老实说，光明村这点子权力步年真还看不上，握着这点子权在村里人模狗样地踱方步也很可笑。步年对自己说：这说明你没权欲，你没权欲你就很安全，不会有人同你过不去。再说你还养着一匹拥军马，这可是你身上最大的闪光点。什么人都可以反对，就是不能反对解放军。步年以为自己和解放军有那么点联系，他也算是光荣的人民解放军中的一员了，这不免有点自作多情。人往往看不清形势。步年不知道正是拥军马让他惹麻烦了。这会儿他和他的马被小老虎他们团团围住，他就低下头问：小老虎你们为什么说我反革命？小老虎说：你就是一个反革命。步年说：我不是。小老虎说：我问你，你是不是有一条短裤？步年说：我当然有短裤，我一共有三条短裤。小老虎说：其中的一条是不是红色的？步年说：我有一条红色的短裤。小老虎冷笑道：是用什么做的？步年说：红色短裤当然是用红布做的？小老虎说：冯步年，你这个反革命，你还想狡辩，你的短裤是用红领巾做的，是不是？步年说：是呀，怎么啦？小老虎说：交代你的反革命动机。步年说：我反什么革命了，红布就不能做短裤啦？谁这样规定了？小老虎说：冯步年，你想用反革命理论和我狡辩，好，我奉陪。我问你，红领巾代表着什么你知道吗？红领巾是五星红旗的一角，是用革命烈士的鲜血染红的你知道吗？你用烈士的血擦你的臭屁股，你这是什么目的？反革命分子何其阴险何其毒也！我们坚决不答应，打倒冯步年！小老虎带头喊起了口号，小伙伴们也跟着喊：打倒冯步年！步年没被镇住。他依旧坐在马背上，说：小老虎，告诉你，我的短裤是不是用烈士鲜血染红的我最明白，我多次试验，证明我的短裤中没有烈士的鲜血。我用清水洗短裤，清水就会泛红，这是褪色现象。小老虎你学过化学，你如果是个好学生你应该知道，那红色的东西是高锰酸钾，而不是血。如果是血，那就要发臭，我也不敢穿血染的短裤。小老虎，我知道你胆子大，但换了你也不敢穿血裤。红布就是红布，同烈士的血没关系。小老虎听了步年的话，满腔悲愤。他想，冯步年真他娘是个流氓啊，只有流氓才会说出这样的歪理邪说。对待这样的反革命流氓只能用革命的流氓行为（这个词是小老虎想出来的，小老虎觉得这个词很美好）反击。

　　就在这时，守仁操着棍子，拨开孩子的包围圈，冲到步年前面。马儿见到守仁，前蹄上扬，仰天长啸。孩子们吓了一跳，迅捷散开。步年没料到马儿突然使力，差点摔下地来。他夹紧双腿，对马儿说：你发什么神经，村里的人发神经，你也跟着发，你这个人来疯。守仁听到步年的指桑骂槐，气得不行，他不顾马儿左右奔突，冲过去先给马儿一棍，然后叫步年下来，不要耍反革命流氓。守仁不叫唤，步年也熬不住要下马了，因为守仁竟敢对他的马动粗。打步年的马儿等于扒他家祖坟。这样的大是大非面前步年当然不能做缩头乌龟。他跳下来，像一头头上长角的牛，向守仁冲去，猛抵守仁。守仁被撞得四脚朝天。孩子们见此情景都笑了，但小老虎没笑。小老虎如刀的三角眼向那些孩子一瞥，那些孩子就不笑了。小老虎又使了个眼色，一群孩子向步年冲去。步年撞倒了守仁，发现他的马儿已跑得很远，正以某种惊骇的姿态奔跑在远处的田野之中。步年想吹一个呼哨把马唤回来。这时，他的脑袋被人击中了。原来小老虎捡起了守仁掉在地上的棍子，对准步年的头部，用力猛砸。步年当即昏倒。步年昏过去的刹那，看到马儿飞了起来，融入了东边的天穹之中。

守仁这时已站了起来。他看到步年已昏了过去，有一种不能发泄的愤怒，他狠狠地踢了步年几脚，想到他打得再凶步年也不知道，他就不踢了。他对自己说：你省点力气，等步年醒的时候再打不迟。血液开始从步年的头顶流出来。血液像蠕动的软体虫子，慢慢地在泥地上爬行。步年的血呈黑色，很亮，像刚刚凝结的柏油马路。守仁抓住步年的头发，向队部拖。他骂道：你他娘的装什么死，你他娘的看我不整死你。孩子们跟在守仁后面，他们发现守仁的手变黑了，那是步年的血染的。头颅上的血朝步年的脸颊流，流过他的眉毛，横穿他的鼻子，漫过他的嘴唇。一会儿，这些血痕在他的脸上凝结了。他的样子看上去像一个中了剧毒的人，七窍溢血。看得孩子们胆战心惊。一会儿，守仁把步年拖进了队部。

守仁打算好好收拾步年。他把步年掷到地上后，对小老虎说：把步青叫来。守仁一想到可以在步青面前收拾步年，身体激动得颤抖起来。这段日子以来，守仁最恨的不是那些四类分子，而是步青。他是越来越看不惯步青了。瞧他那样子，成天黑着个脸，一举一动都学常华，好像在告诉大家他是常华同志最亲密的战友。他开始不把我放在眼里了，他以为他是谁了，以为可以不尊重我了。算他狠，算他会拍常华的马屁，为了把马儿献给常华，竟写大字报揭发亲兄弟。我倒要看看他怎么个狠法，我就让他在一边看着，看我如何折磨他的亲兄弟。我就不信，他会受得了。冯步青啊冯步青，既然你狠心把你的兄弟打倒，那就对不起了，你兄弟的死活就在我手上了。你们他娘的是双胞胎，虽然平时看起来是冤家对头，但你们流着一样的血，我要看看你受得了受不了。

一会儿，步青来到了队部。步青进来的时候，双眼空洞，表情冷漠。守仁一脸自作聪明的笑意，就好像他已经明白了世上所有的秘密。他说：步青，你瞧，你揭发的反革命我抓来了。步青若有所思地"噢"一声，好像一点也不关心这个事。步青空洞的目光穿过守仁落在一片虚无之中。守仁想，这会儿你无所谓，等下你就知道什么叫惨不忍睹。守仁观察步青，步青脸色苍白，看上去比以往更深沉。他娘的，他们就知道深沉，一副金口难开的样子，我受不了他们这德行，我受不了，我如果不说话我宁可死，他们那一套我学不来。

　　步青早上醒来的时候感到没一丝力气，就像刚刚大病了一场。他感到很奇怪，怎么突然浑身无力了呢。过了一会儿，步青全身疼痛起来，头要炸裂似地痛。后来他意识到步年被人打了。这事以前也发生过，他们打在步年身上，步青跟着疼痛。他又想，也许他们并没有打步年，我全身痛只不过是我今天生病了。他继续蒙头睡觉。就在这时，小老虎来叫他，让他到队部去。

　　守仁开始对步年施暴。他先从水缸里打了一桶水，往步年头上浇。守仁的表情十分轻松，好像步年是一株庄稼，守仁正在精心灌溉，好像这株庄稼在他的浇灌下会茁壮成长。一会儿，步年醒了过来，他对自己满身的水和躺在队部感到很奇怪。他首先想到的是他的马，他一天二十四小时和马在一块，现在马不在身边，他不放心。他问：我的马呢？我的马呢？守仁冷笑一声：你倒是挺重情的，一醒来就找你的陶玉玲。我告诉你马在哪儿。他指了指步年：你就是一匹马，你他娘的每天同马睡在一起，和马胡搞，你就是马。你爬，你爬几圈给我们看看。步青也在这里，他也想看你爬呢。步年当然不会爬，不但不爬，硬撑着站起来，想冲出去找他的马。守仁对准步年的脚就是一棍，步年来了个嘴啃地。步年的嘴唇磕破了，血大口大口从嘴中涌出来。守仁又踢了他几脚，让他像马儿一样爬。步年不屈服，于是守仁用棍子打。步年又昏了过去。

　　步青的脸上冒出虚汗。虚汗的颗粒很大，很像脸上长出的水泡。守仁微笑着走到步青跟前，说：步青，你怎么了，怎么出那么大的汗？步青喘了一口气说：我今天身体不好，早上起来头就痛。守仁说：头痛你就去喝一碗姜汤。你不会是别的毛病吧？步青说：我的头经常痛，老毛病。守仁说：我这样收拾你兄弟你没意见吧？步青说：什么话，他干了这么反动的事，我还有什么意见。我如果有意见就不会主动揭发他。守仁笑了笑，笑得很灿烂。他说：我想你也不会有意见。

守仁开始对步年实施第二轮打击。他还是用冷水浇步年的头，浇着浇着，守仁来了灵感，他掏出胯下的家伙对着步年小便起来。他一边小便一边哼着小曲，脸上的表情是畅快的，好像他正趴在女人身上作乐。撒完尿他还打了个快乐的激灵。昏过去的步年吃到了守仁温热的尿液，仿佛被打了一支强心针，又醒了过来。嘴边有咸味，他伸出舌头舔了舔。步青看到这一幕，直觉恶心，忍不住想吐。他干呕了几下，没吐出任何东西，但呕吐的感觉一直在喉头。守仁见步年醒来，笑道：你先像马儿那样在屋子里爬一圈，再来听你交代你的反革命罪行。步年惦记他的马，问：你们把我的拥军马弄到哪里去了？守仁说：又找你的老婆了，我也不知道陶玉玲去了哪里，不过你的陶玉玲从今天起不再属于你了，而是属于常华同志了。步青，是不是？步青尴尬地笑了笑，然后拔出一根烟递给守仁，说：守仁哥，你在这里审，我找马去。我刚才看到马在天边跑，万一跑远了，找不回来就麻烦了。守仁不放过步青，他拦住步青说：我一个人怎么审？两个人才能审，你不要走。步青没办法，只好留下。守仁见步青越来越虚弱，心里很高兴。

他娘的，我打步年，步青受不了啦，他想溜走啦。他娘的，是该让他看看我守仁的厉害，好让他以后服我。守仁更残忍地折磨步年，先把步年的手反架成飞机样，再用膝盖顶住步年的头，说：你爬不爬？你的陶玉玲是一匹马，你也是一匹马，你爬，你今天不爬，我就打死你。步年坚持不爬。一会儿，步年又昏了过去。守仁累了，像是突然萎掉了，哈欠不断。守仁对步青说：这儿交给你，我去隔壁睡一觉。

屋子里一下子安静下来。步年在墙边昏迷着。步青走到步年前面，板着脸说：你他娘的就不能低下头，你他娘的爬几圈怎么啦，你这是招打。他娘的都见鬼了，守仁打你，痛的是我，我被你害惨了。步青骂了步年一顿，又在心里骂起守仁。他娘的冯守仁，真是个恶霸，过去的地主资本家也没你那么凶。骂了会儿，步青的气有点顺了，头也不怎么痛了。他索性靠在八仙桌上，一会儿，睡了过去。

步青在睡梦中听到屋子里有马叫声，他醒了过来。屋里并没有马。他感到奇怪，这马叫声是从哪儿发出来的呢？他习惯性地朝步年躺着的地方望去，吓了一跳，步年不在那里了。他以为步年逃走了。如果步年逃走了，那他真是愚蠢至极，是找死。就在这时，步青又听到了马叫声，是从他的身后传来的，呼哧呼哧，声音里透着热气。步青转过身子，看到步年趴在地上学马叫。步青说：你这是干什么？刚才叫你爬你不爬，现在没人叫你爬你倒学起马来了。步年没回答，只是"噢噢噢"地叫。步青又说：你歇点力，老地方躺着去，等会守仁叫你爬时你也别太硬，吃眼前亏。步年依旧"噢噢噢"地叫。

步青这时看出了点名堂，步年难道真的变成了一匹马？此刻步年的表情似笑非笑，和他的马一模一样。步青全身起了鸡皮，他觉得步年这样笑很不正常，这笑容只有白痴和那些大彻大悟的人才有。步青想，大概守仁把步年的脑壳打坏了，守仁用这么粗的棍子打步年的脑袋，不打坏才怪。

步年自得其乐地在屋子里爬。步年不但叫起来像马，动作也深得马儿的精髓，他看上去完全像一匹马了。由于步年叫得太响，把守仁吵醒了。守仁从床上跳下来，看到步年在地上爬，开心地笑了起来。贼他娘的，刚才叫他爬不爬，喜欢吃棍子，现在没人叫他爬，他却爬得欢，还学马叫，人他娘的就是贱。步青怕守仁再对步年施暴，所以他客气地递烟给守仁，并擦亮一根火柴给守仁点上。守仁见步青这样一个态度，对步青就不那么生气了。别看守仁凶，他可不是个爱记仇的人。守仁美美地吸了口烟，沉浸在无比满足之中。

就在这个时候，小老虎来报。小老虎说：马儿失踪了。整整一个上午，马儿在田野里跑来跑去，不停地叫，叫起来就像奏哀乐。我们追不上它。后来，我们看到它长出翅膀，飞了起来，在天柱的上空消失了。我们找遍了天柱也没有找到。守仁和步青听了小老虎的汇报，很着急。他俩出门找马。他们没忘记把队部的门锁死，免得步年也逃到那个神秘兮兮的天柱去。

守仁和步青发动群众，去天柱找马。他们找了一圈，马儿的影子都没见着。后来，还是步青想出了点子。他说：只有步年找得到马，步年只要吹声哨，马儿就会回来的。同去的群众早已不想找马了，听步青一说，点头称是。于是守仁就带着光明村的群众赶到队部。

光明村的人看到步年像马儿一样在地上爬，并且步年的脸也像马儿一样拉长了，表情完全是马儿的表情，特别是步年的眼睛，也像马儿一样警觉，好像在他眼里世界出了什么差错。他们一时搞不明白步年为什么会变成这个样子，都有点吃惊。这时，守仁得意地说：这个反革命过去骑在马上神气活现，好像他是个大人物，你们瞧，现在被我的棍子训成了一匹马。守仁正说话时，步年"噢噢噢"地发出马叫声，把守仁的声音掩盖了过去。大家见状都笑出声来，气氛一活跃，群众的思想不再往阶级斗争那边靠，他们禁不住讲起粗话。一个说：步年，你老婆陶玉玲不见了，我们为了找你老婆，两腿都走酸了。另一个说：步年，你老婆不听我们的，我们叫它，它不肯见我们，你老婆他娘的还很贞洁。大家一边说，一边笑，连板着脸的守仁也笑了。只有步青一脸严肃，步青在公共场所不轻易笑，这点很像常华，难怪光明村的人都说，步青是常华第二。这个说法守仁听了很不开心。

守仁对步年交代了几句，步年就欢快地朝村头爬去。光明村的人跟在后面。令人惊讶的是步年爬得还真快，他们必须小跑才能跟得上。步年爬到村头的香樟树下，向东瞭望，双眼露出温柔之色。这时，步年的喉咙中发出尖利的叫啸。一声，二声，三声。奇迹出现了，人们只眨了眨眼，天边出现一匹飞翔的马。马儿漂亮的鬃毛高高扬起，前腿的肌肉群坚韧有力，午后的阳光照耀在马身上，马儿像一只鸽子一样洁白。人们又眨了眨眼，马儿就出现在村头。马儿见到步年显得很兴奋，它用头蹭步年，还用舌头舔步年的脸。步年流下了泪。见此情景，有人高声地说：现在，光明村有两匹马了。他们是步年和陶玉玲，他们刚好是一对儿。

3

　　步年的身上出现了奇怪的事情。他在地上爬，有几只昆虫总是跟着他，在他的头上盘旋，怎么赶都赶不走。它们嗡嗡嗡围着他转的样子就好像他是一堆狗屎。几天以后，他头上聚集的虫子越来越多，就好像头上出现了一个天柱。步年想，虫子好奇心太强，大概想弄明白他为什么要像马儿一样在地上爬。步年被守仁打昏时，马儿跑到了他的梦里。马儿说：你还是在地上爬吧，你如果站着你就要挨棍子，你趴在地上你就安全了。步年醒过来后在地上爬了几圈感觉很好，突然觉得自己天生是一匹马。虫子越来越多，步年爬到哪里虫子跟到哪里，头上的虫子就好像是一把保护伞。步年害怕起来。怎么会这样，见到大头鬼了，我他娘的又不是天柱山，你们虫子跟着我干什么。步年想，他站起来大约虫子就会散去的。但他起来后，虫子不但没有散去，反而往他身上钻，就好像他变成了一棵树，它们都来他身上栖息。虫子把步年弄得浑身发痒。步年赶紧趴下。虫子又飞到了他的头顶上方。他试了几次，都是这种情况。步年不敢再站起来。他想，马儿跑到我梦中来叫我在地上爬，现在虫子也要我在地上爬，这是天意了。步年就打定主意在地上爬。关于虫子的事，步年有点疑神疑鬼。他想，也许根本没他娘的虫子，也许我的脑子被打坏了，出现了幻觉。不管是幻觉还是确有其事，总之，嗡嗡嗡的虫子在头上聚集够让人心烦的。所以，步年决定把虫子赶跑。步年找了一些能冒出青烟的干草，企图熏走头上像乌云一样飘来飘去的虫子。步年一边烧一边说：你们走吧，我不再站起来了。步年烧了三天三夜的干草才把虫子赶跑。

很长一段日子，步年只要一出家门，就在地上爬，见人就像马儿一样叫，好像在故意逗大家开心。光明村的人围到他身边，问：步年，你为什么不站起来，守仁又不打你了，你站起来好了，你为什么还在地上爬呀？你是不是脑子坏了？步年只是哈哈傻笑，不回答这个问题。他在心里说：你们这些庸人，你们怎么会明白我的感受，我过去骑在马上不知道世界有多奇怪，我在地上爬后才知道你们有多可笑。因为我的眼睛变成了马的眼睛，我看到的东西和以前不一样了。当然我不会告诉你们这个秘密，如果我告诉你们，你们就会说我是疯子，可究竟谁是疯子还很难说呢。

远处的机耕路上传来叮叮当当的声音。步年的心就狂跳起来。他心爱的马儿过来了。可怜的马儿，现在不自由了，现在它的后面拖着一辆该死的车子。车子是步青亲手做的，花了整整一个礼拜。每天晚上，步青都在东屋敲敲打打，弄得西屋的步年睡不好觉。步年躺在床上骂步青：他娘的，狗腿子步青，为了拍常华的马屁，觉也不想睡了，真是官迷心窍了。步青为这辆马车费尽心思，车篷上不但画了毛主席画像，还画了林副主席的画像，毛主席语录当然也是不能少的。因此，这辆马车看上去就像马戏团的道具车。常华很喜欢坐马车，喜欢坐着马车进城。自从常华有了马车，进城进得很勤，以至于光明村的人在背后说常华在城里有姘头。这当然是私下的谈资，不足为凭。今天常华又坐着马车进城了。待马车叮叮当当的声音消失，光明村的人开步年的玩笑。有人说：步年，陶玉玲给常华拉车你一定很心痛是不是？你如果心痛，你可以自己去拉呀，你就拉着常华进城呀。又有人说：步年，你心痛也没用，你看陶玉玲现在连看也不看你一眼，它早把你忘了。步年也跟着哈哈笑，一脸无心无肝的样子。

村里的人玩笑了一会儿，就散了。这时，小荷花走了过来。小荷花批斗时被剪成了阴阳头，头发还未长全，因此看上去头上像顶着一只刺猬。小荷花原定为破鞋，因为她父亲老金法畏罪潜逃，小荷花被定为新生反革命，成了"四类分子"。小荷花虽然多次被批斗，但她的同情心没有因此被批掉。她见到步年在地上爬，心里就发酸。她想：多么可怜呀，好好的人变成了一匹马，从小没了爹娘，也没个人帮衬，他的兄弟又是个人面兽心的家伙（自从步青批了她爹老金法，小荷花已经不对步青抱任何幻想了，她现在对步青恨之入骨）。小荷花就想安慰步年几句。

步年知道小荷花可怜他。步年想，他娘的，她就是傻，容易自作多情，她的处境也不比我好，却来同情我。她就是博爱。步年于是对小荷花学了几声马叫。小荷花见步年这样，眼眶一酸，掉下几颗泪珠。她说：步年，他们都说你脑子有毛病，我想想也是，否则怎么会像马儿一样爬呢！步年，你太可怜了，身上那么脏，手上都是泥。步年，我看到你这个样子就想哭。步年又噢噢地叫了几声，开口说话了。他说：破鞋，你就是太多情，这个毛病永远改不了。不了解的人还以为你是个圣女，以为你同情阶级敌人，其实你也是阶级敌人，你也好不到哪儿去啊。你爹跑了，你也是个孤儿了。所以，鬼知道你在为谁流泪，你一定在为自己流泪。小荷花说：步年，听你说话，还像原来一样刻薄，我想你的脑子没有坏。既然脑子没坏，你为什么要像马儿一样爬呢？步年说：破鞋，你过来，我来告诉你。你为什么会被打成反革命？并不是你有什么错，也不是因为你是破鞋，你做破鞋没有错，错在你爹，你爹手里有权。我为什么变成一匹马儿，是因为我本来骑在马背上，有人也想骑在马背上。你明白了没有？小荷花摇摇头，表示不懂。步年说：你这个人就是太笨，我来同你说几句大白话。如果你手里有东西，就很危险。我变成了一匹马，不但手里没东西，连人也不是了，所以就没有危险。小荷花，你却有危险。你瞧你，屁股那么圆，腰肢那么细，大腿那么长，你还有东西，你很危险。小荷花被步年说得脸红心跳，眼睛也露出近日少见的光芒来。她说：冯步年，原来你那么流氓。步年说：你别自作多情，我对你可没兴趣，可我不敢保证别人对你没兴趣。小荷花说：我出了那么大的丑，谁还要我。步年笑了笑说：人家明的不要，暗地里要。不过，小荷花，你放心，我会给你想办法的。

小荷花突然想起一件事，她说：刚才小老虎来通知我明天大游行，所有四类分子都要挂牌游街。步年，这回你也逃不了。步年说：我愿意给革命群众取乐。

　　下午，村里的广播下了通知，为了展示文化大革命的胜利成果，光明村革委会决定和邻村搞一次活动。活动这样安排：邻村的群众把他们的"四类分子"押过来和光明村会师，两村合在一起游街。下一次光明村到他们村游街。步年听到通知，就朝家里爬。他想，他娘的，游行可是个力气活，我得先好好休息一下，睡他一觉再说。

　　第二天，步年早早爬着报到去了。他到的时候，别的四类分子都还没到。群众也没到队部，同"四类分子"比，革命群众的自觉性要差得多。守仁已经在队部。光明村的四类分子都归守仁管，所以每次活动他都起得早，等着四类分子来报到。守仁见步年爬过来，就笑道：反革命步年，你倒是积极。步年说：我虽是反革命，但对革命也应该支持，我来得早是对革命最大的支持。守仁说：你倒是会花言巧语。没多久，"四类分子"陆续到了。大香香的头发看上去比平时更亮泽，看来她今天精心打扮了一番，头发上抹了菜油。小荷花穿得很随便，但她就是穿得破破烂烂，圆屁股也是撅着的，撩人眼目。冯思有死了，他的儿子冯爱国被他娘带了来，大家看不出冯爱国是睡着还是醒着，他浑身软软的，没一点生气。他们来的时候，自觉地带了牌子，有的已挂在自己的脖子上，有的好像还有点难为情，用手提着，故意不让人看到牌子上面的字。小荷花不但自己是新生反革命，还有一个畏罪潜逃的爹，因此，她要挂两块牌。步年被打倒以来，还没被正经批斗过（很奇怪，常华和守仁居然没兴趣批斗他），所以步年没有牌子。步年见别人有牌，自己没有，觉得不妥，就主动向守仁要求挂牌。守仁这才意识到没给步年准备这玩意儿。他一时找不到合适的木板，守仁只好说：你不用挂牌了，你是一匹马，在地上爬就行。

革命群众对参加这样的活动很高兴，今天虽然要走几里路，但想起一路上热热闹闹的，不但可以喊口号，男男女女还可以打情骂俏，大家相当期待。守仁见人到得差不多了，就开始集合"四类分子"。"四类分子"怎么个集合法，守仁早已心中有谱。具体是：步年在最前排，因为他是马，他在最前面爬观赏性较强；第二排是两位破鞋，大香香和小荷花；第三排本来应是冯思有和老金法，但冯思有已死，由他儿子代替，老金法在逃，空缺；后面的四类分子身份复杂，不一一赘述。"四类分子"排定后，守仁回到队部办公室，向常华作了汇报。常华点点头，光明村的大游行就开始了。

照例是锣鼓开道。前面敲锣打鼓的是步年过去吹拉弹唱班那一伙，现在他们成了无产阶级宣传队队员。他们在前面锣鼓一敲，气氛就出来了。革命群众脸上都绽放出了笑容。一位女同志举起拳头喊口号：无产阶级文化大革命万岁！群众也举起了手，跟着喊口号。只是群众喊得不太庄严。

领喊口号的女同志不是光明村人，她是常华特意从城里请来的，这说明常华是多么重视这次活动。这个女同志留着短发，穿着军装，一脸严肃。她的声音尖利高亢，像金属一样闪亮。光明村的人除了从广播里听到过这么漂亮的声音，现实生活中还没听到过，大家亲耳听到这种声音，有一种自己真的干上了革命的幻觉。这女同志脸蛋周正，奶子也蛮大，但光明村的男人认为她太一本正经，对她几乎没有想法。倒是光明村的女同志有想法，她们私下说，这位城里来的女人是常华的姘头。常华为什么老进城，就是去见她。当然她们这么说没一点证据，她们总是这样，想象力只停留在这种事情上面，她们的毛病是以为想象到的就是事实，实际上可能根本不是这么回事。不过说老实话，实际究竟怎样只有常华知道。光明村没人敢问，外面的传言也没人敢向他通报。

现在要说说常华处在游行队伍的什么位置。常华坐在马车里，马车处在"四类分子"方阵的后面，群众方阵的前面。马车的左边是步青，右边是守仁。常华喜欢听马车叮当的铃声，但群众口号喊得山响，把铃声被掩盖了过去，常华感到遗憾。群众喊口号，他跟着在车内举举手，动动嘴，不发出声音。他的样子非常深沉，让大家想起那尊被敲掉的菩萨，眼神遥远，好像在远处或是天上看着这一切。

革命群众喊着口号，一路前进。群众早上吃的东西不一样，因此，空气中什么样的气味都有。这段日子，光明村的人喜欢吃洋葱，吃这玩意儿的后果是不但嘴巴臭，还很容易放屁，所以一路上屁声不断。放屁的人自己捏住鼻子嘿嘿地笑，好像占了什么便宜。臭屁在空气中扩散，有人闻到了，就用手去扇，但大多数人因为口号喊得太投入没有闻到。另外还有精液味。光明村的男女晚上免不了要交合，但他们不讲卫生，干前不洗，干后也不洗，因此如果仔细闻，女人身上常有男人的骚味。还有别的如汗臭味、脚臭味、狐臭味，还有像大香香头上的菜油味（大香香虽是"四类分子"，游行时却是昂首挺胸，就好像她是一位奔赴敌人刑场即将英勇就义的烈士），那些爱美的大姑娘身上的花露水味等等，都在以自己的方式在空气中弥漫、混合，让兴奋中的群众更加兴奋。口号连着口号，许多人的脸都涨得通红，他们高兴得就像奔向天安门去见毛主席。一会儿，革命群众的嗓子哑了，举向天空的拳头变软了，有的人在喊口号的间隙打起哈欠。

步年爬在最前面，不时回头看群众。他想，他们终于泄了，他们的高潮过去了，可邻村的队伍还没到呢。看来喊口号也不是件轻松活。步年放慢速度，来到小荷花身边，说：你瞧，革命群众比我们还辛苦呢。

第五章　结婚

1

日子一天一天过去，光明村的斗争基本上尘埃落定。常华成了光明村的队长，也是村支书，官照说也不算大，可他给人的感觉好像他掌握着整个地球似的。常华任命步青做副支书，安排守仁为副队长。但守仁和步青究竟谁的官大，没有明确。那个叫小老虎的孩子成了光明村的红卫兵书记（相当于以前的团支书）。大家最羡慕的是小老虎，本来像他这样年纪的人只能算个半劳力，现在因为做了官，算个整劳力，每天拿十个工分。鉴于小老虎在光明村大小也算个人物，再叫他的小名小老虎似有不妥，因此在此报出他的大号，冯小虎。在以后的叙述中，说到小老虎时，就用他的大名冯小虎。常华大权在握，手下大将各归其所，日子就太平了。

那座曾是光明村象征的相公庙已面目全非，不但菩萨被砸，里面的一些花雕匾额被人撬去或当柴火烧掉了或当作文物偷偷地藏了起来。畏罪潜逃的老金法依旧没回来，传说他逃到台湾投奔蒋匪去了，考虑到和台湾隔着大海，大家认为去台湾的可能性不大。空闲的时候，大家要说说老金法，他究竟去了哪里，是死是活。至于冯思有，他畏罪自杀了，事实清楚，大家反倒不怎么说起他。

运动尘埃落定后，步年还是整天在地上爬来爬去，给大家取乐。步年真的是个活宝。村民们开始还问问他的想法，他这么干究竟是个什么意思，时间一长，也麻木了，以为步年生来就是个在地上爬的人，假如有一天，大家看到他没在地上爬倒可能会吃一惊的。

只要人一多，步年就在地上爬。没人的时候，他当然不会爬，他才没有这么傻。支书常华觉得这是个问题，认为步年有情绪，对村支部不满。于是常华派守仁去做步年的工作，让步年站起来。步年就是不肯起来。守仁对步年说：步年，你这匹马是我打出来的，你趴在地上我很高兴，但常华支书要你站起来，所以我劝你还是起来。步年对守仁作马叫。守仁又说：你他娘的用马叫声来回答我，当心我揍你。我知道你会说话，你同别人都说人话，为什么偏偏同我不说人话？步年又是一声马叫。守仁说：你他娘的想做马，就让你做个够，你永远不要起来。说完，守仁踢了步年一脚。守仁回到队部，对常华说：步年被我打傻了，他不肯起来。常华说：他在地上爬，成天不干活，谁养活他？守仁笑了一声，说：这个反革命没学会过干农活，歪门邪道却懂得不少。运动前，他纠集一帮人替人家搞红白喜事，没事就赌博，从来不下地干活。后来因为那匹"拥军马"，冯思有让他看马，他才赚些工分。常华想了想，说：他在村里爬来爬去的，丢人现眼，让他去江边看果园吧，叫他住在果园里，不要让他再进村。

于是，步年就在江边看果园。人人都喜欢看管果园，活儿轻松，不花力气。步年因为像马儿在地上爬而得到看管果园的美差，更是不愿再站起来了。看了几年的拥军马，人变得比较懒，去地里干活，他已无法忍受。大家都说步年这家伙傻人有傻福。步年看果园时，喜欢上了听田头广播。自从他像一匹马那样在地上爬，他老是想起那个自杀的高德老头，想起高德死前对他说的那句"多听听广播"的话，开始受到启发。他就听广播。步年是个聪明人，听多了，也听出了名堂。他想，一切刚刚开始，还有更厉害的斗争呢。现在不能站起来，如果站起来，他还会被打趴下。在地上爬最安全，这是他听广播的心得。

转眼又到了春天。南方的土地适合植物的生长，树木花草像是突然被激活了似的变得肥大饱满鲜嫩。春天的阳光温和明亮，天空蓝得难以置信，一些白云在天上一动不动。光明村里的人喜欢春天，因为春天的活计不累，在春天柔和的风中干活，可以一边开玩笑，一边打情骂俏。男人如果以玩笑的方式摸一下女人，女人必定会发出明亮的格格格的笑声，她们的大屁股和大奶子都会抖动起来。当然，这是贫下中农的生活，光明村那些"四类分子"不敢这么放肆，他们大都屁都不敢放一个，在角落里默默干活，春天对他们毫无意义。过去，大香香是打情骂俏的高手，现在她在"四类分子"这一组，没人同她闹她感到很寂寞，看到光明村的群众嘻嘻哈哈的，她很想冲过去一起乐。但大香香怕群众批斗她，不敢轻举妄动。另一位破鞋小荷花，以前也是群众喜欢开玩笑的对象，她人又傻，反应与众不同，开她玩笑常有意想不到的乐趣。现在，她成了四类分子，群众心里即使想开她的玩笑也不敢了。至于小荷花本人对这类事一点兴趣也没有，她整天低着头，眼神惊恐。

一个阳光明媚的中午，步年在果园里听完田头广播后，向江边走去（边上没人，他不用爬）。每天中午小荷花干完活后都要来江边发一会儿呆。小荷花的爹老金法失踪了，小荷花不知道他去了哪里，因为冯思有曾在这条江里自杀，她认为她爹也在这条江里自杀了。小荷花的想法就是这么傻。她坐在江边幻想着她爹突然从水面上浮出来。如果爹是活的最好不过，如果是鬼也得告诉她一声，他现在在哪里，过得好不好。步年来到小荷花的身后，叫道：破鞋，又想你爹？小荷花吓了一跳，用手在胸口拍了拍，说：步年，你这个四类分子，鬼鬼祟祟的，想干什么？步年说：破鞋，你爹不会回来了，你在这里等没用。小荷花说：步年，我不是在等我爹，我是不敢回家。步年说：为什么，难道你家里有鬼？小荷花说：我不想说。我爹不在，我害怕。步年说：你害怕什么。你是个破鞋，人长得浪，屁股是屁股，奶子是奶子，你虽然一个人住着，但屋子外一定有男人在偷看，你喊一声就会有男人冲进来。小荷花叫道：步年，你这个流氓，人家同你说正事，你却这么不正经。步年，我给你说个事，你不要说出去。步年说：我同谁去说，我是一匹马。小荷花说：步年，你最近是不是常常单独批斗？步年笑道：没有，我看果园，没人批我，据我所知别的"四类分子"也没单独被批。小荷花说：这个我也问过，连大香香也没单独批斗，只批斗我。步年说：你等等，最近好像没批斗会呀。小荷花说：我每天晚上被守仁带到队部批斗。步年涨红了脸说：守仁每天晚上批斗你？他怎么批斗你的，你说。小荷花说：他黑着脸敲我的门，把我带到队部，叫我站着。到了队部，守仁黑着的脸变得很温和，连眼睛都很温和。他对我说，你知道我为什么带你来吗？你好好想想。我想了好几天，都想不出来。步年说：后来呢？小荷花说：后来，他就叫我回去想。步年说：你这个破鞋真他娘的蠢，连这点子事都想不出来。我替你想出来了，守仁的意思是你应该结婚了。小荷花说：我是破鞋，谁还敢娶我。步年说：我会给你介绍对象的，你等着好了。小荷花说：步年，你虽然像一匹马一样在地上爬，说话流里流气，但你的心肠好，对我也好。步年说：去去，别听到我要给你介绍对象就拍我的马屁，你这也太现实主义了，没一点革命的浪漫主义。小荷花说：谁拍你马屁了，你这匹马只配给人家踢，没人会拍你的马屁。

他们说话的时候，五六只牛慢悠悠地朝江边走来。花腔骑在牛背上，唱着小调，不时地朝步年和小荷花张望，脸上浮现自以为是的笑容。这表情步年领教过，小马刚出生那会儿，要吃母牛的奶，小马吃一回奶，花腔就提出要骑一回马。步年最讨厌人家骑他的马，但马儿要吃奶，他没办法，只好答应。

花腔得意洋洋骑在马背上，一脸自以为是，让步年有种说不出来的恼怒。

晚上，步年住在果园的棚子里，怎么也睡不着，就走出棚子散步。现在是黑夜，除了贼不会再有人来，所以步年不再像马儿一样在地上爬，而是站起来，双手靠在背上，在果园里踱方步。步年守着的果园主要的树种是李树。春天的李树园，开满了细小的白花，风一吹，满鼻子香气。江就在旁边，站在果园里向江望去，那江像是浮在半空中。天上的星光和江中的星光合在一起，让人以为那江是在天上。步年觉得他的心好像也悬到了半空中了，他为谁悬着心呢？当然是为小荷花。他认为小荷花应该赶快结婚，否则就会被守仁糟蹋。但小荷花同谁结婚呢？步青过去和小荷花有一腿，但步青恐怕不会再对小荷花感兴趣了，步青现在是红人，整天人模狗样，不可能娶一位"四类分子"。村尾的阿狗，倒是老光棍，只要女的他都要，不会在乎破鞋不破鞋的，但如果小荷花嫁给这样的人步年又舍不得。想来想去，真还想不出合适的来。后来，步年突然想到了自己。他想，如果小荷花真嫁不出去，索性我做做好事，娶了她算了。步年这样一想，感觉就出来了，脑子中浮出小荷花的形象。小荷花虽然黑了点，但眼睛大，水汪汪的，她的腿像苦楝树那么修长，她的屁股圆圆的，热热的，滑滑的（步年曾在小荷花骑马时摸过她的屁股，此刻当时摸屁股的感觉又回来了），她的腰细细的，乳房挺挺的，即使被打成破鞋被剃了阴阳头，男人们还是觉得她美，喜欢多看几眼。步年心中就有了一种异样的感觉，脸也涨红了，有一种急于想见小荷花的柔情。

步年是个急性子，有了想法后，激动地在果园里大步地走，脑子快速转动，思考下一步怎么办。思考的结果是：他决定现在就去找小荷花。夜已经很深了，整个村子静悄悄的，光明村的人都睡了。步年进村，几只狗对他叫了几声，发现是熟人，狗们跑过来和步年亲热。它们口中呼哧呼哧地吐出热气，吹在步年的脸上，步年浑身发痒。步年朝小荷花家爬去。狗儿们跟在他后面。他讨厌狗儿们跟着，回过头骂：他娘的，你们跟着干什么？当心我杀了你们红烧。狗儿们脸皮厚，依旧跟着。步年没法子，就从地上捡起一块石头，向狗砸去。一只狗被砸中后，呜呜地叫了几声，逃了。别的狗也跟着散去。一会儿，步年来到了小荷花的家门口。里面一片漆黑，他想，小荷花一定睡了。

步年举手敲门。笃笃笃，步年轻轻地敲了三下，然后侧耳倾听里面的动静。步年听到小荷花从床上爬起来，接着是一阵窸窸窣窣的穿衣服的声音。过了好一阵子，小荷花没来开门。不但不来开门，里面一点声息也没有了，好像人突然消失了。步年不耐烦了，他举起手重重地敲击小荷花家的门，嘭嘭嘭，把门上的灰尘都震了下来。这时，里面传来一个怯生生的声音：谁在外面？步年先学了一声马啸声，然后说：我是你爹，老金法回来了。吱的一声把门打开，小荷花说：这么晚了，你来干什么？你把我吓死了。步年说：我给你介绍对象来了。小荷花让步年进了屋，又关上门。屋里没点灯，很暗，步年隐约看到小荷花上面穿着一件衬衫，下面穿一条棉毛裤。

棉毛裤很小，把她的线条都绷了出来。步年的心里又热了一下。小荷花呆呆地站着，刚才步年敲门让她受惊了。她以为门外是守仁呢，还好，是步年。步年坐到一条凳子上，眼睛亮亮的，看着小荷花傻笑。小荷花说：步年，你笑什么？你这个样子很像你兄弟步青呢。步年，你们兄弟俩挺相像的呀。步年没回答小荷花，他只是傻笑。小荷花接着说：步年，你的兄弟步青不是人呢，我恨死他了。步年，你也一定恨他吧，他为了自己过好日子，他把你打倒，把你弄得像马儿一样在地上爬，简直没人性了啊。步年依旧不说话。小荷花又说：步年，你为什么不说话？我刚从被子里钻出来，还没穿衣服，我都冷死了，你难道想冻死我。小荷花这么说时，步年的心里一阵温暖。小荷花还在滔滔不绝地说：步年，你中午同我说的话我好好想过了，我一个人过生活太不容易了，我应该嫁人，可是步年，不会有人娶我的呀，你瞧，你说过给我介绍对象的，可你没有找到愿意娶我的人对吧。步年，就是你这个"四类分子"，你这匹马也不想娶我对不对？步年一把抱住小荷花，朝小荷花床上走。小荷花挣扎道：步年，你想干什么？步年，你不可以胡来的。步年，你这个"四类分子"，你不可以占我便宜的。步年，你搂得我太紧，把我搂痛了。步年，你说介绍对象给我，原来你想把自己介绍给我。步年，我还以为你只对马儿感兴趣，我还以为你讨厌我，你原来对我不怀好意呀。步年……步年……步年啊……

　　小荷花被步年疾风暴雨般的动作弄得不知所措。当然她也没多想，情不自禁地有了反应。步青也曾这么搂着她，兄弟俩的身体形貌十分相像，但两人反应完全不同，步青不像步年动作这么大，步青要温柔得多。完事后，她的眼睛很亮，独自一个人咪咪地笑。她说：步年，你也会搞破鞋。步年闭着眼睛，心满意足。小荷花又说：你累了吧，肚子饿不饿？我给你烧年糕吃。步年迅速从床上爬了起来，说：你躺着，我去烧。小荷花躺在床上，看着步年在灶间的一举一动。年糕浸泡在水缸里的，步年从一只水缸找到另一只水缸，没找着。小荷花想，步年平时蛮机灵的，这会儿怎么这么笨了。她就对步年喊：年糕浸在酒坛子里。步年回过头对小荷花笑。他拿了年糕，用刀子切。他的动作很笨拙。小荷花担心步年被刀子切中指头。她呆呆地看着步年，心头突然涌出一股热流，眼泪跟着涌了出来。没想到呢，步年这么会体贴人，他平时可是恶声恶气的啊。步年烧好了年糕，端给她。她一边吃，一边深情地看步年。步年被她看得面红耳赤。小荷花很快就吃完了年糕，来到步年身后，把步年的头抱在怀里。小荷花说：我还想要。

这一回，步年要温柔得多。他把小荷花的衣服都脱光，搂着小荷花小巧而丰满的身体，不停地亲她。她的身体滑滑的，热热的，他不得不搂得紧紧的，好像怕她的身体消失似的。他感到他们的身体会说话，他用身体询问，她就用身体回答，一问一答，丝毫不出差错。完事后，步年疲倦地睡死过去。小荷花却依旧兴奋，她看一眼步年，自言自语地说：步年，你是个坏蛋，是个下流的"四类分子"。

天快亮的时候，步年在睡梦中感到有人趴在他的身上，醒来后发现是赤身裸体的小荷花，小荷花闭着眼，脸色通红，欲仙欲死。步年也激动起来，他假装自己熟睡着迎合小荷花。他的意识里突然出现了一匹马，马儿在田野上狂奔，马儿白色的鬃毛高高扬起，像一面不倒的旗帜。马蹄声清脆悦耳，像是敲击在他的身体上。他感到意识正在慢慢消失。他看到马儿突然飞了起来，融入碧蓝的天空。一会儿，所有的物象消失了，只留下强烈的白光。步年的眼泪像失去控制，大量地涌了出来。当他意识到自己在流泪，有点不好意思，他抱住小荷花，动情地说：我会照顾你的，我会照顾你的。小荷花的身体感觉到步年在流眼，不知为什么，她像一个孩子一样哭了起来。

2

　　白天步年看守着光明村那几亩果园，晚上他去小荷花那儿和小荷花乾坤颠倒。步年想，我虽然是个"四类分子"，是一匹马，可我的日子过得很快活，活着还真他娘的不错。

　　他们俩虽好上了，但不敢让人知道。如果村里人知道步年这个"四类分子"在搞破鞋一定会被批斗的。村里人对这种事可感兴趣了。小荷花对他们像地下工作者那样搞不满意，她对步年说：步年，我们这样不是个办法，我们应当结婚。要是革命群众发现我和你搞破鞋，他们会把我的头发剪去。步年，我好不容易把头发养起来，可不想再被他们剪。步年说：如果要结婚，村里的头头要同意。但他们认为我是傻的，我如果去求他们，他们就认为我不傻，不会再让我管果园。小荷花说：步年，那我们怎么办呢？我们不能老这样呀。步年说：过段日子，我同步青去说。虽然他把我打倒了，但我总是他的兄弟，我叫他办这事他应该会答应的。小荷花不同意，说：求步青还不如求守仁。步年不愿意小荷花去求守仁，因为守仁对小荷花有企图。究竟去求谁他们没最后定。

　　一天，步年从小荷花家里出来，走在黑暗中。果园在光明村的西南面，出村要过西边那条小河上的一座石桥。一会儿，步年来到石桥上，感到有点儿累，在桥上坐下休息。他刚坐下，耳边就传来花腔的声音：嘿嘿，累坏了吧。步年吓了一跳，毕竟他刚才是在搞破鞋，心虚。他僵在那里不知怎么办。他想，他娘的花腔，在暗中窥探我呢。他想干什么？步年知道花腔是个怪人，喜欢装神弄鬼，自称能目穷千里，还能预知未来。可有些事情也奇怪呢，很多时候花腔的预言还很准呢。有一回，花腔对步年说：步年，你这么疼你的马，好像马是你老婆，但你和马长不了，有一天马儿要离开你。当时步年听了，以为花腔是嫉妒才这么说，现在想来还真被他说中了。花腔的预言还很多，他说多年以后光明村会变成一座镇子。这话光明村的人当然愿意听，觉得花腔的这个预言就像是在描绘共产主义美好蓝图。花腔还预言道，多年以后他会成为一个伟大人物。光明村的人对这个预言似信非信，当然也没往深里想，一笑了之。步年不知道花腔为什么同他耗上了，此时步年已镇定下来。步年想，花腔知道他搞小荷花破鞋，花腔不来捉奸，这说明花腔认为捉奸对他没什么好处，不捉奸对他有好处。也就是说花腔藏着心思。步年打算不再理睬花腔，他向江边爬去。在花腔面前他得装成一匹马。步年不想花腔把事情搞大，他不理花腔，只是想增加同花腔谈判的筹码，谈判是一定要谈的了。他刚爬出几步，后面又传来花腔的声音：你的罪名可不轻啊。步年说：我我我什么罪名了？花腔说：什么罪名？不提你搞腐化，光其他罪名就可以举出一箩筐。步年说：那你说说看。花腔说：步年，我就是讨厌你这个腔调，过去你的马要吃奶，你就是这个德性，天生是个无耻之徒。步年说：花腔，究竟谁无耻？你三更半夜把我拦在桥上，是什么意思？有什么无耻的想法，你说出来。花腔说：我把你拦在桥上是来专你的政。你听着，我来说说你的罪状。一、你不看果园搞破鞋，不把集体财产当回事；二、你不疯不傻，却装成马儿在地上爬，狡猾成性，麻痹群众，欺骗群众；三、你做马的目的是不想干生产队的重活，只想干轻活，你讨厌劳动，资产阶级思想严重。光这几条，就要被批倒批臭。不但批倒批臭，他们还要让你站起来，干最重的活。步年被花腔说得心里发毛，难道花腔真能看穿别人的心思？步年被花腔说得一愣一愣的，笑道：花老弟，你的眼睛真毒，花老弟，我都在地上爬了，你干嘛还要同我过不去。花腔说：步年啊步年，我就是看不惯你，想当年，你有一匹马，一天到晚洋洋得意，好像世界上你最伟大，不把我放在眼里。我现在要让你把我放在眼里。步年说：花老弟，我都成了马了，怎能不把你放眼里呢？花腔说：你这匹马是假马。步年说：花老弟，我能为你做什么呢？我想来想去想不明白。我知道你喜欢骑马，可我是一匹假马，你不会喜欢骑我这匹假马吧？花腔说：算你聪明，步年，我就是想骑马。步年说：骑真马？花腔说：真马。步年说：不不不不不，花老弟，真马不能骑，真马现在是常华的，不是我的，你同我说我也没有办法。花腔说：步年，你再装傻，我可要把你的事说出去了，到时候你吃不了兜着走。步年说：花老弟，你想叫我干什么？花腔说：他娘的，那马儿只听你的，它是你老婆，你叫一声，它就会乖乖跟着你。我想让你晚上把马儿牵出来，让我来骑。步年说：这可使不得，这要是让守仁知道了，还不把我批个死去活来。花腔说：可是我把你搞破鞋的事说出去他们也会把你批个死去活来。你自己好好想一想。花腔又说：你可以明天回答我。明天，我在这里等你。

3

花腔十七岁，想法古怪，表情严肃，但玩起马儿来，却很天真。玩马儿时，花腔其实还是个孩子，步年差点喜欢上了花腔。步年玩了一次马后，认为花腔想出这个办法来真是不错，至少他又和马儿在一起了。

谈判后的第二天晚上，步年和花腔在桥头会合，时间已过了十点，光明村的人早已睡了。如前所述，光明村的人习惯早睡，不但睡得早而且睡得死。步年本来也睡得早，近来因为同小荷花偷情，养成习惯，一到晚上，精气神特别足。步年在桥头和花腔碰面，花腔看上去精神比步年还好。步年说：花腔，这么晚了，你还这么精神，难道你晚上不用睡觉？花腔说：我如果不想睡，可以七天七夜不睡。步年说：花老弟，又吹牛。花腔说：你们这些庸人怎么会明白。步年问：花腔，人家都说你能看见别人看不到的东西，能把人的五脏六腑看透，你有没有这个本领啊？花腔说：当然有了。步年说：那么你试一试。花腔道：这能轻易试吗？步年哈哈一笑，说：花腔，你就会装神弄鬼，我不相信。花腔说：你们这些庸人，就是想激我。我告诉你吧，我想看到什么就能看到什么。你如果问我守仁现在在干什么，我告诉你，他在睡觉。你如果问我常华在干什么，他也在睡觉。步年哈哈笑了，说：我也知道他们在睡觉，不然他们干什么？花腔说：我说这些是叫你放心，头儿们都睡了，你可以放心地把马牵出来。步年说：他们睡了，你怕什么，自己也可以去牵啊。花腔说：他娘的，我不是没牵过，但我一碰它就叫，它只听你的，它是你老婆。他们说着就来到队部的仓库外。

东边的山上挂着一个残缺的月亮，照得村子很明亮。花腔说：步年，马儿就在里面，它没睡，正等着你呢。步年说：我已经有一年多没骑过马了，他娘的，马儿可能已把我忘记了。万一马儿叫起来，民兵把会我们抓起来，他们手上的枪可是真家伙。花腔说：你去，我保证它不会叫。

步年打算从窗口爬入仓库。窗很高，步年指望花腔来帮他一把，可花腔他娘的站在一边只是看着，好像这事同他无任何关系。步年把两条腿伸到仓库里时，感到自己好像伸入一个深不可测的陷阱里。这时他的脚下出现一个温暖的东西，心头热了一下，心跳如鼓，他知道，下面迎接他的就是他的马，他的陶玉玲。他的整个身子顿时软了，顺势滑了下去，俯伏在马背上。马儿的鬃毛热烈地蹭步年的脸，并发出轻微的呵呵呵的声音，像是在欢笑。步年想，马儿没有忘记他。他牵动缰绳，让马儿前蹄上扬。马儿听话地做了个英武的动作。

仓库外的花腔，见步年迟迟不出来，早已等得不耐烦了。他嘭嘭嘭地敲仓库门，敲得步年心惊肉跳。步年想，如果村里的民兵听到敲门声，那他死定了。步年说：花腔，你敲什么？我出来了。花腔叫道：他娘的，你以为我不知道你在搞什么鬼，我看得见。你不要太肉麻，亲个没完。你难道真把陶玉玲当成你的老婆。步年赶紧把仓库门打开。步年说：花老弟，你行行好，不要叫了。花腔见到马儿，伸手去牵，但马儿脖子一扭，不让他牵。花腔说：嘿，瞧它的德性，还以为自己是什么。步年说：现在我来牵，等到了村外再说。

步年牵着马，小心翼翼地朝村子外走去，很担心村子里突然蹿出一个人把他们抓住。花腔一点都不在乎，平时很深沉，但这会儿话说个没完，好像成心想同步年过不去。步年头皮发麻，恳求花腔闭嘴。花腔一脸坏笑，说：步年，你连破鞋都敢搞，你怕什么？

一会儿，他们走出了村子。还好，没碰到人。马儿比花腔听话，一路上几乎没发出任何声音，不像往常，马蹄声声。步年说：花腔，你他娘的还没马儿懂事。花腔说：它是你老婆，当然为你考虑。来到村外，马儿马上活泼起来。它好像一个囚禁多年的人突然得到了自由，在田野上发出欢畅的呼喊。噢噢噢噢。它呼叫的时候，前蹄高高扬起。马儿用舌头舔步年的脸，花腔见了很不以为然，他狠狠地拍马儿的屁股，骂道：不要太过分，我叫你把马儿牵出来可不是让你们来亲热的。步年没理花腔，他索性跃上马背，自己先过把瘾。他已有一年没骑马儿了。步年骑在马上，喊了一声：驾。于是马儿撒腿就跑。花腔本想先骑马，被步年抢了先，很气愤。他想，这个"四类分子"就是不老实。花腔威胁步年：冯步年，你这个"四类分子"，你还不快过来，你再不牵马过来，老子就回村去叫民兵，把你这个破坏分子抓起来。我不但要告你偷马玩，还要告你搞破鞋。我要叫你人不人鬼不鬼。步年对花腔的威胁不为所动。步年知道花腔的欲望，他梦想骑马。平时见到常华骑着马儿奔过，他都会驻足观望，满脸艳羡，满嘴口水。步年清楚，如果他不替花腔把马儿牵出来，花腔真的会去告发他搞破鞋，现在不会，现在马儿在他的眼前，他马上可以骑了，他不会跑到村里去告发。步年也不想把花腔逗得太急，免得他狗急跳墙。步年骑了一圈，就来到花腔旁边，说：花老弟，你急什么呀。花腔说：冯步年，你这个反革命，这笔账我给你记上。步年说：花腔，你会不会骑马呀。花腔说：我可以在牛背上打盹，也可以在马背上睡觉。步年说：花腔，我劝你，你还是当心点，摔痛了可不要怪我。花腔警惕地看了一眼步年，说：你可不要搞阴谋。

在步年的帮助下，花腔好不容易才上了马，看上去既激动又紧张。步年说：花腔，你放松一点，牵住缰绳，夹紧双腿，就没事了。花腔点头。步年又说：花腔你好了没有，我放手了。步年的脸上露出坏笑，他嗯地吹了一声口哨。马儿听到口哨，像脱弦之箭，飞了出去。马背上的花腔紧张得像一具僵尸。步年见了，哈哈哈地大笑起来。

月光越来越明亮，照在水上，水面白晃晃的像一面镜子。马儿跑得很快，花腔也放松了，毕竟能在牛背上能睡觉。步年看到马儿跑得欢，忍不住跟着马儿跑。花腔很得意，嘀嘀地叫了起来。花腔说：步年，你不应该跑，你应该爬，你不是已经变成一匹马了吗？步年正跑着，听到花腔这么说很生气，就想捉弄花腔。步年跑到马前面，一个呼哨，马儿凌空跃起，花腔没有防备，重重地摔倒在沙地上，摔得眼睛直冒金星。花腔破口大骂：冯步年，你这个反革命，你是不是想谋杀革命群众。步年哈哈一笑，说：你算什么革命群众，你一天到晚装神弄鬼的，他们应把你打倒才对。花腔说：不要老三老四，扶我起来。步年扶起花腔。花腔说：天快要亮了，我们回村吧，明天晚上再骑。记住，明天晚上十点，我在桥头等你。步年今晚玩得很开心，爽快地答应了。

步年和花腔牵着马儿向村子里走去，村子里的鸡开始啼叫了。

4

每天晚上，小荷花等着步年的到来，但步年失踪了。过了八天，小荷花没见到步年，着急起来，不知道步年出了什么事。她觉得自己生病了。究竟生什么病，她一时弄不清楚。不感冒不发烧，可就是没胃口，吃一点东西就呕吐。吐起来还很厉害，简直要把整个胃都吐出来。她不知道得了什么病。有一天，她突然明白了呕吐的原因。她想，她没有病，是怀孕了。她顿时六神无主，哇地哭出声来。

小荷花不知道步年为什么晚上不再来找她。肚子里的东西是步年的，不管怎么说步年要负责，她得找到步年。小荷花清早在果园外面转，没见着步年影子。这是因为步年晚上玩得太开心，早上起不来。小荷花很想去步年的草棚看看，但她是"四类分子"，她怕进果园被当作贼。她叫了几声，也不敢叫得太响，怕村里的人听见，怀疑两个"四类分子"在搞阴谋。见里面没反应，小荷花回到了村里。

小荷花下地干活，和大香香在一块。小荷花脑子里老是想着步年，怀疑步年是不是死了。也怪不得小荷花这么想，本来嘛，步年天天晚上爬到小荷花床上来的，现在却是八九天连影子都没出现，也不来告诉一声出了什么事，小荷花难免会歪想。小荷花忍不住问大香香：步年哪里去了？大香香用奇怪的眼神打量小荷花。小荷花心里有鬼，脸不由得红了。大香香说：冯步年这个人，是个人物呢，我看他是光明村最聪明的人。大香香这么说，小荷花很高兴，不过她觉得应该替步年谦虚一下，说：步年聪明个屁。大香香说：他这个人脑子好，脑子好不好只要看他赌钱就知道，他赌钱很少输。小荷花说：他在赌钱吗？大香香说：步年在装傻，变成一匹马，脑子没有坏，他在和瞎子水明赌牌呢。小荷花就不吭声了，她想，原来步年在赌钱，他娘的冯步年，他娘的赌棍，在我这里占了便宜就想不理我，没门。

晚上，小荷花摸黑去了瞎子水明家。瞎子水明是个光棍，住在村头小河边的一间草房里，是光明村的五保户。水明因为是瞎子，家里不点灯，草房外面的路高低不平，很难走，小荷花好不容易才摸到水明家，嘭嘭嘭地敲门。里面传来水明阴柔的声音：谁？水明因为是瞎子，不用下地干活，皮肤特别白。他特别看重这一身好皮肤，轻易不晒太阳。由于他不大出门，他的嗓音就显得阴气过重。小荷花听到水明的声音，很不舒服，感到自己又想吐了。她吼道：水明，是我，小荷花，你把门打开。水明一听是小荷花，哪里还敢开门。他想，原来是破鞋，她想干什么？天这么黑，夜这么深，她来敲门是什么意思？水明一时想得很复杂。水明在里面磨蹭了一会，说：小荷花，你有什么事？月黑风高，我不能让你进来，对我的名声不好。你是不是想算命，要算命，明天白天来，你不要晚上来。小荷花，其实你还是不算命好，因为你的命不会太好，这你应该知道。小荷花听瞎子水明这么说，气得差点又要吐了。她骂道：瞎子，别臭美了，你他娘的有什么名声，就是母猪也不会看上你。你开门，我来找一个人。水明说：你找谁？小荷花说：我找步年，我知道他在你这里，在和你赌钱。水明说：你轻一点，别这么哇啦哇啦乱叫一气。现在谁还敢赌钱，我和步年赌钱差不多是上辈子的事情了。你找步年干什么？你来抓赌啊，你想立功啊。你这个"四类分子"，就是抓了赌也不会把你平反，你起什么劲啊。小荷花说：水明，我不同你说废话，步年究竟在不在？我找他有急事。水明说：步年不在我这里，不过我可以给你算卦。好了，我告诉你，你去村子外的沙滩上找找看。

　　回到家里，小荷花怎么也睡不着。脑子里一直盘旋着瞎子水明的那句话：去村子外的沙滩找找看。小荷花想不通，步年晚上不睡觉，不来她这儿，去沙滩干什么？难道想自杀？小荷花索性起床，朝沙滩走去。

　　已是半夜时分，月光很明亮。沿着小河边走，一会儿就来到堤埂上面。小荷花爬上堤埂已有点儿累，打算歇一口气。她的口中念念有词，骂起步年来：冯步年，你像你兄弟步青一样没良心，我这辈子被你们兄弟俩糟蹋了。冯步年，你就是死了也应该告诉我一声啊。就在这时，小荷花的眼前突然飞过一匹马。她吓了一跳，怎么会有马？难道解放军又开进了光明村？她眨了眨眼，定睛一看，骑在马上的不是解放军，而是花腔。再仔细一看，还有一个人在同马儿赛跑。她一眼认出那个跑步的人就是她的冤家冯步年。原来，冯步年在玩马，原来冯步年和他的陶玉玲在一起。他和陶玉玲玩就把我忘记了。她这样一想，内心复杂，涌出醋意和愤怒。我还以为你死了呢，我一天到晚为你担心，原来你同陶玉玲在一起。你的胆子怎么这么大啊？如果这事被守仁知道，守仁不把你的腿打断才怪呢。打断了腿，你就真的要一辈子在地上爬了，谁来照顾你呀，除了我还有哪个傻瓜肯照顾你呀。小荷花这样一想，眼泪就流了出来。她突然喊：冯步年，你过来。

　　步年和花腔正玩得开心，突然听到有人叫，吓得魂飞魄散。花腔从马背上飞纵而下，因为慌张，头朝下跌落在沙地上。步年伏在沙地上，吹了声口哨，叫马儿俯下。步年说：花腔，出事了，我可是听你的话才把马儿牵出来的。花腔说：你会听我的话？你年纪比我大，只会教唆我，你是个反革命教唆犯。步年说：花腔，我上你大当了。

小荷花伤心过度，心里想叫唤步年，却再没叫出声来。步年一直猜不透来人是谁，怀疑是冯思有那个患夜游症的儿子。有一次，他们在沙滩上玩马，冯思有的儿子翻着筋斗也来到沙滩，吓得他们要死。现在来的人不翻筋斗，并且屁股很大，是谁呢？花腔早已在一边嘻嘻地笑个不停，原来他早已认出那人是小荷花。小荷花来找步年来了。花腔自称目穷千里，他先认出小荷花也不是奇怪的事。步年见花腔笑，很生气，他问：你笑什么呀？花腔说：破鞋，破鞋来找你来了。这时，步年也认出那大屁股是小荷花。步年这才想起自己已有多日没去小荷花那里了。不过小荷花半夜三更来找他，他很生气，小荷花差点把他吓死。他就向小荷花走去。

小荷花见步年走来，嗓门一松，终于哭出声来。步年本来想教训小荷花几句的，见小荷花哭得伤心，心就软了。步年问：出什么事啦？你半夜三更的来找我干什么？被人发现还以为我们"四类分子"搞阴谋。小荷花没理步年，继续伤心地哭。步年问：你干哭个什么？谁欺负你了，是不是守仁欺负你了？小荷花使劲摇头，她说：不是啦，我怀孕啦。步年听了这话头就大了，脑子飞快地转动起来。他知道这意味着什么，这意味着他搞破鞋的事要大白于天下了，这意味着他必须像大香香那样站在村口向革命群众交代他搞破鞋的经过。那可不是好玩的事情。步年顾不得马儿了，拉起小荷花就走。花腔慌了神，说：冯步年，你要把马儿牵回队部啊。步年没理睬花腔。花腔又说：我一个人怎么办啊？马儿他娘的不听我的呀，陶玉玲他娘的只听你的呀。步年现在哪有心思理睬花腔。

来到小荷花家，小荷花还是哭个不停。小荷花说：步年，怎么办？我的肚子一天一天大起来了呀，我还没结婚就挺着个大肚子，我会难为情死的呀。步年说：你别担心，我想想办法。小荷花说：还有什么办法好想呀。步年说：我听说肚子里的东西可以做掉的。小荷花呜呜地哭：冯步年，你是个骗子，同你的兄弟步青一样坏，你不是说过嘛，要同我结婚的？现在我怀了你的孩子，你却不肯同我结婚，还想着要把孩子流掉，你没良心啊。步年头很痛，见小荷花这么伤心，也很难受。步年说：让我再想想办法。小荷花说：除了结婚还有什么办法可想。步年就不吭声了。小荷花说：你不是说过会去求步青的嘛？他是村革委会的，这事归他管，你们是兄弟啊，这事他不会不管。步年说：你不是不让我去求他嘛。小荷花说：我都大肚子了，还有什么办法。

5

光明村的人都听说了步年和小荷花结婚的消息，大家对这对"四类分子"的结合非常吃惊，在村民的印象里，这两个人总是吵吵闹闹的，没想到他们会结婚。他们同时得到的另一个消息是：村委会决定步年和小荷花结婚以后去天柱生活。这个决定是常华做出的。步年爬着去步青那里，求步青让自己和小荷花结婚。步青和常华商量，常华做出一个苛刻的决定，让他们婚后去天柱生活。常华做出这个决定的原因是：
一、常华不喜欢在他管治的村子有人像马儿一样爬来爬去，
见了心烦；二、过几天上面将派工作组来光明村，常华不想让
工作组看到有人像马儿一样在地上爬。所以，常华把步年和
小荷花发配到天柱去了。大家都很同情步年和小荷花。天柱
那是什么世界呀，那里都是虫子和怪事，光明村谁也不想去
天柱过日子。

步年和小荷花不这么想。步年很开心，去天柱那天，他不
但理了发，还穿上了一件漂亮的军装。军装他是和别人赌博
时赢来的。步年不再在地上爬（都要去天柱了，没必要了）。
小荷花也打扮得花花绿绿。光明村的人因为同情他们的遭遇，
来到村头，送这一对去天柱。大家还和步年开玩笑。有人说：
小荷花，你是不是憋不住了，步年这样的傻瓜你也要，还要跟
他去天柱，难道不怕？小荷花只是笑。又有人对步年说：步
年，你这个傻瓜，看来傻人有傻福，没想到光明村最漂亮的女
人被你娶走了。还有人说：步年，你们今天结婚，你们怎么不
发糖给我们吃。步年笑笑，说：等会儿请大家吃糖。

大家目送步年和小荷花向天柱方向走。这时，突然起风
了，一阵落叶从他们眼前飞过。落叶飞过后，天上竟然掉下大
把大把的糖果。孩子们见到糖果，魂都没有了，他们像青蛙一
样向糖果扑去。有糖果的地方聚集着孩子们的头。大家再往
天柱方向看，步年和小荷花已在半空中，正在向天柱方向飞
去。步年真的变成了一匹马，而小荷花变成了一只狐狸精。但
一眨眼工夫，马和狐狸都不见了。村民们想，步年和小荷花已

到了天柱。

关于步年变成马小荷花变成狐狸精这事，一段日子在光明村流传。常华认为这是迷信，禁止人们谈论这个话题。但孩子们怎么也忘不了糖果从天上掉下来的情景。

第六章

美好的生活

1

天柱的天空飞翔着各种各样的虫子。一种异样的气息在树木、山峦、溪流间缠绕。步年的脑子里想起"化石"两个字。步年来到天柱后就有点搞不清这里的时间，他觉得这里的时间按自己的方式流淌。这里的时间不是由太阳显现的，而是由那些古老的树木、神奇的昆虫和看上去极为原始的植被显现的。步年来天柱之前就知道天柱神秘莫测，现在他完全相信这里什么奇迹都可能发生。他担心他和小荷花真的像传说中那样变成虫子或别的什么。步年想，如果小荷花变成一只蝴蝶，可蝴蝶看上去一模一样，万一认不出来怎么办？步年想了个办法，在小荷花脖子上挂了一根红头绳，在自己脖子上挂了一根黑头绳。这样，如果变成虫子，也能彼此认出来。

　　他们在天柱住下来后，开始干村里派给他们的活。村里派给他们的活是看管天柱湖中的鱼及管理调节湖水的闸。另一个任务是让他们开垦山地，把天柱的植被砍了，种上番薯。因为这里是天柱，没有人愿意过来检查他们的工作。他们和虫子生活在一起，倒也自得其乐。至于他们是不是变成了虫子，他们不知道，自己看不见自己。不过步年发现了一个规律，如果他和小荷花相距足够远，小荷花会变成一只蝴蝶或别的什么，当小荷花走近时，又会变回来。步年问小荷花：我变成了什么？小荷花说：你变成了一匹马。但步年来到天柱以后不再像马儿一样在地上爬了。

　　刚到天柱的时候，步年总是一副心事重重的样子。他很担心小荷花肚子里的孩子。这个孩子来的不是时候啊，这孩子一出生，注定是一个小"四类分子"，注定像步年一样要成为一匹马，注定要成为天柱的一只虫子。步年认为如果孩子注定了要受苦受难，那还不如不让他出生。

　　过了一些日子，小荷花的肚子依然瘪瘪的，一点动静也没有。步年怀疑小荷花根本没怀孕，说自己怀孕纯粹为了骗婚。步年没向小荷花确证他的怀疑，他实际上在逃避这个问题。出于自我安慰，他把小荷花怀孕的事抛到了脑后。步年变得高兴起来，开始满山遍野跑。

　　天柱有不少好吃的野果子。山上有一种果子叫"野蓝莓"，吃多了能让人醉倒。步年喜欢吃野蓝莓，醉过去好几次，醉了就睡死在草丛中。等步年醒来，已是几十个小时甚至几天以后了。他醒来后看到身边聚集着无数美丽的昆虫，他抬头望天，要么看到蔚蓝的天空，要么看到近在眼前的星宿，这一切让他觉得身处仙境。他忍不住大声唱歌：在那遥远的地方有位好姑娘，人们走过她的身旁都会回头留恋地张望……他知道这是一首黄色歌曲，在村里不能唱，但在天柱可以唱。他想，天柱真他娘的自由，我可以随地小便，随处拉屎，随时性交，可以不穿衣裤，可以白天睡觉晚上不睡，可以唱黄色歌曲。在村里，这些事都不准干，一干就会挨批。步年觉得来天柱真的来对了。小荷花不知道步年醉倒了，烧好了饭等着步年来吃，却总也等不到步年，因此很生气。步年回来后她和步年吵架。步年觉得自己确实有点过分。步年想，自己太贪玩，没有个约束，步年想了个办法，拿出唢呐对小荷花说：小荷花，解放军下命令用军号，总攻也用军号，你找不到我就用唢呐。唢呐虽然没军号响亮，但唢呐连着我的心，你只要吹起唢呐，我就是睡得再死也会听到，我听到唢呐就会跑到你的身边来。你连续吹五下，就表示叫我吃中饭；你连续吹十下，就表示叫我吃晚饭；你一下一下吹，就表示有急事需要我处理。小荷花认为这样好，有点军事化管理的意思了。步年、小荷花像光明村其他青年一样对神圣的军营生活还是很向往的。有了给步年下命令的途径，小荷花突然觉得自己大权在握。一个人有了权力就会滥用，小荷花会突然心血来潮向步年发出有急事的指令。正是夏季，天气很热，步年一路跑来，早已汗流浃背，跑到他们住着的草棚，发现什么事也没有，只见到小荷花一脸狡猾的傻笑，很想发点火。但步年想发火的念头很快就消了，上来的是另一种火，因为他看到小荷花没穿衣服，饱满的乳房像两只蜜桃那样对着他傻笑，他只觉得浑身饥渴，冲过去一把抱住小荷花。一会儿小荷花就大呼小叫起来。在村里不能这样乱叫，这样乱叫会让人觉得自己不是活在社会主义新中国，而像活在万恶旧社会的资产阶级公馆里。小荷花声嘶力竭的叫声很像电影里日本鬼子被八路军刺穿胸膛发出的一声惨叫。步年说：你喊得太响了，你这样喊恐怕村里人都要听到了，他们还以为这里又爆发了抗日战争。

　　步年来到天柱后，非常容易兴奋，一兴奋，下身就发胀。因为天气热，步年下面只吊了一条短裤，所以看上去很吓人。有一天，步年刚从屋里出来，下边的东西又想女人了。他的眼前都是小荷花赤裸着的身体。小荷花虽然黑，但她的身体美妙无比，凸凹有致，她的屁股和乳房让人忍不住想吃掉她。这样一浮想，步年一刻也呆不住了，他拔腿往棚子里跑，让他失望的是小荷花不在。小荷花也喜欢满山遍野跑。步年站在棚子外，对着天柱的群山高喊：小荷花，你回来，我想睡你了。回声立刻从四面八方传来，嗡嗡嗡的，就好像虫子在叫。步年叫了几声，没得到小荷花的回答，急中生智，回棚子里拿唢呐，对着群山吹了起来。他没和小荷花约定信号，只好吹曲子。吹什么，当然是吹黄歌。让步年扫兴的是小荷花没被他吹回来，倒吹来一大批虫子。他吹着唢呐在山上跑，虫子跟着他跑。他停下，虫子也都停下，围着他打转。虫子的样子很烦躁，就好像它们也发情了。步年觉得奇怪，他吹唢呐怎么把虫子引来了呢？是不是小荷花变成了一只虫子混在其中呢？步年瞪圆双眼，观察身边的虫子，有没有一只虫子系着一根红线。步年没找到。他就对着虫子骂道：死虫子，你们来凑什么热闹，当心我把你们捻死。步年心急如焚，觉得再不见到小荷花他会被欲火烧死。那些该死的虫子往他身上叮，有的还往他胯下钻，搞得他全身发痒，他忍不住笑出声来，再也吹不出调子。这个时候，他觉得自己飘了起来，往下一看发现他的脚已离开地面，他大吃一惊，情欲一下子消失了。随着情欲的消失，他从几米高的地方跌落下来，虫子也轰地一下全散了，消失在树林之中。他搞不懂自己怎么会飘起来，坐在地上出神地想这事。想了一会儿，他有了一个猜想，认为刚才自己离地面是因为千万只虫子叮在他身上造成的，是虫子的力量使他飘了起来。他怕虫再次把他带上天，他不敢再吹了。因为情欲的消失，他变得很安静，坐在棚子里等待小荷花回家。

小荷花回家后，步年问小荷花有没有听到唢呐声。小荷花说：听到了，你吹得像一个醉鬼。步年想，这个女人就是太笨，听到我这个吹法应该知道我的需要。步年把自己刚才的情绪说了一遍，顺便还说了自己飘起来的事情。小荷花听了哈哈笑，说步年是个下流坏子。步年说：我刚才下面胀得都发麻了，就好像吹足气的皮球。结果你没给我放气，虫子为我放了气。说了一会儿，步年和小荷花约定信号，吹一下表示回家上床，吹两下表示去天柱的湖中亲热，吹三下表示在野地里干那活儿。信号比较简单，小荷花一下子记住了。本来步年打算搞得复杂一些，比如用一首乐曲表示一个意思，考虑到刚才自己飘起来，步年不敢这么做了。吹一声两声虫子不会来，吹一首曲子虫子就会围住他，看来天柱的虫子还懂音乐呢。

　　说着说着，步年又有了感觉。步年说：小荷花，我刚才瘪下去的皮球又胀了呢，你看看，它又胀了呢。小荷花看了一眼，不仅是脸红了，她的胸她的肚子还有她的大腿都红了呢，尤其是她的胸脯也像皮球一样胀了起来呢。如前所述，自住在天柱以来步年和小荷花不穿或穿很少的衣服，两个人身体的变化彼此都能看得很清楚。步年见到小荷花的样子，觉得自己的胸腔内装了一条大河或一片汪洋，心中既有温情的月光，又有热烈的潮水。步年就和小荷花爬到床上。一会儿，小荷花就恬不知耻地大呼小叫。来到天柱后，她已爱上了这样的叫喊，只要有一点点快乐，她就会叫个不停。步年当然喜欢她叫，她越叫他越来劲。正当步年渐入佳境，小荷花突然不叫了，她一动不动睁大双眼看着窗外。步年不知道出了什么事，停了下来，问小荷花怎么啦？小荷花说：我觉得窗外有人在偷看。步年说：谁会来天柱呢，放心好了。小荷花说：你还是去窗外看看吧。步年赤身裸体往屋外走，如他所料，窗外没任何动静。步年回来说：小荷花，没人。小荷花说：我看见有人在偷看，对我们指指点点，还嘿嘿嘿地傻笑。步年说：也许只是你快乐时的幻觉。步年说完又趴到小荷花的身上，小荷花再没有喊一声，步年很扫兴。

　　天气热，步年和小荷花每天汗流浃背，所以要洗澡。好在天柱的湖泊近在眼前，洗澡很方便，随时可以跳进湖里洗个痛快。有一天，步年在湖中摸到一只巨大的田螺，步年没见过这么大的田螺，想煮熟了吃一定很鲜美。小荷花不同意，她说：步年，说不定里面有田螺精呢？说不定是个美女呢？难道你不想晚上有美女来陪你？步年想想也对，就把田螺养放在小屋外的水缸里。

开始时，步年和小荷花没一起洗。有一天，步年从山里回来，看到天柱湖中有一条美人鱼，那游着的东西上半身像一个人，有长发，有圆浑的乳房和细细的腰，还有丰腴的屁股，屁股下面部分看上去像一条鱼尾巴，鱼尾巴呈红色，在水中划来划去。步年看了好一会儿才恍然明白那美人鱼是小荷花，等认出是她，鱼尾巴就变成了两条腿。见此情景，步年想起小荷花和她表哥私奔的事，那会儿光明村的孩子就是这样描述小荷花和表哥在湖中游泳的情景的。看来孩子们说得没错。步年就有了醋意，想，小荷花他娘的确实是只破鞋。不过步年这时候腿肚子发起热来，没有心思多想破鞋问题，而是屁颠颠地向湖中奔去。步年奋力游到小荷花身边，一把抱住小荷花。在水中的小荷花非常光滑，她只要稍稍用力，就会从步年的怀中挣脱。步年被小荷花逗得心急火燎。步年就装作可怜巴巴的样子说：破鞋，你不要欺负我。听到这个词，小荷花愣了一下，步年已经有一阵子没这么叫她了。小荷花想起她没被批斗前，步年就是这么叫她的，那是一段美好的时光。后来她成了"四类分子"，全村的人都叫她破鞋，步年就不这么叫她了，现在步年又叫她，她觉得步年是在赞美她，所以，她在水中游出一些挑逗人的身段，步年见了，感到自己要窒息了。步年又叫了一声（这会儿已经有点哀求的意思了）：破鞋，你快过来吧。小荷花哈哈一笑，说：破棍，水里不能玩，要出人命的。步年本想说你给表哥玩为什么不给我玩，觉得这样说要伤小荷花的心，咬住自己的舌头。见步年不声不响地在水中打转，小荷花潜到水下，向步年靠去。步年下身的东西在水中发怒。小荷花从身后抱住了步年。步年怕小荷花再溜，这回紧紧地箍住了她。小荷花叫道：破棍，你轻一点。步年从来没在水中玩过，觉得很新奇，也很刺激。他一边玩一边幻想着从前小荷花和她的表哥是不是也这样玩，好像在同谁赌气，他玩得很野蛮。小荷花不知道步年的想法，认为步年头一次玩这种花样，才这么有激情。他俩往水下沉，一直沉到湖底，然后像鱼一样跃出水面透气。一出水面，小荷花就大呼小叫，小荷花说：我要死了，步年你把我憋死了。这句话还没说完，他们又沉下水去。这样起起落落做了四次。第四次跃出水面，小荷花没吭一声，睁着一双安静的眼睛。步年还以为小荷花由于憋气而昏过去了，所以关切地问她怎么啦？小荷花说：步年，刚才有人看着我们呢。步年四处看了看，说：没有呀。小荷花说：步年，我不想玩了，我们回家吧。步年正在兴头上，小荷花说不玩就不玩，很生气。因为生气，藏在心里的话脱口而出：你是想起你表哥了吧。小荷花听步年这样说她，大怒，在水下朝步年胯下踢了一脚，说：破棍，你无聊啦。然后爬上岸，气冲冲地回到了小屋。步年痛得哇哇叫，在水中躺了一会儿，才缓过气来。他的欲望一点也没有了。他垂头丧气地往小屋走，认为是自己不对，他不该说出那样的话。不过，小荷花和步年有个优点，他们不会长时间怄气。没一会儿，小荷花的气就消了。气消了，他们又继续湖中未完之事。

　　步年老是用古怪的眼光打量小荷花的肚子，他害怕小荷花的肚子隆起来。他真的希望小荷花没怀孕。当然步年不会把这个想法告诉小荷花，他知道小荷花喜欢孩子。小荷花把步年的眼神老是在她肚子上打转看成是步年的好色。小荷花认为步年是个好色之徒，比她的表哥还要好色。

2

　　小荷花的肚子终于隆了起来，步年很失望。步年想有些人的肚子就是盛得住孩子，不像光明村有个妇女，动不动流产，有时候撒一泡尿也会把孩子流掉。步年没办法，看来只好让肚子里的孩子出世了。肚子里的孩子成为一个不可回避的事实以来，步年的情欲一下子丧失了，再也没有刚到天柱时那样的玩性了。步年开始为未出世的孩子忧心，很多个夜晚，想起孩子出世就要受苦，步年满怀悲凉。小荷花看到自己的肚子隆了起来，并且孩子在肚子里跳，她心花怒放。孩子在肚子里跳一跳，她的身子就会抖一抖，就好像一个从来没被男人抚摸过的少女被男人摸到了要害部位，有惊人的快感。每次胎动，小荷花向步年哇啦哇啦乱叫一通。如果步年不在身边，小荷花就吹唢呐，发出有急事的信号。步年气喘吁吁地赶到，小荷花又是哇啦哇啦地叫：步年，跳了跳了，跳得很有劲呢，一定是个男孩。步年看到小荷花高兴成这样子，心里发酸。他在心里说：小荷花，我们把孩子生下来其实是在害他呀。步年古怪地看小荷花的肚子，眼神里有一把刀子。小荷花很扫兴。她觉得步年这段日子越来越怪了，老是一个人唉声叹气，不知道在想什么，问他也不说。她原以为步年盯着她是好色，看来那眼神还有别的意义。她就说：步年你为什么这样看着我，好像肚子里的孩子不是你的？步年你再这样看着我，我要生气了。步年听到小荷花这样说，眼眶发酸，连忙转过身去把眼泪擦掉。他在心里说：小荷花，我不能把我的心事告诉你，我只能对你说谎，你是个没头脑的人，我说半天你也不会明白道理的。步年擦掉泪后，对小荷花说：小荷花，你胡说什么呀，你肚子里的孩子当然是我的，我怎么会怀疑你呢。听了这话，小荷花就高兴起来，她又满山遍野撒野去了。

步年坐在自己的小屋前发呆。他恨自己怎么是个"四类分子"，怎么是一匹马，怎么成了天柱的虫子。如果他是单身汉，那他成为"四类分子"、一匹马、一只虫子也无所谓，现在他将有一个孩子，他身上的这些"帽子"会害孩子的呀。孩子生出来怎么办呀，他是黑五类他就会一辈子受人欺负的呀。虽然步年想破脑袋也想不出解决的办法，但只要一空下来他就会忍不住想这个问题。步年的忧虑像黑夜那样漆黑和深不可测。

一天中午，步年正躺在小屋里休息。四周很安静（天柱总是这么安静），林子里传来各种各样的鸟叫声，虫子们在天空飞，如果飞得离步年近一点，步年能听到翅膀震动空气的声音。正当步年的意识逐渐模糊将要入睡时，小荷花捧着个大肚子像企鹅一样笨拙地跑了进来，上气不接下气。小荷花人还没到，声音先到。小荷花说：步年，怪事呀，"四类分子"冯友灿他们也在天柱呀，他们在山谷里玩呀。可我叫他们一声，他们眨眼就不见了呀，就好像他们是鬼魂。步年见小荷花说胡话，没理她。"四类分子"怎么会来天柱，他们是村里的壮劳力，村里的重活等着让他们干，常华怎么舍得把他们弄到天柱来。步年继续睡觉。小荷花捏住步年的鼻子，说：步年，你醒一醒。你记不记得我们上床时门外有人偷看，你当时还说门外没人，现在你承认了吧，是"四类分子"冯友灿他们呢。被小荷花咋咋呼呼一叫，步年瞌睡没有了，说：小荷花，你一定看错了眼。小荷花说：你跟我去看一看嘛，你看了就会相信了。

　　步年很不情愿地跟着小荷花来到一个山谷。山谷里吹来阵阴风，步年上身赤裸着，感到有点冷，浑身起了鸡皮疙瘩。步年交叉着双手，在身上摩擦了一会儿，向山谷望去。山谷下面有一块狭长的平地，地上长满了杂草和藤蔓。藤蔓沿着峡谷向上攀升。这些藤蔓非常结实，步年曾攀着这些藤蔓爬到谷底。步年眨了眨眼，发现谷底下果然有一群人，仔细辨认，一个个全都认识，小荷花说得没错，他们全是光明村的"四类分子"。步年想，小荷花说有人偷看还真有其事呢，原来是"四类分子"在捣鬼，他娘的这些"四类分子"不学好，偷看人家性交。步年很生气，打算找机会好好批斗批斗他们。步年继续观察这些四类分子，和在村子里很不一样：在村子里，他们一个个很麻木，脸上没有任何表情，比牛还要木讷，牛还会笑一笑，"四类分子"们几乎不会笑。四类分子不会笑不会哭当然也不会愤怒，就好像他们没有灵魂。在天柱，这群人似乎很有个性呢，很喜欢出风头呢。步年观察了一会儿，才看明白这群人吵吵闹闹在干什么，原来他们在比谁捉的虫子漂亮。他们也不谦虚一下，都认为自己捉的虫子最漂亮。他们手上的虫子都很美，有的美得娇艳，有的美得高贵，天柱漂亮的虫子多的是，真要比出个高下是困难的，很难判定蝴蝶和眼斑芜菁哪个更美丽。这样的争论是毫无结果的。这些人中变化最大的当数冯友灿。在村里冯友灿被革命群众认为是"四类分子"中最老实的一个，他人很瘦，整个身子弯得像一只虾米，见谁都点头哈腰，走路的样子不像是双脚行走，而是像虾米那样在跳。即使这样，冯友灿也没少挨守仁的棍子。但在天柱，他看上去牛皮得很，他的腰不再像虾米而是像一根笔直的木头，脸上的表情也很有尊严，所以这根木头看上去像守仁手中的那根木头那样有些霸气。冯友灿还是这帮"四类分子"的核心呢，"四类分子"比不出个结果，要求冯友灿定夺。冯友灿装模作样看这些人的虫子，试图做出一个合理的裁决。步年见冯友灿这小子这么老三老四，就忍不住跳了出来。不能算是跳，应该说步年是沿着藤蔓往下爬。当他爬到谷底，发现那帮四类分子早已逃之夭夭。步年站在谷底，大叫：冯友灿，你出来，干嘛逃啊。步年叫了好一会儿，冯友灿才鬼鬼祟祟地出来，后面跟着的那帮人看上去很小心也很警觉。

步年见到冯友灿，感到很高兴。要是在村子里，步年虽被打倒，也是个势利眼，他可不想和"四类分子"打交道。在天柱，步年看到他们却感到特别亲切，恨不得拥抱冯友灿。步年嚷道：冯友灿，你们怎么也在天柱，难道你们也被发配到天柱来了不成？冯友灿支支吾吾地说：步年啊，说出来你会吓一跳的啊，我们不是人，我们是灵魂啊。步年吃了一惊，仔细观察了会儿冯友灿，感到冯友灿表情很严肃不像是在开玩笑。步年问：冯友灿，你为什么说这样的话？你这是在吓我吧？你吓我也没用，我可不怕鬼。冯友灿说：步年，我没骗你啊，在村子里，我们一个个没表情，像一堆行尸走肉，我们为什么会这样的？是因为我们的灵魂已不在身体上了呀，我们的灵魂都飞到天柱来了呀，在天柱可以自由自在地玩呀。步年听了这话觉得似乎有一定道理，但他还是不能完全相信眼前这帮家伙是灵魂。他把手伸过去抚摸冯友灿，摸到了他的脸是真的，摸到了他柔软的头发是真的，摸到了他的衣服也是真的。关于灵魂步年是这样认识的：灵魂是摸不着看不见的，有没有灵魂也还是个问题，而现在他面前的这伙人不但看得见，还摸得着，可见不是灵魂。步年不想在他们是否是灵魂这个问题上纠缠，现在天柱有了这么多人，意味着同他玩的人就多了，应该是件好事。

　　小荷花还在山谷上面，她这段日子见到的人太少，看到这些"四类分子"很兴奋，哇哇叫着要下山谷。小荷花对自己挺着个大肚子很满意，也很骄傲，很想让别人看到。她曾提出要回村，给村里人看看，把步年吓得要死。步年好不容易才阻止了她。现在，小荷花终于发现了观众，感到很幸福。小荷花挺着个大肚子，不可能像步年那样攀着藤蔓下来，必须绕很远的路才能走到山谷里。但这样绕要花半天时间，下面那群人不可能等着她，她很着急。冯友灿站在山谷里幸灾乐祸地对小荷花笑。冯友灿说：步年，你他娘的有艳福呢，小荷花虽是破鞋，可她是光明村最漂亮的女人啊。她叫起床的样子，比天柱的虫子还要浪呢。步年想，他娘的，这帮四类分子果真在偷看。步年骂道：冯友灿，怪不得你们被定为"四类分子"，原来这么下流。冯友灿说：我们是灵魂，你怕什么？我们什么东西都看得见。

这之后，四类分子常到步年的小棚屋来坐坐。冯友灿喜欢和步年说话。冯友灿说他好久没和人说话了，他要和步年说个痛快。冯友灿最喜欢同步年谈女人。冯友灿说：步年，你别看我人瘦，我从前很讨女人喜欢呢。你知道从前我们家是地主，我去一趟城就要玩一个女人。女人喜欢缠着我，她们说我很温柔——这个词现在没人说了。这些女人都很漂亮，比你家小荷花还要漂亮。城里女人皮肤他娘的就是白。步年，我还娶过一个城里女人呢。那真是尤物啊，屁股是屁股，奶子是奶子，我恨不得时时把她搂在怀里啊。可后来，这个女人难产死了啊。不过现在看来，她幸好死了，否则也要一起受苦，说不定还会像小荷花一样被打成破鞋。冯友灿说话的时候，步年一直愁眉不展。冯友灿的话触动了步年的心事。冯友灿问：步年，你怎么啦，怎么一声不吭？步年叹了一口气说：友灿啊，我担心着呢，晚上睡不着觉呢。冯友灿说：你在天柱还担心什么呀？步年说：我怎么能不担心！你瞧，小荷花快要生了，可她不该生这个孩子呀，我们是"四类分子"啊，是一匹马，是破鞋，是天柱的虫子啊，这孩子一生下来就是四类分子，一匹马，一只虫子啊，他以后怎么过日子啊。冯友灿神情悲伤起来，说：步年，既来之则安之，以后的事情谁说得清楚。这些话步年憋在心里太久，一提这个话题就忍不住流泪。步年说：可我就是放不下这颗心啊。步年的忧虑像黑夜那么漆黑和深不可测。

3

步年算算日子，小荷花分娩就在这几天了。

一天，步年在山下的湖边劳动，听到小屋中传来惊天动地的喊声，很像姑娘初夜发出的喊声，既痛苦，又带着欢愉。步年知道小荷花要生了，连跑带爬向小屋冲去。他打开门，发现小荷花张着双腿躺在床上，床上流满了血。

步年手足无措地站在小荷花的身边，不知道应该做什么。小荷花一边叫喊，一边骂骂咧咧。小荷花骂：冯步年，你们家没一个好东西，你的兄弟冯步青，过去玩弄我，把我抛掉。你又把我的肚子搞大，让我现在痛得要死……小荷花脏话连篇，听得步年心惊肉跳。虽说小荷花平时说话不怎么干净，在床上也喜欢说粗话，但如此高频率地吐脏话，如此赤裸地说下体器官，步年是头一次见识。步年很想帮小荷花的忙，见小荷花这么痛苦，甚至很想亲自替小荷花去生孩子。他从来没接生过孩子，不知怎么下手。他很担心，如果小荷花出什么事，他一个人在天柱就太孤单了。

还好小荷花的屁股圆，也不算太小，光明村的人一看就认为小荷花天生是个生仔的料，小荷花没费什么劲就把孩子生了下来。别看小荷花个子不高，但劲儿不小，生下孩子也没觉得太累，还无师自通替孩子剪掉了脐带，然后在孩子的屁股上拍打了一下。孩子哇地一声哭了，哭声很响。小荷花躺在床上，一脸疲惫地笑了。她说：是个女孩。步年早已看到是个女孩。步年抱着孩子，表情是怪怪的。小荷花问：生了个女孩你不高兴吗？步年没回答。

步年替小荷花擦洗身子，小荷花疲倦地睡了过去。睡在小荷花旁边的孩子在哇哇地哭。步年的眼泪就流了出来。一会儿，他抱起孩子，走出小屋，走进天柱的黑夜。小孩子还在哇哇地哭个不停，步年的心里打着鼓。步年边走边说：孩子，你爹是个"四类分子"，你爹已变成了一匹马，你不应该来这个世界，你来认我这个爹，你就是个小"四类分子"，是一匹马，以后有的是苦头吃。孩子，不是爹狠心，要把你杀死，爹是为你好。爹没同你妈商量过，我不敢同她商量，她不会答应，她会舍命保护你。孩子，你妈是个没头脑的人，你妈什么都不懂，她不懂你将来要吃苦，她不懂爹杀死你是为了你好。

步年来到不远处的一块空地上，把孩子放在地上，举起锄头借着月光开始挖坑。他举一次锄头，回头看一眼孩子。孩子满脸皱纹，十分难看，但慢慢地，他看出名堂来，女儿竟像自己呢，瞧她的眉毛，她的眼睛，还有她的耳朵，都像自己呢，她的鼻子和嘴像小荷花。步年的心里涌出温暖的情感。他掷掉锄头，抱起了孩子，亲孩子。现在，步年看一眼孩子，看一眼他挖的坑，他的思想就复杂起来，不知道怎么办了。他说：孩子，你爹怎么啦，怎么变得婆婆妈妈了呢？你爹本来想得好好的，不让你在人世间受苦的，你爹现在却没了主意了。孩子，你爹舍不得你，你爹开始喜欢你了，你的眉毛你的眼睛像爹，连你的耳朵也像爹呢，爹怎么舍得你呢。孩子，爹这么婆婆妈妈实在怪不得爹呀。孩子，爹真是左右为难呀。步年像一只困兽围着坑打转。

就在这时，小荷花跌跌撞撞地赶了过来。刚才她梦见一群四类分子在她旁边叽叽喳喳叫她：小荷花，醒醒呀，不好了呀，步年想把你女儿杀死呀。小荷花吓出一身冷汗，从梦中惊醒，找刚出生的女儿。女儿果然不在身边，步年也不见人影。她想，这些四类分子说的是真的。怪不得步年看我肚子的眼光这么怪，他的眼光里有杀机啊。小荷花哭了，她说：你们为什么不阻止他呀。四类分子说：我们是灵魂，阻止不了他呀。小荷花，你快去找步年吧，要来不及了呀。小荷花说：步年在哪里呀？你们带我去。小荷花在"四类分子"的指引下向山坳里奔去，找到了步年。她看到步年正围着一个坑在打转，大叫一声：冯步年，我同你拼了。步年看到小荷花来了，把女儿抱得更紧了。步年说：我没干什么呀，我什么也没干。她是我女儿，你看她的眼睛像我，她的眉毛像我，我怎么会不要她呢？小荷花，你放心吧，我一定要把她养大，我向你保证，向毛主席保证。小荷花不相信步年，她冲过去，一把抱住孩子，孩子还在哭，小荷花说：宝宝不要哭，你爹不要你，可娘要你。小荷花再没看步年一眼，抱着孩子回家去了。步年像做了错事的孩子跟在小荷花身，一路都在嘟囔：我怎么会不要我女儿呢，我会吗？我不会的呀！我女儿像我呢，眼睛像，眉毛像，连耳朵也像……

4

有一段日子，小荷花不让步年靠近女儿。每当步年想抱一抱女儿，小荷花就像一只母老虎一样扑过去，紧紧把女儿抱在怀里，并用警惕的眼神打量步年。步年要是靠近她，她就用锋利的牙齿咬步年。小荷花的态度和行为让步年哭笑不得，束手无策。步年只能远远地听孩子的哭声、笑声还有咿咿呀呀的叫声，只能远远看着孩子在小荷花的怀里吃奶、流口水或手舞足蹈。强烈的亲子之情在步年的胸中荡漾，他恨不得能抚摸一下女儿稚嫩的肌肤，或用自己粗糙的胡子刺一下女儿的脸，但这一切只能在幻想中实现。步年心痒难熬，觉得心脏要跳出来，跳到孩子身上去了。但小荷花总有办法把他的心脏退回来。步年说：小荷花，没想到你这么不讲道理。小荷花不但不让步年接近女儿，还不让步年同床。步年只好睡在小棚屋的外间。晚上，步年借着月光，爬在窗口看熟睡中的女儿。他看一眼女儿，父爱就增多一分。看到后来，他实在忍不住，从窗口爬了进去。

时间最终会解决一切问题，步年和小荷花和解了，一家人在天柱过起平静的生活。一晃过去了几年，步年的女儿会走路会说话了。村里的人不知道步年生了女儿，步年也从来没同村里人说起自己当了爹。步年的女儿成了个没有户口的人，名分上还是个世上不存在的人。女儿会走路后，步年很担心女儿有一天跑到村里去，他担心村里人告诉女儿，她是个小"四类分子"，是一匹马，是天柱的虫子，女儿就会不可避免地受到伤害。

也许同步年刻意安排有关，也许这个小女孩本性如此，她特别的作息规律：她总是白天睡觉，晚上醒来。每天晚上小女孩总会满山遍野跑。天柱的"四类分子"非常喜欢这个小女孩。"四类分子"冯友灿聪明过人，他为步年的女儿做了一只巨大的气球。气球是用羊胃囊中的一层薄膜做的，冯友灿把气球吹得像一只水缸那样巨大。为了让气球飞起来，冯友灿捉了很多虫子，把虫子放入气球，这样，气球借着虫子的力量就能飞到天上。小女孩攀援着气球在天柱山飞来飞去。

不久，步年发现女儿又染上别的毛病。女儿竟生吃天柱的虫子。不管什么虫子，她只要捉到就往嘴里塞。看到这个景象，步年先是感到呕心，然后是害怕。他担心女儿吃了虫子会死。女儿倒是一点事都没有，身体没有任何不适。步年禁止女儿吃虫子。女儿吃上了瘾，步年一转背，她就抓虫子吃。步年一点办法也没有。后来，步年就不再管女儿。不过，步年想起女儿吃虫子，就感到不安。

总的来说，步年对目前的生活是满意的，他和小荷花身体很好，他们又有了个女儿，女儿虽有一些怪毛病，但活泼健康，讨人喜欢（至少她迷住了那些四类分子）。天柱的生活虽然无聊，不过有那些四类分子同他一起玩，也不算太寂寞。步年再没有想过那些"四类分子"究竟是灵魂还是人。有一天，步年突然想起已经有很久没去村子里看看了，有很久没见到他的马儿了。他想，老同这些"四类分子"玩也没意思，应该去村子里看看，呼吸点人间的气息。

步年果真去村子里玩了。

他是屁滚尿流回到天柱的。回来的时候，步年脸色苍白。他对友灿说：他娘的，那边搞得越来越狠了。花腔被公安抓走啦。友灿说：花腔可是个穷出身，他怎么会被抓走的？步年说：是冯小虎搞了他。冯小虎在花腔家的院子里挖出了一具尸体。他们说这是花腔的爹，说是花腔谋杀的，花腔杀了他的亲爹爹。你知道花腔爹是个货郎，村子里都说货郎抛下他们娘俩跑了，现在看来不是这回事啊。可这事谁能说得清楚！有人说，这具尸体不可能是货郎，因为货郎是一个瘸子，这具尸体的腿脚是完好的。有人说这尸体是冯小虎从别处搬来的。总之，这回花腔就是跳进黄河也洗不清了。友灿问：冯小虎为什么要搞花腔？步年说：你知道的，花腔这个人很怪，他自称能目穷千里，预知未来。他在村子里说光明村将来会成为一座小镇，镇里将盖起很多高楼大厦，还有许多酒店、发廊，他说酒店和发廊里将会美女如云。更滑稽的是有一天他当众宣布：冯小虎将死于一次车祸。花腔这明显是在咒人家死，这个偏僻的村子根本看不到汽车，怎么会出车祸？这事可把冯小虎气坏了。冯小虎不是一般人呀，冯小虎因为造反有功，做了光明村红卫兵小将的头头。他走到哪儿，黄胖和屁瘦跟到哪儿，他们走起路来摇摇晃晃的，看上去很牛皮。他们当然不会放过花腔。他们把花腔围起来打。村子里的人说，他们打花腔的时候，还出了怪事情。他们对花腔拳打脚踢，可花腔好像一点也不疼，一动不动任他们打。后来突然打起雷来，一会儿就下起颗粒巨大的雨来。这时，人们透过雨丝发现花腔变成一棵树，头发上长出了绿叶，也有人说花腔变成了一块石头。冯小虎揍了花腔一顿，还不解气，几天后，他在花腔家挖出了尸体。冯小虎就叫公安把花腔抓走啦。友灿说：花腔是咎由自取，也不是个好鸟。步年说：友灿，那边一点也不好玩，我再也不到那边去了。

第七章 月光下的运动会

1

这几年来，光明村一直存在一个问题，就是大家的肚子吃得不够饱，常常新谷还没成熟，各家的米缸已空空荡荡。

这年春天，光明村各家各户的粮仓又空了，饥饿威胁着每一个人，大家没心思进行春耕生产。常华没法子，一次次往城里跑，向上级要粮食，解决大家的吃饭问题。社员们听到常华在替大家跑粮食，信心大增。大家拼命干活，报答常华。不久，常华跑出了结果，上级果然运来了粮食。关于这粮食是怎么搞到的，光明村的人私下议论说，常华是从床上搞到的。听说那个曾来光明村喊口号的女人，即传说中常华的姘头，现在当了粮食局的局长，常华跑了几趟城，同那个女人睡了几觉，那女人就同意给粮食。大家都相信这是真的，因为常华是个漂亮的男人，女人们一定都喜欢他。大家为常华同女人睡了一觉就搞到粮食感到骄傲，认为在这个事情上，常华占了两次便宜，一次是白白睡了女人，一次是白白搞到粮食。社员们见到粮食，就像吃奶的孩子见到亲娘，腿脚全软了，只会咧嘴傻笑。

常华没把粮食分到各家各户，他准备搞大食堂，实行战时共产主义。反正粮食是常华弄来的，常华想这么干社员们没意见。只要能吃饱，大家没意见。能吃饱一直是光明村人多年来的梦想。城里的粮食送到光明村的那天傍晚，大家在食堂美美地吃了一顿。虽然没什么菜下饭，但闻着香喷喷的米饭，大家的胃快乐地痉挛。

吃了几天的饱饭，社员们感到体内的力气迅速地滋长了出来。大家干活吃饭，心情愉悦。常华见社员们干得欢，很满意，看社员们的目光就像看一群他豢养着的猪，很有成就感。

常华在地里转了几转，有了一个浪漫的想法。他认为大家吃饱了以后，应该有点娱乐活动，以增进乐观主义情绪。怎么娱乐，常华也想好了，他想在光明村搞一次运动会。光明村从来没搞过运动会，也没听说过周围有哪个村搞过运动会。这说明常华很有首创精神。常华有这个想法不值得不惊小怪，他去过部队，部队有运动会。常华回到光明村，不但带回了部队的优良传统，而且还用部队的方式改造光明村。他要把光明村改造成一个大军营，而他就是军队的指挥官。部队的运动会比较复杂，有田径有球类，搞这类项目不但需要器材，还需要一套规则，器材光明村没有，规则社员们一时也学不会，因此，不能照搬照抄。常华说：我们搞的运动会一要简单，人人都会，人人都可参与。二要有趣，参赛的感到刺激，观看的感到滑稽。接着常华又说：所以，我决定，我们和马儿赛跑，如果有谁比马儿跑得更快，奖他吃猪肉。大家听到可以吃猪肉，都欢呼起来，好像他们谁都比马儿跑得更快，吃到猪肉不在话下。当然，这怪不得社员们，因为他们已有几年没吃到猪肉了（饭都吃不饱，哪里还吃得到猪肉），听到可以吃猪肉，他们头都晕了。

　　运动会在沙滩召开。沙滩非常大，比光明村的晒谷场大几倍，光明村和别的村联合开群众大会，总选在这个地方。这地方用于大家和马儿赛跑最合适不过了。按常华的意思，运动会在晚上进行。顺便说一句，常华喜欢晚上干活，他觉得晚上干活气氛比较好，灯光一照，让人油然产生一种大集体的温暖感。常华的这个脾气光明村的人都知道，因为常华经常让村里人挑灯夜战。光明村的人都知道常华喜欢让他们白天睡觉，晚上干活。大家当然没有办法，就像毛主席日夜颠倒，中央的一些部门也只好日夜颠倒。比赛的那天晚上，社员们把电拉到沙滩上，并支起几根竹竿，竹竿上吊起几盏大功率电灯。电灯亮后，大家的脸跟着灿烂起来。这几天，月色很好，就是不用电灯，也可以把一切看得清清楚楚。大家来到运动场，步青发给他们一个号码，要他们把号码别在衣服上。这个社员们都懂，凡运动员都有一个号码。大家看到一头猪关在一个笼子里，在哇啦哇啦地叫。一会儿，守仁牵着马儿也来到场地，马儿的眼神警觉迷茫，可能还没搞懂社员们和它赛跑是什么意思。社员们当然知道其中的意思，常华把赛跑叫娱乐，他们把赛跑叫吃肉。守仁和步青都穿了条短裤，可见他们想在今晚上大干一场。见头头这么积极，光明村的小伙子也脱去外套，只剩下一条短裤。妇女们见男人们脱得这么光，在一旁嘎嘎嘎地笑，觉得今晚有点意思了。大家做热身运动时，又来了一拨人，他们是冯小虎和他的手下。只见月光下，过来的人一个个上身赤裸着，下身穿着不同颜色和花纹的短裤，走路的样子一摇一晃的，就像蒙古摔跤运动员。冯小虎走在最前面，后面照例是屁瘦和黄胖，他们脸上的表情十分傲慢，意思是今天的猪肉他们吃定了。

　　一会儿，比赛正式开始。比赛的方法是：先给马儿一鞭子，让马儿狂奔起来。然后，光明村的人就去追马儿，没规定距离，也没规定路线，反正跟着马儿跑，只要追上马儿就算赢。鞭子是守仁抽的。守仁平时经常打"四类分子"，鞭子抽得比谁都漂亮，比谁都有力。鞭子先在空中划过一道黑色弧线，重重地落在马臀上，马臀上留下一道血痕。马儿在光明村是一宝，比"四类分子"规格高，没有人这么重抽过它，守仁这一抽，完全没有防备，不知道出了什么事，撒腿就跑。社员们从来没有见过马儿跑得这么快，速度简直像闪电。光明村的运动员也跟着跑了起来。他们憋足了劲，紧随着马屁股。马儿势态优美，鬃毛呈波浪形运动。但社员们的跑姿实在不敢恭维，他们抬着头，挺着胸，双脚比他们的头超前近一米，看上去就像被子弹击中，随时都会倒下。远远看去，光明村的人像极了一群没头苍蝇，乱哄哄跟在马后面，马儿一转弯，他们就搞不清自己的方向，在原地转几个圈，然后就向马儿追去。看到这个情形大家都乐了，捂着肚子，笑得喘不过气来。村民们想，看来人要是能追上马，吃到猪肉，那是痴心妄想。果然没多久，赛跑的人一个个倒下了：有人趴在地上，不住地呕吐起来；有人眼睛翻白，口吐白沫，看上去就像中风的样子；有人……虽然马后的一帮人败下阵来，但马儿还在继续跑，没有停下来的意思。

　　冯小虎、屁瘦、黄胖这一轮没有跑，他们在一边维持秩序，忙里偷闲做准备工作，一副跃跃欲试的样子。冯小虎眼尖，发觉现场少了一个人。这个人刚才还在的，但这会儿溜了。这个人就是步青。冯小虎猜到步青干什么去了，脸上露出一丝讥笑。冯小虎现在最讨厌的人就是冯步青，把冯步青视作眼中钉。他娘的，冯步青现在看上去越来越像个知识分子了。步青因为被常华派到城里去学习了一段时间，回来后变得文质彬彬了，上衣口袋里别了两支钢笔，好像成了光明村最有学问的人。他娘的冯步青，总是在我面前摆老资格，总是居高临下地看我，他以为他是谁，他以为他一天到晚跟在常华后面就了不起啦。冯小虎就是看不惯步青，常常在背后嘲笑步青，说步青有小资产阶级倾向，是"一年土、二年洋、三年不认爹和娘"。虽然常华很信任步青，但冯小虎也打算找个机会把步青批倒批臭。现在机会来了，冯小虎猜到步青干见不得人的事去了。他今天一定要把步青抓个正着。只要抓住步青的把柄就不愁批不臭步青。

　　步青确实干见不得人的事去了。步青去城里学习了一段时间，常华认为步青的学问大了，叫他去学校当代课老师。当上代课老师不久步青就被班上的一位女学生迷住了。女学生也许刚刚发育，也许还没有，步青上课时总是往小女孩那边看。小女孩一脸天真地听讲，对他十分崇拜。步青看着看着头脑就要发昏，肌肤就要发痒。步青停止讲课，来到女孩身边，假装检查女孩的笔记，趁机碰一下女孩的身体。肌肤相触的瞬间，步青快乐得全身发颤。后来，步青常带女孩去自己的办公室。步青的嗅觉变得异常灵敏，他能正确辨别出这个女孩留在空气里的气息。当女孩子放学回家，他坐在她的座位上，吸吮她留下的像春天的花粉一样的气味。每天早上，步青站在学校的大门边，做着深呼吸，他根据空气中的气息就能辨别出那女孩是否走在上学的路上。女孩从他的办公室离去时，他会把办公室的门和窗关得严严实实，这样女孩留下的香气就不会跑掉。香气留存的时间长一些，他的快乐也会长久一些。步青知道自己不可救药，也知道自己的情感和欲望是危险的。如果被人发现，他就会被打倒，会被人唾弃。可那个隐秘的念头总是折磨着他。今夜，光明村的成年人都在沙滩上，步青终于抵挡不住诱惑，去村里找那个无爹娘管束的小女孩去了。

步青的行为，冯小虎了如指掌。

接下来的情形可以猜得出来，步青来不及穿衣服就被冯小虎一伙抓了起来。其间，步青反抗了一下，企图逃跑，但他一个人对付不了他们三个，只好束手就擒。冯小虎把光着身子的步青往沙滩带，他说：那边正热闹着，我们去那边娱乐娱乐。步青一听这话，迈不开步子。于是，屁瘦和黄胖踢他的屁股，要步青快走。他们骂：大老爷们敢作敢当，你怕什么呀。步青扑通一声跪在地上，痛哭流涕，哀求道：虎兄啊，你让我穿好衣服吧，我丢死人了呀，我这样去见人还不如死了好呀。冯小虎说：怎么，害臊啦，你也知道害臊呀，他娘的玩弄未成年人，你比"四类分子"还恶毒。说完，冯小虎命令手下：他不肯走就拖他走。屁瘦和黄胖拖了步青一段路，就上气不接下气，怎么也拖不动了。冯小虎没有办法，只好妥协步青说：好吧，你穿好衣服吧，你穿好衣服自己走去。步青迅速穿好了衣服，还不忘整理一下自己凌乱的头发。

冯小虎来到沙滩，走到常华面前，向常华汇报了步青的事情。常华脸一下子黑了下来，眯眼看了看冯小虎，好像不认识冯小虎似的。常华说：你放了他，让他先回去。冯小虎见常华这样一个态度，急了，说：放了他？太便宜他了。常华冷冷地看了冯小虎一眼，不声不响地走了。冯小虎没办法，只好把步青放了。

冯小虎抓步青，常华很反感。常华对冯小虎的反感不是一天两天了。当年，冯小虎没向常华请示，就叫城里的公安把花腔给抓了，常华对冯小虎有了戒心。常华想，冯小虎主意大着呢，想把步青搞倒，野心暴露得太早了呀。常华认为冯小虎这一次看上去是针对步青，实际上是针对他的。人人都知道我对步青好，我几乎把步青当成了儿子，可冯小虎竟然还敢动步青。常华越想越气，决定给冯小虎一点颜色看看。常华把守仁叫了过来。

一会儿，守仁带着一帮民兵来到冯小虎、屁瘦、黄胖面前，对他们说：你们做好准备，接下来轮到你们和马儿跑了。冯小虎一伙又把身上的衣服脱去，做准备工作。

这一轮常华安排"四类分子"和马儿赛跑。见自己和四类分子分在一组，冯小虎觉得不对头。不过，冯小虎习惯性地往好的方面想，他想他觉悟那么高，刚抓了一个极端腐化分子，常华没有理由对他不好，常华安排他和"四类分子"一块跑，大概是要他在跑步过程中捉弄那些"四类分子"，从而给群众取乐。所以，冯小虎率领屁瘦和黄胖一脸严肃地朝跑道边走，见有"四类分子"挡道，他们就踢他们，把"四类分子"踢得抱头鼠窜。守仁一声令下，新一轮赛跑开始。那些"四类分子"，一个个脸孔木讷，眼神惊恐，加上平时吃得不好，没什么力气，根本不是马儿的对手。照说，冯小虎一伙可以比"四类分子"跑得更快，但因为要捉弄"四类分子"，只能跟在"四类分子"后面。他们踢一脚"四类分子"，骂一句娘，叫他们快跑。如前所述，那些四类分子平时吃得少，人已瘦得像羽毛，只要风一吹就能飞到天上去。所以，冯小虎踢他们一脚，"四类分子"就像爆竹一样冲向天空。冯小虎感到很过瘾，开心得哇哇叫。光明村的人表面上也跟着呵呵呵地傻笑，心里却另有想法。他们这么想：冯小虎玩得这么开心，竟不知道常华是在捉弄他，竟不知道自己其实和"四类分子"差不多了。不过他们一点也不同情冯小虎，瞧，这个人是多么残忍啊，他们虽是"四类分子"，可也是人啊，冯小虎竟然这样对付他们，好像他们是一堆狗屎，可以随意糟蹋。常华的脸越来越黑了。

　　就在"四类分子"被冯小虎一伙像皮球一样踢得满地打滚时，大家发现了一个奇迹：马前面竟然跑着一个人！那是个陌生的小女孩，她看上去只有五六岁，但她跑得很快，一直跑在马前面，她的头发也很长，长到她的脚踝，跑起来时，长发在空中飞扬，看上去很像翅膀。也许是错觉，大家感到她在飞。光明村的人不知道怎么会出现这么个小女孩，也不知道这个小女孩来自哪里，大家有点害怕，怀疑她是一个鬼神。瞧，她跑得多么快呀，就是光明村的成人也没她跑得快，不是鬼神的话，她是什么呢？正当大家胡思乱想的时候，眨眼间，那个跑在马前的小女孩不见了。大家以为刚才是幻觉，就问旁边的人是不是看到一个小女孩，旁边的人说：看到了呀，看到了呀。可她怎么眨眼就不见了呢？她是个什么东西？难道见到鬼了吗？大家议论纷纷。刚才一幕，常华也看到了，但他从来不相信什么鬼神，对大家这样疑神疑鬼很反感。他吼道：继续比赛。

2

　　自那天在月光下见到一个会飞的长发小女孩，社员们又多次见到她出没在村子周围。有人在半夜时分见到这个小女孩趴在他们的窗口往里张望，她的两只眼睛像手电筒一样放射出光芒。小女孩不但对人很好奇，就是对狗也有研究的兴致。某天晚上，有人见到小女孩在抚摸村里的狗，村里的狗竟也不对着她叫。还有人见到小女孩对路灯也好奇，她顺路灯杆爬到灯泡附近用手去摸，结果，被烫得哇哇大叫。又有人见到小女孩在抓路灯附近的虫子吃，并且吃得津津有味。人们不知道她是个什么东西，如果说她是鬼又不像，但如果说她是人，没有人会把那些吓人的虫子当饭吃。这个小女孩弄得大家心神不宁。社员们就是在干活时，也在议论这个事。

各种各样的议论越来越多。大香香虽是"四类分子"，但在这个事情上也想出出风头。她在田头跳起大神，翻着白眼，口中念念有词。后来，社员们都听清楚了，大香香的意思是：光明村要有灾难了，大家不但要饿肚子，还会无家可归。那个在光明村飞来飞去的小女孩是一个预兆。社员们平时没把大香香当一回事，这次，大家都唯心主义起来，觉得大香香说的不无道理。光明村人心惶惶了。

常华见大家一个个缩头缩脑，很生气。他骂社员们觉悟低，没有一点马列主义无神论思想。常华不信这个邪，命人把大香香抓了起来，关在队部。又命令守仁把那个所谓的"鬼神"抓起来。常华认为，不把那个小女孩抓起来，光明村将不得安宁。守仁带了一队民兵，拿着火药枪，整天守在村口，等待那个小鬼的到来。常华已经说了，要是她再来，一枪毙了她。但说出来没人信，他们等了一个月，这个小鬼没有出现。常华想，根本没有什么鬼嘛，事实证明这是迷信嘛。

常华召集全体村民开了个名叫"破除迷信，解放思想"的大会。会上，常华以不容置疑的口吻告诉社员们，世界上根本没有鬼神。但光明村的人对这个观点不能苟同，他们确实见过一个小女孩飞来飞去。有人跳出来说：我又不是瞎子，我确实看到她吃虫子呀。又有人说：我看得清清楚楚，她趴在我家窗口，眼睛很大，还对我笑呢。还有人说：是不是鬼神我不知道，但我见过她，那天我们开运动会，她在马前面跑，支书，你一定也看见了。常华确实看见了，也很困惑，怎么突然会出现这么一个东西。

大香香又跳了出来（她已从队部放出来）。大香香说：你们拿着枪，她怎么还会来，她是神，凡人想干什么，她心知肚明的。若想再见到她，我有办法。常华问：什么办法？大香香说：我只要在空地上跳起大神，她就会和我一起跳。常华不相信有什么神，但为了抓住那个小女孩，用唯心主义对付一下唯心主义未尝不可。他应允了大香香的方案。

晚上，常华让大香香在空地上跳大神，又叫守仁带着光明村的民兵潜伏在大香香的周围。常华对大香香说：如果那个小鬼没出现，你就不能停下来。大香香严肃地不以为然地点点头，她觉得常华太低估她的职业道德了。一切准备就绪，跳大神正式开始，只见大香香仰起头，发出一声凄厉的长啸，然后像抽风一样跳了起来，口中一无例外地念唠着什么。

在外围，守仁一伙拿着枪，等待那小鬼的出现。开始民兵们还有点精神，过了子夜，小鬼迟迟不出现，瞌睡虫在他们头上打转，有人睡着了。守仁硬撑着眼皮，不敢有丝毫马虎。大香香一个晚上不停地蹦跳。大概有一段日子没跳大神了，她今晚算是找到感觉了。

那个在光明村里飞来飞去的鬼神一直没有出现。没找到这个鬼神，村民们安不下心来干活，常华很头痛。常华找到守仁，问：守仁，你要说实话，你有没有见过这个小鬼？守仁说：说实话，我是见过的。那天开运动会，我亲眼看到她在马前面飞。你不是也看到了？常华说：我再问你，这之后你有没有看到过？守仁说：我见到过，有一回我去队部，听见马儿在叫，以为发生了什么事，就去仓库看，结果，那个小鬼在我眼皮底下飞走了。常华沉重地点点头，说：守仁，你倒是说说看，这是个什么东西？守仁说：我搞不懂。常华问：有没有办法抓住她？守仁说：她第一回出现，我们正在开运动会，要不，我们再开一次运动会，小鬼也许又会出现。

就这样，光明村召开了第二次村际运动会，地点还是在那块空地上。这次运动会，人们就不像前一次那样心情放松，想起这么干是在引诱鬼神到来，大家都感到毛骨悚然。他们谁也不肯再和马儿比赛，常华把这个任务支派给冯小虎、黄胖、屁瘦三个人。冯小虎一伙不敢怠慢，脱了衣服，决心和马儿跑个昏天暗地。冯小虎已经感到自己处境不妙了。有人提醒过冯小虎，常华对他很不满，要把他打倒云云。开始冯小虎不相信，一直在等待常华处理极端腐化分子冯步青。过了一段日子，步青没有被处理的迹象，冯小虎意识到问题的严重了。他想，他可能得罪了常华。后来他听人说常华在调查花腔家后花园挖出尸体一事，因为常华怀疑是冯小虎埋的。听到这个消息，冯小虎眼前一黑，差点昏到。他意识到自己凶多吉少。这会儿，守仁牵了马来到跑道上，冯小虎一伙只好跟过去。常华说：马儿没停下来，你们也不能停下来，跑死了也不能停下来。冯小虎点点头。常华说完，来到外围。守仁拿着枪，正在抽烟。步青拿来一条凳子给常华坐。

　　冯小虎、屁瘦、黄胖像上回那样光着上身，和马儿赛跑。这回，他们不像上回那样豪情满怀，而是非常沮丧。冯小虎一边跑，一边心里打鼓，倒不是担心鬼神来或不来，他担心的是守仁。他发现守仁一伙手中的枪一直瞄准他们。他想起常华跑步前说的充满杀机的话，突然感到浑身无力，整个人都要瘫下来了，他又怕守仁给他一枪，只得咬牙跑步。他担心这样下去他不但要累死，还要吓死。

　　冯小虎、屁瘦、黄胖和马儿赛跑，马儿跑到东，他们跑到东，马儿跑到西，他们跑到西。因为是在枪口下跑步，他们一点都不敢马虎。但他们跑得没马儿快，耐力也没马儿好，他们很快感到气喘、胸闷、头晕、目眩、恶心、四肢乏力、腰酸背痛。即使这样，他们也不敢停下来。屁瘦说：虎哥，我实在受不了啦，虎哥，再这样下去我们是不是会死？冯小虎说：屁弟，你要顶住，守仁的枪口对着我们呢，你以为他们是为了抓鬼神，不是的，他们是为了对付我们，如果停下来，他们就会给我们一枪。黄胖说：虎哥，难道我们也要被打成"四类分子"？冯小虎说：胖弟，只要我们抱成团，就是被打成"四类分子"，别人也不敢欺负我们。屁瘦说：虎哥，照你这么说，我们的形势很不好呢。虎哥，如果我们被打成"四类分子"，还不如现在我们不跑，让他们一枪打死。冯小虎说：屁弟，你就是太蠢，我们二十还不到，怎么能死？我们不能死，只要活着，我们就有机会报仇。到时候，我们要剥常华的皮，抽常华的筋。你们相信我，我们是有机会的。屁瘦和黄胖听了这话，肚子一酸，就哭出声来。

马儿跑得快，把冯小虎他们远远地抛在了后面。这个时候，马儿前那个鬼神又出现了。除了冯小虎他们，几乎所有的人看到一个小女孩飞翔在马前面。守仁带着民兵围追上去了。冯小虎他们因为跑得晕头转向，不知道这个情况，继续跑着。

守仁带着民兵把马儿和小女孩团团围住，慢慢缩小包围圈，马儿和小女孩已在守仁的射程之内了。守仁先向天空鸣枪警告。听到枪声，马儿受惊了，扬起前蹄，长啸一声，向包围圈外面冲。那小女孩显然不知道出了什么事，一动不动站在那儿，朝开枪的方向看。守仁他们举着枪一步一步靠近小女孩，借着月光，守仁看清了她，眼睛很大，守仁弄不清她眼神是惊恐还是平静，只觉得她看上去似乎有点无助。守仁不敢再走近她，他很害怕。守仁想，如果她真的是鬼神，那他是抓不住她的，不但抓不住，可能还会被暗算。守仁咬了咬牙，举起了枪，扣动扳机。光明村的人看到，那小女孩被子弹击中时，双手一扬，向后飞出十米远，应声落地。

就在这个时候，深夜的天幕中黑压压地飞来无数的虫子。那是来自天柱的虫子。虫子在村民们的头顶盘旋。一会儿，人们在数以万计的虫子中发现了步年和小荷花的脸孔，他们脸色苍白，神情紧张，好像没顶之灾降临到他们头上。

3

天亮了，光明村的人没回家。冯小虎还在跑步，马儿被守仁牵走了，冯小虎还在跑着，说明冯小虎的跑动完全是无意识的，是惯性使然。村民们本可以冲过去把冯小虎抱住，让他清醒一点的，但大家对冯小虎平时的所作所为有看法，谁也没上去制止他，相反，大家像看一个笑话一样嘻嘻哈哈，对他指指点点。大家已经知道被守仁打死的小女孩不是什么鬼神，而是步年和小荷花的女儿。步年抱着女儿的尸体，泣不成声，而小荷花早已昏厥过去（小荷花昨晚一见到女儿的尸体就昏倒了），昏过去后就一动不动躺在那里，睡着了一样。大家知道步年和小荷花的心情，将心比心，谁家小孩被人打死都会伤心欲绝。光明村人在一旁偷偷地流泪。步年已经哭哑了嗓子，他的表情充满了悔恨，他的口中在不停地说话。在人们的印象中，步年一直是个无心无肝的人，听到这种撕心裂肺的恸哭，令人心碎，大家无不为之动容。

有人劝步年：步年，你养了女儿，怎么不告诉我们一声呢，干嘛要偷偷地养。步年哭道：我是一匹马呀，我是四类分子呀，我不想让我女儿也变成四类分子呀。那人说：步年，你要是同我们说你有一个女儿，我们就不会当她是鬼神了。步年说：都是我太蠢。我偷偷地养着，让她白天睡觉，晚上活动。一直没事的呀，她在天柱的山上飞奔来飞奔去，饿了吃天柱的虫子，自得其乐的呀，偏偏她要跑到村里来。那人说：步年，也怪不得我们，你女儿都把我们吓坏了，我们看到她趴在窗口偷看我们，在路灯下抓虫子吃，还在马前面飞，她这个样子，我们怎么会把她当人，这怪不得我们。步年说：都是我太蠢。我知道我女儿往村子里跑，就把她关起来，不让她晚上出门。可谁知道呢，我们睡着后，她就溜出来了。我是在梦中听到枪声的，我听到枪声，惊醒过来，我一看女儿不在床上，感到不对头，我拉起小荷花就往村子里跑，但来不及了呀，我女儿已被打死了呀。说到这儿，步年又一次无声抽泣。一会儿，步年又说：我开始不知道女儿老往村子里跑，还是女儿告诉我一些村里的事，我才知道的。我女儿虽然没见过别的人，可她很聪明呢，她从村里回来就问我很多问题，她问我，爸爸，你常同我说的马我见着了，可他们为什么要和马赛跑呢？他们跑得没马儿快为什么还要和马赛跑呢？她还问，为什么村头的那块铁皮（田头广播）整天响个不停？为什么那铁皮一响，村里的人都要竖起耳朵听？她问的这些问题我也回答不了呀。步年这样喋喋不休，说得大家心里很不好受。大家劝他：步年啊，你还是去照顾一下小荷花，她昏过去很长时间了呀，你瞧，她躺在那里一动不动，睡着了一样。

步年抱着女儿来到小荷花身边。他摸了摸小荷花的头，说：小荷花，我知道你很伤心，都是我不好，没把女儿管好，你如果生气就打我几个耳光，你不要躺着，他们说你躺了一个晚上了，我很担心。你应该哭的呀，你为什么不哭呢？你说话呀。步年说了半天，小荷花没有反应，步年慌了，又说：小荷花，你的身体是热的，你的心还在跳，所以你没有死，可为什么我叫你你不答应呢？你答应呀，你不要吓我了好不好，我们女儿死了，你难道也想抛下我不管了……

村头的广播通知社员们得去干活了。守仁和步青把大家叫到地里。开工前，常华还要宣布一个事：免去冯小虎一切职务。对这个决定大家一点都不奇怪，没有任何人对此发表议论。冯小虎下台是迟早的事，因为他的野心太大了。大家回头向远处的空地望去，冯小虎还在独自奔跑。

那天傍晚，光明村出了一件奇事，那小女孩的尸体突然不见了，不翼而飞了。当时，步年因为想叫醒小荷花，把尸体安放在一边，眨了眨眼，尸体不见了。步年正奇怪，大香香跑了过来，说，她看到小女孩飞走了，一定是飞到天柱去了。

步年吓了一跳，女儿死了的，怎么会飞走呢？不过这给了他盼望和安慰，难道女儿没有死吗？步年把昏迷中的小荷花托付给了大香香，跑到天柱去找女儿了。他找遍了天柱的每一个角落，除了虫子外，什么也没找到。

第八章

洪水如白云般降临

1

　　小荷花昏过去，再也没有醒来，但也没有死，因为她照样在呼吸，心在跳。给她吃，她也会张开嘴巴，并且咽下去。步年在她耳边一遍一遍叫她，她一点反应也没有。大香香内行地说：小荷花的灵魂出窍了。

　　步年不打算回天柱去了，也不打算再装扮成一匹马，他背着小荷花来到了自己的家。他一边走，一边对背上的小荷花说：小荷花，你怎么会这样，你怎么把灵魂丢掉啦？我知道女儿死了你很伤心，可你也要保重身体呀。一会儿，步年来到西屋。步年在自家门口站住，说：小荷花，你嫁给我，我们就去了天柱，你还没来过我们自己的家，你认一认，这就是我们的家。说完，步年推门。屋子长久没人住，很脏，到处都是灰尘和蜘蛛网。步年就把小荷花放到一张床上，开始打扫卫生。步年说：小荷花，本来打扫卫生这种事，应该是你们女人干的，大老爷们不能这么婆婆妈妈。可你生病了，我只能帮你干。小荷花，我很担心呢，我怕你找不到灵魂，不再醒过来，那样的话我要一辈子背着你，岂不要累死。小荷花一点反应也没有。

第二天，步年醒后第一件事就是叫唤小荷花，声音响亮，几乎在喊。他喊了半天，嗓子都哑了，小荷花没有一点反应。在寂静的黎明，步年略带哭腔的喊声听来相当恐怖，好像红卫兵小将又在给"四类分子"施刑。光明村的人听到这喊声以为自己在做噩梦，惊醒过来。一会儿他们才明白，原来是步年在叫小荷花。天亮时分正是睡眠的黄金时间，被步年一搅，就再也睡不着了，很愤怒。有人从床上爬起来，来到步年的西屋，敲步年的门：冯步年，你搞什么搞，你不想睡，我们还要睡呢，你这样叫有什么用，你得送你老婆去医院治呀。

这人的话，步年听进去了。但看病要钱，步年身无分文，只好去借。让步年失望的是没一个人愿借他钱。他们对步年说：步年，我还要向你借呢，我已有几年没摸到钱了，差不多忘记钱是什么样子了。

有人给步年想了个办法：你让小荷花住在西屋，小荷花当然不会醒来，应该让小荷花住到自己家去，在熟悉的地方她也许会醒过来呢。步年觉得有道理，背着小荷花去了她的家。步年说：小荷花，你回娘家了，你瞧瞧，一点也没变，你记不记得？我们那天在这张床上睡觉，一晚上干了三回，你很不要脸呢，你粗话脏话不断呢。小荷花的眼睛依然没有张开来。

　　晚上，步年自己想出一个办法。他想，也许我干她一回，她会醒过来呢，也许我干干她，她的灵魂就会回来呢。于是，他把小荷花的衣服剥了去。步年已经有好多天没和小荷花干了，看到黑暗中小荷花的洁白的肉身，他的双眼几乎被刺痛。他的欲望、温柔和内心的痛感同时涌上心头。他亲小荷花的身子，抚摸她的乳房。小荷花的身子慢慢热了起来，乳房开始变硬。步年内心狂喜，小心地进入。他希望她会发出呻吟，会像过去那样满口粗话。当步年满头大汗地从小荷花身上爬下来时，小荷花还是沉睡不醒。步年感到很累，想，这样的土办法治不了小荷花，应该尽快把小荷花送到医院里去。

　　步年终于想出了搞到钱的办法。他想，他可以住在小荷花家里，他的西屋就可以卖掉。他每家每户问过去，几乎问遍了光明村所有人家，没一个人愿意买。他没去问的那几户更加不可能买，他们是村尾的光棍阿狗，村中的瘸腿阿水，村头的瞎子水明。瞎子水明是步年赌钱的对手，赌钱的事说起来没几年，但感觉上仿佛是上辈子的事情了。步年想念水明，想去看看他。水明虽然是瞎子，但他的鼻子和耳朵都很灵光，只要鼻子一吸，就能把人辨认出来。水明说：步年，听说你在卖屋，我早已看出来了，你是个败家子。步年苦笑道：水明，你别嘲笑我了，如果有人会买我的屋，我谢天谢地。水明说：步年，我帮你吧，我买你的屋。步年说：水明，我都这样了，还开玩笑，你买屋有什么用，又不娶老婆。水明笑了起来。因为他是瞎眼，他笑的时候，嘴在笑，但眼睛没任何表情，因此看上去阴森森的。水明笑着，拿出一百元钱，说：拿着，步年，你快替小荷花治病去。步年眼睛一亮，连忙拿出西屋的钥匙，交给水明。他说：水明，没想到你真要买我的屋，水明，太感谢你了。水明没要西屋的钥匙，他说：步年，房子你自己留着，钱你拿去用，我给你算过一卦，你将来了不得，要发大财的。步年，你将来可要加倍还我。步年被水明说得感动万分，忍不住流下眼泪。

步年回到家里，背起小荷花向村外走。步年对背上的小荷花说：小荷花，我们有钱了，我们去城里治病，城里的医生一定会把你治好。

2

步年和小荷花在城里的医院呆了一个月，一百元钱很快就用完了，小荷花的病情一点也没有好转。医生说：这样的情况极其罕见，说她是植物人，也不像，如果是植物人，她应该一动也不会动，但我们检查过她的神经系统，没发现任何问题，你瞧，我敲她的膝盖，她的脚就会弹起来，说明她的神经系统是正常的。你瞧，她的手也是会动的，她不是植物人。但她得了什么病，我也不知道，像她这样长睡不醒的病人，我们还真没碰到过。步年听医生这么说，很绝望扑通跪了下来，哀求道：医生，你一定要救救她呀，她那么年轻，这样废了多可惜呀。医生很客气，他说：你放心，我们会尽力而为的。医生用了很多方法治小荷花，每天给小荷花打很多针吊针，小荷花除了比原来胖一点，还是长睡不醒，不见起色。步年没办法，钱用完了，医院不让小荷花待下去，步年只得背着小荷花回村。

步年背着小荷花走了将近一天，离光明村大约还有二十里路的地方，觉得不对头，他看到前面一片白，就好像天上的白云都降到光明村，一阵风吹过，白云还在浮动。步年一时看不明白，怎么会是这个样子。他对背上的小荷花说：小荷花，你睁开眼睛看看，光明村变成仙境了呢，小荷花你如果睁开眼睛一定会感到奇怪的，你一定猜不出究竟发生了什么事，因为你太笨。我比你聪明，我也猜不出来。步年背着小荷花向前走去。他嗅到空气是湿的，还有一股霉气，出现在眼前的白色也不再像白云，而是像一块白布，一望无际，只有山展露在白布上面。步年有不祥之感，觉得光明村出事了。他不再同小荷花废话，背着小荷花一路小跑。跑到离光明村大约还有五里路的地方，大水挡住了他。原来他见到的白云和白布是水，是滔滔不绝的洪水，原来村子发生了水灾，整个光明村淹没在水下。步年把小荷花放在地上，看着白茫茫的洪水，欲哭无泪：小荷花，闹水灾了，我们的粮食都还留在屋子里，小荷花，我们没得吃的了，我们得勒紧裤腰带过日子了，比以前勒得还要紧。

步年不知道光明村的人都逃到什么地方去了，也许逃到天柱去了。这时，过来一条船，船上的人见到步年和小荷花，就摇了过来。那人是邻村人，问：冯步年，你怎么在这里？步年说：我在城里，刚刚回来。那人说：步年，你们村的人都逃到防空洞里去了，你在这里不是办法。我做个好事，把你渡过去。步年怕那人反悔，背起小荷花就往船上奔。那人说：冯步年，你走得稳一点，我的船小，你动作这么大，把我的船都要踏翻了。步年谦卑地点头称是。

步年背着小荷花来到防空洞里，看到一张张木然而绝望的脸。光明村大多数人对步年回来无动于衷，他们大概肚子里缺少能量，丧失了原本旺盛的好奇心。但还是有一部分人闲不住，围过来看望小荷花。他们问：小荷花有没有好转？步年摇摇头。他们仔细研究了一会儿依旧沉睡的小荷花，说：步年，小荷花胖了。步年这一路过来，没吃过一点东西，肚子正饿得慌，原本打算回家好好慰劳一下自己的，没想到村子被洪水淹了，家里的粮食沉到水底里。步年问围着他的人：洪水来了几天了？他们说：三天。

步年见天还未黑，打算借一块木板当作筏子去自己家。粮食只泡了三天，应该还能吃。他把小荷花放到一个通风的地方，然后趴在木板上，向自家漂游过去。整个村庄都在洪水下面，有几幢较高的屋子顶部露在水面之上。步年估计自己的家就在底下了，于是他猛吸一口气，向水下潜去。步年的肚子里除了空气没有任何东西，浮力很大，他用力向下潜，身体却要向上浮。他挣扎了几下，浮出水面，骂：他娘的，吸气太多，我变成了气球。他打算少吸点气。他总算下去了，摸到了自家的门。在水下他一直闭着眼睛，但自家他是熟悉的，所以闭着眼睛也找得着放粮食的地方。粮食就在西屋的角落里。由于刚才吸气太少，他实在憋不住了，感到血管似乎要爆炸了。他没有退却，快要摸到粮食了，他怎么舍得放弃呢。他的手触到粮柜，心就凉了，粮柜已空空荡荡，他家的粮食被人偷走了。他陷入了极度的沮丧。由于沮丧，他感到更加憋气，觉得自己的心脏似乎停止了跳动。他在向上浮的时候，进入了无意识状态。他以为自己已经死了，觉得他的灵魂已经离开了他。他出了水面，水面之上的光线非常强烈。

他在水上漂了一阵子，意识才慢慢恢复。他的头脑中出现的第一个问题是：谁偷了我的粮食？他仰躺在木板上，一张张脸在水面上漂过，他不能断定究竟是谁。

天黑了，他回到防空洞里。小荷花睡着，嘴在动。步年想，她饿了，想吃东西了。村里的人都睡了过去，他们对付饥饿的方法就是一动不动蒙头大睡，以减少体内的消耗。这一招他们是向冬眠的青蛙学的。步年肚子很饿，加上刚才水下的折腾，显得很疲劳，很想睡一觉。但他不能睡，他得找点吃的，顺便还要查出究竟是谁偷了他家的粮食。他在防空洞里面转，目光像老鼠一样警觉多疑，投向每一张脸及他们从家里转移来的家当，试图发现蛛丝马迹。

这防空洞是步年在天柱那几年，常华响应上级"深挖洞、广积粮、不称霸"的号召，发动光明村人挖的。防空洞深处有一大厅，横七竖八地躺着一些人，一盏油灯放在一尊雕像的手上。这尊雕像是步青雕刻出来的，雕得很像常华。常华的这两个手下，相比之下大家觉得还是守仁不那么讨厌。守仁虽然凶，虽然霸道，但不像步青整天跟着常华，马屁拍得露骨。挖这防空洞时，社员们挖出一块坚硬的石头，状似佛像。常华和步青正好来检查工作，步青说：支书，这块石头很像你呢，你瞧，只要修饰一下，和你一模一样呢。常华听步青这么说，原本严肃的脸一下子荡满了笑容。如前所述，步青会做木工，属于光明村的能工巧匠。步青雕凿起这块石头来，一凿二凿果真凿出个常华。每次，常华从这石像前走过，呵呵呵呵地笑个不停。大家知道，步青的马屁拍到位了，因为常华同志想不朽。大家发现，石像的手势像极了某位伟人的姿势。石像雕好后，步青又在石像底座刻了一块碑铭，上写着在常华同志的领导下社员们如何修筑防空洞的事迹。这样一来，大家挖的这个洞就算是给千秋万代留下点遗迹了。现在，这尊雕像的手上放着一盏油灯，步年不知道这是什么意思，是表示常华同志带着大家从黑暗走向光明呢，还是光明村的人对常华同志不够尊重而把一盏破油灯放在雕像的手上？

　　这时，步年听到大厅的角落传来马叫声。步年心头一热，向马儿奔去。但很奇怪，他找了半天没找到马。他好久没见到马了，很想念马。

　　步年在防空洞转了一圈，发现他们大都把粮食保护得很好，有的把粮食当枕头枕着，有的干脆在粮袋上，他们这样做是为了防止有人偷他们的命根子。也有例外，冯小虎、黄胖、屁瘦三人，他们睡着的时候，粮袋掷在一旁，袋口也没扎起来。步年看到，他们的粮袋里全是番薯。步年不知道他们的番薯是从哪里搞来的。步年的肚子实在太饿了，已一天没吃东西，看到这些番薯，再也迈不开步子，只听到肚子里好像有一万个人在齐声叫喊：饿！肚子咕噜咕噜叫着的声音就像万炮齐鸣，把他的耳朵都震聋了。他感到肚子发烧，好像他此刻喝了高度的白酒。他感到晕晕乎乎的，想偷几个番薯吃，好不容易才清醒过来。他想，他的手不能伸出去，冯小虎、屁瘦、黄胖不是好惹的。冯小虎虽然下了台，但他在光明村还算个人物，屁瘦和黄胖还像从前一样跟着他。冯小虎以前在组织里，虽霸道，原则还是有的，下台后，他无所顾忌，常常干偷鸡摸狗的事，成了个像列宁所说的流氓无产者。结果，形成了这么个局面，光明村面上的事，归常华管，常华管不到的地方，就归冯小虎管。因此，冯小虎虽然下了台，活得似乎比以前滋润。这样的人，"四类分子"步年当然不敢得罪，就是革命群众都不敢得罪他。所以，步年痛苦地抚了抚肚子，转身走了。他三步一回头，看那袋番薯，口中不住地咽唾液。

　　第二天，步年醒来，满鼻生香，口水流了一尺长。口水只能白流，因为那是别人的香。有人正在熬粥，他们能用一把米熬出一锅粥，熬出来的与其说是粥不如说是汤，因为想在锅中找到一粒米饭就像大海捞针。但就是这样的东西步年也吃不到，与步年比，他们就好像处在无比幸福的共产主义社会。步年的肚子再度蠕动起来，他感到胃壁贴在一起，磨盘一样碾动，因为没什么可碾的东西，胃部针刺般地痛。为了缓解痛楚，他贪婪地吸那香气，好像要把别人家的粥和锅统统吸到肚子里去。透过清晨的光线，步年看到小荷花比昨天瘦了一圈。他摸了一下小荷花的脸，说：小荷花，我知道你饿了，我知道你的肚子里有千万个人在叫喊，你的胃部针刺般地痛，但不是我不给你吃，是因为我们家的粮食被人偷走了。小荷花，你忍一忍，我去洞外找，看能不能找到吃的。小荷花，你不要担心，我们不会饿死的。

山上没有什么好吃的了，记忆中生长着野菜的地方，早已光秃秃的了，想来那些野菜已进入了别人的肚子。他记得三年自然灾害时，母亲吃过那种俗称"二万五"的根。为什么叫"二万五"？据说是因为红军长征时，受国民党封锁，没有粮食吃，就拿这种根当主食，后来有人为了歌颂红军的丰功伟绩，把这种根命名为"二万五"。其实光明村有自己的叫法，叫金刚藤。这种根生在一种带刺的藤下面，样子像生姜块。金刚藤在光明村的山上不多，步年扒破手指才找到几块。想到小荷花正饿着肚子，步年急匆匆地赶回洞来。

步年借了一只锅，煮金刚藤。这种根煮熟后散发出一种浓烈的香气。闻到香气，社员们都围过来，问这是什么东西，怎么那么香？步年说：这东西闻着香，吃起来苦得要命。步年拿了一小块尝了尝，皱出一脸痛苦，一会儿，痛苦的神情慢慢变成甜蜜的笑脸。村里人认为这是个美味，都去山上找这种根。

步年先给小荷花吃。他把小荷花抱在怀中，然后拿着一块树根送到小荷花的嘴里。小荷花嚼了几口，吐了出来。步年怕糟蹋了粮食，俯身把她吐出来的舔进自己嘴里。步年骂：小荷花，你这是什么意思，我知道这个东西不好吃，比你的苦胆还要苦，能苦到你的脚底心，但你如果想活下去，你要吃呀。小荷花，你虽然被判为"四类分子"，但也是劳动人民出身，你的嘴又不是资产阶级的嘴，干嘛那么挑剔呀，干嘛见不好吃的就往外吐呀，难道你真的忘本了？小荷花，你再这样，我要批评你了。步年骂了一通后，又拿了一块根给小荷花吃。小荷花吃了几口，还是往外吐。小荷花不肯吃，步年一点办法也没有，索性把所有的根都吃了。

小荷花已经两天没吃东西，步年很着急，再不想点办法小荷花就会死的呀。没吃树根前，步年的肚子空得难受，现在却胀得难受。金刚藤不容易消化，吃了容易便秘，步年已有两天没拉出大便了。

光明村的人同昨天一样，天一黑就睡了。步年走在洞里，眼珠子在别人家的米袋上转来转去。当步年来到冯小虎、黄胖、屁瘦睡着的地方，步子再也迈不动了，他意识到自己朝这边走来的目的了。自从他见过他们麻袋里的番薯，他就有了偷番薯的念头。只是白天，众声喧哗，念头被压抑在自己也无法意识到的地方。现在夜深人静，这个念头冒出来了。他觉得这念头就像一根草在他的脚心轻轻划动，让他心头发痒。有了偷的念头，他的行为就像贼了。他东张西望，鬼鬼祟祟地向冯小虎睡着的地方靠近。冯小虎一伙横七竖八地躺着，看上去睡得很死。步年的手向那只口袋伸去，他的意识几乎全部落在那只手中。步年的手终于碰到了番薯了。摸到番薯时，他的手像是被火烫了一下，缩了回来，不过最后还是抓住了番薯。他往怀里塞了四只，犹豫了一下后，又抓起一只，然后，迅速逃离了现场。他的脚步声在防空洞里回响。

他气喘吁吁地跑到小荷花身边，惊魂未定。他往后看，没人追上来，就放心了一点。他拿出怀里的番薯，分别藏在不同的地方。万一冯小虎他们追查起来，不至于全部搜到。他藏好最后一只番薯，抬起头来，看到冯小虎、屁瘦、黄胖已神不知鬼不觉站在他的面前，脸上挂着恶笑。冯小虎一副凶巴巴、血气旺盛的模样，眼睛虽然僵僵的，但里面的内容一点都不僵。步年觉得冯小虎的眼睛里伸出无数双脚，把他踢了个腰折腿断，眼睛里伸出无数只拳头把他打得鼻青眼肿。冯小虎对屁瘦和黄胖使了个眼色，屁瘦和黄胖当即搜查起来，搜查出四只番薯。在铁证面前，步年只得求饶。他的身体已做好了挨揍的准备。步年的身体被守仁修理过了，可以说是久经考验，和守仁比，屁瘦和黄胖更狠毒。他们把步年的嘴用布塞住，免得他叫喊。他们用脚踢步年的脸，踢步年的下身。没几下，步年的嘴、鼻都流出了血，昏了过去。

步年醒来时已是半夜，只觉得浑身疼痛，但他一点也不沮丧，因为冯小虎他们只搜出四只番薯，还有一只番薯没被发现。他想，这是他这一顿揍所得到的补偿。他四下看了看，没人注意他，就从石块下面取出那只番薯。他把番薯放在鼻子上闻了闻，脸上露出幸福无比的表情。他对小荷花说：小荷花，你等着，我煮番薯给你吃。小荷花，这番薯全归你，我不同你争啦。小荷花，你不要认为我觉悟高，把好的让给你吃。不是这样的，小荷花，如果你现在醒着，我就会和你对半分，但你现在神志不清，我如果再和你争食，我就不是男人啦。

3

偷番薯之事虽然败露，步年也尝到了一些甜头，这之后他每晚就想着再偷点别的什么。步年认为如果能填饱肚子，被人揍几下是没有关系的。因为有了贼心，到了晚上步年就亢奋起来。别人都熟睡的时候，他在洞里东窜西窜。冯小虎那里他当然不敢再去偷了，这伙人下手实在太重，要偷的话就偷那些看上去比较和善的人家。偷那样的人家，即使被抓住，最多被他们骂几句。骂就骂吧，人都要饿死了还怕骂不成？

　　步年看到水明瞎子正睡在米袋上面，想，如果偷水明的米，水明一定发现不了，因为他是瞎子。可偷水明的米步年又有点下不了手。这是因为：一、水明刚借了他一百元钱为小荷花治病，偷他的米，就有点恩将仇报的意思；二、如前所述，水明是五保户，水明不下地，他的粮食都是队里无偿赠予，偷他的米性质就比较恶劣。步年转而又想，水明这家伙，根本不用担心他，他比谁都富呢，他赌术高明，兜里有钱呢，再说他不下地，所以不用吃得太饱，他的粮食还富余呢，不偷他的偷谁的？步年这样怀着矛盾的心情，最终把手伸向水明的米袋。水明睡在米袋上，步年打不开米袋的口子，他在地上捡了一块石头，把米袋刺破，米从袋里流淌而出，他抓了几把，藏在口袋里。他心里嘀咕：水明，不是我不仁，实在是我老婆要饿死了。你不会明白我的心情，你是条光棍怎么会明白呢。这时，他看到有一双眼睛盯着他，那是一双孩子的眼睛，乌溜乌溜的，纯净无邪。他的心里一个咯噔，因为那双眼睛像极了他女儿。那一刻，他产生了幻觉，以为女儿正站在自己面前。他眨了眨眼，才弄清是别人家的小孩。他对自己说：冯步年，你又做白日梦了，你女儿被守仁一枪打死了，怎么还会再回来呢？步年本打算再多偷一点米，但被这个小女孩盯着，感到很不安，讪讪地走了。

步年刚刚在小荷花身边坐定，洞里传来一阵凄厉的马啸声。步年竖起耳朵倾听，马儿发出持续的惨叫，步年想，难道他们要把马儿杀掉？说不准的，都饿昏了，杀马吃肉很正常。步年这样一想，身体莫名其妙地疼痛起来。他迅速地向洞里面跑去，一个黑影从洞内冲了出来，和他相撞，两个人均被撞得人仰马翻。步年不知和谁撞在一起了，他从地上爬起来，黑影已经消失。由于洞里面太黑，步年好不容易找到了马，马儿还活着，只是叫得比刚才还要凄厉，好像它终于找到主子有数不尽的委屈需要诉说。步年伸出手去拍了拍马的脸，说：陶玉玲，你叫什么呀，你好好的，叫什么呀，我还以为你被宰了呢。马儿没有停止叫啸，后腿不住地在跳动，头也一次一次往屁股后面瞧，好像在对步年说：你看看后面，你看看后面。步年来到马后面，才弄清楚原因，原来有人在马屁股上割走了一块肉。黑暗中，马屁股满是鲜血，步年伸出手摸了一下，果然，那地方有一个洞。步年手上沾满了马血。马血有营养，流掉很可惜，他就用嘴舔自己的手。一股浓烈的腥味窜入他的胸腔，让他感到恶心，使劲忍住才不至于呕吐。

还算庆幸，马儿没被杀，但此先例一开，光明村的人都会想到在马屁股上挖肉吃。步年觉得应该把刚才那个人抓起来，让村里的头头给他一顶"反革命"的帽子戴戴。这样或许能震慑那些想起而仿效的人。

步年猜那人此刻一定坐在某个角落啃马肉。天上的月亮很圆，月光照在一望无际的水面上，水面看上去像一面巨大无比的镜子。天上的月光和水中的月亮把四周辉映得如同白昼。步年在附近寻找那人。那人肚子饿，不会跑得很远。步年骂道：他娘的，我不信会抓不到你。

空气中传来一股浓郁的香气。步年闻到香气感到小腹发烫、浑身无力。步年知道那是马肉的香味，他虽然对马儿情感很深，但闻到这香味他也想吃马肉了。由于肚子饿，嗅觉特别灵敏，步年马上分辨出香气的方向。他顺着香气朝源头摸去。一会儿，他看到一个黑影在一堆火上烤马肉。步年的突然出现，那人十分惊愕，他害怕有人抢他的马肉，把整块马肉都塞进嘴里。那人下咽时，他的喉部像蛇吞食猎物时那样胀大。步年担心那人会因为下咽不了而把气管都堵塞，会窒息而死。

步年认出那黑影是谁了，他是死去的冯思有支书的儿子，那个夜游症患者冯爱国。如前所述，冯爱国有点怪，白天蔫蔫的，夜游起来精神特别好。步年想，这次他偷马肉总不是夜游症发作吧。步年见是冯爱国，刚才积盛起来的愤怒消散了大半。步年想，冯思有生前对我不错，我可不能对他这个可怜的儿子过不去。所以，他决定不把他抓起来押送给头头。

步年说：爱国，你别怕，我不会告发你的。爱国，你肚子饿，我知道，但你不能这样对付马，你怎么能这样？冯爱国惊恐地看着步年，一声不吭。步年又说：这马儿有灵性，所以它的肉相当于人肉，你怎么能吃人肉？步年正说着话，冯爱国突然打了个哈欠，眼睛向上一翻，整个身子像一泡水那样瘫在地上，同时，他的鼻孔发出沉重的鼾声。步年用脚踢了踢冯爱国，又叫了几声，没任何反应。步年骂：冯爱国，你别装模作样了，我知道你现在清醒得很，根本不在夜游，你骗得了别人骗不了我。冯爱国依旧鼾声震天。见此情景，步年有点糊涂了，难道冯爱国偷马肉真的是在梦游之中？步年骂道：他娘的，这世上怪事越来越多了。冯爱国躺在山地上，身子蜷缩成一团，看上去很无助。步年又踢了他几脚，说：他娘的，算我倒霉，碰到你这个夜游神，这样睡在山上，你会冻死的呀。我他娘的做一次雷锋，把你背回洞去吧。鬼知道你是真睡还是假睡。

　　第二天，马屁股给人割去一块肉这事在整个山洞里传开了。光明村的人对这一事件的反应没有上升到阶级斗争的高度，他们从中受到启发，明白了马儿是可以杀了吃的。他们相互之间没有交流，但已是心照不宣的默契。有人开始在群众中造舆论，说红军走长征时，没东西吃，红军首长就把自己的坐骑杀了给战士吃。又有人说：马儿没一点用处，又不会耕地，中看不中用，我们自己都吃不饱，还要给它弄草吃。还有人说：马儿在洞里，拉出的粪便臭不可闻，污染环境。有了舆论准备后，终于有人跳出来向头头们要求：我们要吃马肉。但常华不在洞里，他去城里搞粮食去了。他不在，步青和守仁就不好做主。说实话，步青和守仁也很想把马儿杀掉，因为他们的肚子和群众一样饿，他们也很想吃一顿马肉。想起香喷喷的马肉，他们就直流口水。步青和守仁决定常华回来后向他反映群众的呼声。

　　马儿暂时不会被杀掉，步年还是忧心忡忡，怕割马肉的

事再次发生。步年晚上几乎是隔段时间去看一看马。马儿似
乎知道光明村的人想吃它的肉，眼睛变得十分惊恐，总是可
怜巴巴地看着步年。步年还发现，马儿不吃草了，步年给它弄
来的新鲜青草几乎没动过。步年发现马儿眼泪汪汪地瞪着他
看，心一酸，也流起泪来。步年说：我知道你很担心，怕他们
杀了你，我也很担心呀。步年沮丧地坐在地上，要是万一常华
同意杀马，马儿就没命了。这时，他看到马儿的眼睛瞪着套着
它的那根绳子，步年的心一下子就活了。他想，对呀，与其让
他们杀了马，还不如把马儿放掉，让它跑到天柱去。他就利索
地从地上站起来，左右看了看，去解系着马儿的绳子。他说：
陶玉玲，如果我被他们发现，他们非得打死我，我把你放了，
等于把他们的粮食给偷了，你知道他们是怎么对待小偷的，
他们会打破我的脑袋的呀。绳子解开了，马儿用舌头舔步年
的脸，把步年舔得很痒。步年骂：你他娘的，快走吧，你难道
想让人发现。骂着骂着，步年就流下了泪水。步年吹了一下口
哨，马儿就向洞外跑。步年发现马儿几乎飞离了地面，出了山
洞，消失在白茫茫的水面上。

　　第二天，光明村的人发现马儿失踪了。村里的人又迷信
起来，认为这马很神奇呢，它知道大家想吃它呢。如果这马
真这么神，不吃它也罢。守仁和步青对马儿失踪这事很紧张，
紧张的原因是怕常华回来无法交代。所以他们发动群众去山
上找马。群众来到山上，根本没心思找马儿，他们现在唯一的
念头是找到能吃的东西。

　　这天，还发生了一件怪事，冯思有的儿子冯爱国突然躺

在地上打起滚来，一边打滚，一边发出惊天动地的喊声。他大叫：痛啊，肚子痛啊，胃痛啊。一会儿，光明村的人发现他的嘴巴里流出血来。步年见状，想，一定是他偷吃了马肉的缘故。他有这么多日子没正常吃东西了，他的胃功能肯定不够强大，吃了这么一大块没嚼烂的马肉，怎么消化得了！步年很担心他的胃胀破，如果胀破了，冯爱国小命就不保了。光明村的人不知道这个情况，他们以为冯爱国得了什么怪病。鉴于目前的困境，他们大都认为冯爱国活不长久了，吐出这么多血，他还能活下来？结果出乎人们的预料，冯爱国喊了几天，打了几天滚以后，竟没事一样站了起来，并且气色看上去比任何人都要好。大约十年后，冯爱国对步年说起过防空洞中偷吃马肉的事。冯爱国一脸诡秘地说：你说奇怪不奇怪，步年叔，我吃了马肉以后，夜游症就不治而愈了。你说奇怪不奇怪？

　　常华从城里回来了，脸色苍白，看上去很不高兴。其实大家老远就看到他的船上没一粒粮食，猜想他此行很不顺利。见常华黑着脸，大家不敢问他情况，也不敢同他说马儿失踪的事情。洞外，依旧是一片汪洋，村民们茫然的目光顺着水面漂浮。再过几天，光明村的大部分人家都要断粮了，每个人的目光都流露出惊恐和不安。他们认为他们成了躲在洞里的一群无处可逃的老鼠。

4

　　洪水终于慢慢退了下去。光明村的人都从洞里钻出来，回到自己的家。地里的作物都被洪水浸泡而死，但还是能找到一些吃的，比如洋芋、茭白等，退去洪水的田地里还能抓到鱼虾之类的美味。总之，回到家里，情况比洞里好多了。只要回到家里，村民们也就不怎么恐慌了。有人开始搞来种子在地里播种。有一种菜，种上后十几天就可以吃了。自己种的菜总比那些野菜好吃。但不能光吃菜，还必须搞点能填饱肚子的食物。所以，更多的时候，光明村的人像没头苍蝇一样，四处找食。

步年首要的任务也是觅食。他肩上的担子比别人更重，家里还有一个昏迷不醒的小荷花。小荷花的嘴巴又他娘的刁钻，差的东西她不吃。这样一来，步年只能把找来的好东西给小荷花吃，自己吃树皮草根。一段日子下来，他瘦得不成样子，走路一摇一晃的，一阵风就能把他吹走。

有一天，光明村来了一个郎中。郎中是因为听说这里闹水灾才来的。水灾过后，疾病肯定多，郎中就来了。郎中四十来岁，长得十分粗壮，十足庄稼汉模样。这人来到村里，把牛皮吹得很大，说什么疑难杂症他都能治。步年被他说动了，就请他来到家里。那郎中看了看床上熟睡的小荷花，又搭了搭小荷花的脉，然后不声不响地给步年开了一贴方子。开毕方子，郎中说话了：光吃这药没有用，你还要找一对药引子。步年说：药引子是什么东西？郎中说：你必须替这药找一对蜻蜓，这药只有吃了药引子才有效。郎中说出的这个东西，步年听也没有听说过。他问：这是什么东西，哪里可以搞到？郎中在纸上画出这东西，说：这是一种昆虫，你去天柱找，就能找到这个东西。说完郎中就走了。

步年对这个郎中的药方将信将疑，不过他打算试一试。现在不管是谁，只要对步年说某某东西能治好小荷花的病，他都会去试的。步年决定去天柱找这种叫蜻蜓的虫子。小荷花昏睡着，自己又不会弄吃的，没人侍候她，要饿死的。他合计了一下，觉得托付给大香香比较合适。理由很简单：一、大香香这个人比较热心，如果有人信任她让她干什么事，她会不惜一切代价干好它，宁可自己受点损失也在所不惜；二、小荷花是个"四类分子"，大香香也是"四类分子"，"四类分子"照顾四类分子也算公平合理，找革命群众照顾显然不太妥当，革命群众同"四类分子"划清界限还来不及呢。步年就把这些日子找来的山芋、土豆之类的食物捧到大香香家，拜托大香香照顾小荷花。大香香满口答应，叫步年放心去找虫子。大香香说：我保证，你回来后小荷一定白白胖胖的。

步年带上剩下的几个山芋，晃动着消瘦的身子去天柱找虫子去了。

步年是十天以后回到村里的。让光明村的人感到惊奇的是步年竟然是骑着马儿回来的。当然可以猜出来，步年骑着的马就是那匹失踪的白马。大家满怀好奇地围着步年，问他怎么找到马儿的？步年说：这马是我的救命恩人！接着步年给大家讲了一个神奇的故事。步年说：我向东走，一路问哪里有这种叫蜻蜓的虫子，没一个人听说过。我走啊走，后来迷了路。我的山芋早就吃完了，我的肚子空空荡荡，我向前向后，向左向右，窜来窜去，可就是走不出那片林子，我就坐下来，准备休息一下。我一坐下来，就再也走不动啦。我想，我要死了，我要死在天柱。后来，我睡过去了。我做了一个梦，梦见自己骑在一匹马上，在天空飞，并且，我还抓到了那种叫蜻蛉的虫子。我醒来后，有热烘烘的气流在耳边吹拂，有软软的舌头在我脸上舔，我抬头一看，原来是我的马儿陶玉玲。我还以为这辈子再也见不到它了呢。我高兴坏了。我虽然肚子饿，我还是支撑着站了起来。这时，我发现地上放着两只虫子，就是郎中所说的蜻蛉。我当时真有点搞不清我是醒着还是在梦中。直到我骑着马，见到光明村，才确定我不是在做梦。我没有死掉，我回来了。步年说着，给大家看他抓到的虫子。黄白色，身长足短，呈圆筒形。大家都认出，这其实是天牛的幼虫。村民们常用这虫子比喻女人丰润的脖颈。有人说：这个东西怎么能吃，吓死人了。步年不以为然，说：吃了这虫子，小荷花就会醒过来了。

　　步年兴高采烈地回到了西屋。到了家门口，听到屋里有动静。他感到很奇怪，小荷花昏睡着，是不会发出任何声音的呀。他站住，侧耳聆听。屋里面似乎有东西在地上爬，还在发出马一样的叫啸声。他开门进去，地上爬的是小荷花。步年先是吃了一惊，继而十分欣喜。难道小荷花醒过来了吗？他扑过去一把抱住小荷花，说：小荷花，你好啦，你好啦，我没想到你好啦。小荷花只是陌生地看着他，一点反应也没有。步年又说：小荷花，你怎么啦，你一觉醒来难道连我都不认识了，我是步年呀，你爱人。小荷花还是直愣愣地盯着步年看，一片茫然。步年把小荷花放下，拉开一段距离观察她。小荷花又开始在地上爬，一边爬一边学马叫。步年看出来了，她的动作与他过去在地上爬时一模一样，是马儿的动作。步年就笑出声来，说：小荷花，你这是在开玩笑吧，你是在嘲笑我过去像马儿一样在地上爬是不是？小荷花，没想到你睡了一个长觉，醒过来变得这么幽默了。小荷花在地上蹦得更欢了，她在噢噢地叫个不停。步年开始觉得不对头了，他意识到小荷花不是在逗他。他说：小荷花，你怎么没完没了地开玩笑呢，我们不开玩笑了好不好？小荷花，我害怕呢，你是不是什么地方不对头了？步年说着，再次抱起小荷花仔细观察。小荷花的眼睛没有任何内容。步年倒抽一口冷气。他感到很奇怪，小荷花怎么会像马儿一样在地上爬呢？难道她傻了吗？步年说：小荷花，你怎么了，我出了一趟门，你怎么变成了一匹马？你是在学我是不是？小荷花，你没事吧，你如果没事就站起来同我说话，你这个样子我害怕呢。小荷花，你不要学我，我在地上爬，那是假爬，可你干嘛来真的呢。步年喋喋不休地说着，他含着眼泪，一肚子的悲凉，连饥饿也忘记了。

第九章

葬礼

1

　　步年听到光明村的人在说，今天下午四点钟，有重要广播，村支部要求社员在村头集中收听。光明村的人不知道中央又出了什么事，都猜想可能伟大领袖毛主席又斗争了一个妄图走修正主义路线的当权派。自从步年被打成"四类分子"，几乎每天都听广播。他已经感到这几天广播的内容有点奇怪，究竟什么地方奇怪他说不清楚。他隐约感到这次斗争可能比以往任何一次都要严酷。他走向村头，情不自禁又像马儿那样趴在地上。这是恐惧所致，就像有人紧张的时候要喝点酒抽支烟，步年恐惧的时候就要趴在地上。一趴在地上，他就踏实了，镇定了，思维也顺畅了，好像他成为马儿，世界才变得正常了似的。步年确实有这样的感觉，像马儿一样在地上爬时，眼前的一切好像与他无关了，他变成了一个安全的旁观者。步年爬着来到村头，一些社员已经到了，他们见步年又在地上爬，就开步年的玩笑。他们说：步年，说你是傻瓜，其实你一点不傻，你平时不爬，他娘的一搞运动你就在地上爬。步年同他们嘿嘿笑笑。他们又说：步年，现在你家有两匹马了，你干嘛把小荷花关在家里？你应该叫她一起爬到村头来。步年憨厚地指了指自己的脑子，说：她这个地方不行了，不知道自己是谁。他们就笑了，他们说：真他娘的怪，步年，你装成一匹马在地上爬，她也装成一匹马在地上爬，你们是前世修的姻缘呢。有人脸上露出暧昧的神色，说：步年，你们两匹马是怎样交配的？是不是像马儿一样从小荷花的后庭操进去？村头的人都笑出声来。步年也跟着笑了。

　　学生也来村头听广播。他们是老师组织来的。来到村头后，发现高音喇叭还没响起，他们就闹了起来。高音喇叭挂在村头的香樟树上，喇叭口朝下，一副沉默寡言居高临下的样子。一个孩子用一面小镜子把太阳光反射到喇叭上，喇叭银色的外壳跟着闪过几道刺眼的光亮。另有几个孩子因为站在太阳下太热，爬到附近的树上乘凉。更多的孩子开始在地上玩起玻璃弹子游戏。

　　四点还差几十分钟时，高音喇叭突然响了起来，声音听上去比平时要响亮许多，以至于它响起时，光明村的人不由得颤抖了一下。光明村的人竖起了耳朵，打算好好听听来自北京的声音。广播今天不知怎么了，没完没了播放《国际歌》，不像平常，《东方红》过去，就会出现说话声。《国际歌》大约播了二十分钟，播得人们很不耐烦。他们骂起娘来。

他们骂：他娘的，你们呆在广播里，不用晒太阳，你们当然可以慢慢来，我们还有很多事要干呢，自留地还没种呢。有人骂着骂着就回家去了。倒是孩子们，这个时候来了情绪，跟着广播一遍一遍唱《国际歌》，唱着唱着，他们觉得自己就像大革命时代的工人阶级，激动得不行。

《国际歌》戛然中止，广播里传出哀乐。红小兵的情绪还停留在《国际歌》的激昂中，听到哀乐，觉得很扫兴，就好像他们刚刚打了胜仗，班师凯旋，发现人们用哀乐迎接他们。就在这个时候，一个悲恸的声音发布了一个惊人的消息：伟大领袖毛主席与世长辞了。

天气很好，太阳挂在没有一丝云彩的蓝天上，光线强烈，如果抬头去看它一眼，就会有一阵子看不见任何东西。听到这个消息，光明村的人都感到天空像是突然变了色，明亮的天空一下子变得暗无天日了。大约听到这个消息一分钟后，人群中传出一个尖利的哭声。哭声是其中的一个学生发出的，听来有点儿怪，但很有效果，一会儿，几乎所有学生都哭了，连村头的大人也哭了。这情形颇似还不会报晓的童子鸡争着报晓，它一叫，别的雄鸡按捺不住争着啼叫。村头哭成一片，有人哭得很响亮，企图掩盖别人的哭声，好像哭得越响越革命，哭得越响越忠于伟大领袖毛主席。

步年趴在远处听广播，听到这个消息，在心里说：出大事了，出大事了，说不定还会打仗呢，以后的日子会变得怎样只有天知道了。

步年爬回家，对小荷花说：小荷花，毛主席他老人家死了，我们要做好准备。也许他们要我们像马儿一样游行，供他们取乐呢。小荷花躺在床上，一点反应也没有。小荷花虽然什么也听不懂，但步年现在已习惯于对小荷花讲些外面正在发生的事情，有时候也讲讲自己的想法和心情。

2

听到毛主席逝世的消息，光明村哭得最响最伤心的不是别人，是常华的爹。常华爹年纪已经很大，脑子昏了，耳朵也聋了。村头的高音喇叭很响，但传到他的耳朵里，高音喇叭的声音几乎就像蚂蚁在叫。本来他这么大年纪的人是不用来听广播的，就是来也听不清内容，只不过装装样子而已。但常华爹一定要来，他是个共产党员，这样的政治生活他是一定要参加的。他一直抬着头看喇叭，那张布满皱纹的脸上，眼睛是混浊的，嘴巴是瘪的（因为牙掉光了），嘴巴里的口水正在朝外溢。一会儿，他看到大家都哭了，不知道他们为什么哭，就问旁边的人：你们哭什么呀？那人大声告诉他：毛主席去了。他没听清，又问另外一个人。那人对着他的耳朵喊：毛主席去了。他听不清他们在说什么，很着急，见光明村的哑巴阿炳也在哭，急中生智，就去问阿炳。常华爹指指喇叭，张开嘴，做出询问的样子。阿炳心领神会，举起大拇指，接着把大拇指放平，同时，阿炳脑袋一歪，翻了个白眼，伸出了舌头。这下，常华爹终于弄清怎么回事了。他只觉眼前一黑，耳朵鸣叫，四肢无力，一下子晕倒在地。大家见常华爹激动成这样，担心会有什么不测，就把他抬到空气新鲜的地方。

常华当然也在听广播。他坐在马车里面听，守仁和步青站在马车旁边。常华在马车里，大家不知道常华有没有流泪。因为常华爹昏了过去，大家觉得有必要让常华知道，所以壮了壮胆来到马车边，对着马车大声说：冯支书，你爹昏过去了。马车里面一点声息也没有。守仁见常华没反应，急了，他不知道常华怎么回事，他爹出事了都无动于衷。他以为常华也许没听清，把头探进马车里，对常华说了他爹的事。守仁发现常华并没像村里人那样泪流满面，而是神色严峻。常华对守仁交代了几句，守仁就从马车上探出头来。守仁对步青说：把老伯抬到家里去。

守仁和步青把常华爹抬到家里。守仁摸了摸常华爹的脉，脉搏跳得微弱，但毕竟是在跳动，也就放心下来。常华那肥胖的母亲正在屋里，见自己的男人昏过去了，不但没哭，居然骂起来。她说：死鬼，叫你不要去你还要去，你耳朵聋眼睛花还参加什么政治活动，你是去找死。守仁知道常华的爹和娘是一对冤家，吵了一辈子，也没感到奇怪。常华的老婆一向胆小，站在一边没吭声。常华的儿子已有十三四岁，一举一动都学常华，小小年纪，脸上的表情却是老三老四的。他黑着脸看着昏过去的爷爷，问守仁：我爷爷是不是死了？守仁摇摇头。

守仁和步青正打算走，常华爹突然发出一声惊天动地的哭声，声音之响令人称奇。那声音就像寂静子夜的枪炮声，骤然震响，整个村庄的人都听得见。果然，没一会儿，村头听广播的人都来到常华家，想看个究竟。只见常华爹，躺在床上，眼睛紧闭，号啕大哭，眼泪正像泉水似的往外涌。他伤心欲绝的样子，感染了村民，大家又情不自禁地哭了起来。正当他们哭的欲望越来越强烈时，屋里面一片混乱，常华的母亲正在大呼小叫：老头子又昏过去了。

这之后，常华爹总是突然醒来，发出比高音喇叭还要响几倍的哭声，哭上一会儿，又昏过去。这样的怪事情大家不要说见过，听也没有听说过。大家一致的结论是：常华爹这是对毛主席的感情太深了。得出这个结论出于村民们自身的情感体验，他们都非常热爱毛主席，都曾梦想见到毛主席，这辈子要是能见到毛主席，那是何等幸福，要是能见到毛主席，这辈子就不算白活了。现在毛主席去了，这个愿望不可能实现了。常华爹在旧社会受过苦，是毛主席让他翻了身，当了主人，忆苦思甜，他对毛主席的情感怎能不深。常华爹总是应邀给学生做忆苦思甜报告，只要一说起旧社会辛酸的经历，他马上老泪纵横。常华爹对学生说，他是个长工，日日夜夜为地主干活，但地主给他吃的东西还没有给狗吃的好，地主比半夜鸡叫的周扒皮还要狠。关于忆苦饭，常华爹也是挖空心思，花样常新。有一回，他来学校做报告时，带了一桶喂猪用的泔水。泔水白白的，已经发臭，并且上面还有一些蛆在游动。学生开始没领会常华爹带这桶东西是什么意思，当他们得知这是他们今天要吃的忆苦饭，一个个吓得半死。常华爹在上面一边流泪一边控诉万恶的旧社会，学生们在下面发抖，有一些胆子大的学生甚至在策划如何逃出教室。常华爹控诉完旧社会惨无人道的生活，指着泔水说：旧社会我们就吃这个东西啊，同学们，幸福的生活来之不易，我们不能忘本啊。说着，他用勺子舀了一勺，闭上眼喝了下去。下面的学生见了，都想呕吐。常华爹喝完，把勺子递给学生，要学生喝这种忆苦水。学生们没办法，一个个流着泪，喝下去。还没喝完，他们就呕吐起来。结果，整个教室都是呕出来的泔水，有人还呕出了蛆虫。看到台下一片狼藉，常华爹在台上笑得合不拢嘴。他因为缺了两颗门牙，笑起来很慈祥。后来这个事情光明村的人都知道了，家长见学校给学生吃泔水，向老师提出强烈的抗议。老师说这是常华爹的主意，他们臭老九不好干涉贫下中农搞忆苦思甜。学生家长没了办法。

常华爹昏一阵哭一阵，常华一点都不关心。常华这几天搞来一部收音机，成天在听中央人民广播电台。村民们听说常华听到毛主席逝世，去了一趟城里，这收音机是他城里的相好送他的。村民们路过队部，总能听到收音机响着，不是在播放哀乐，就是在报党和国家领导人的名单。这几天高音喇叭也在报名单，报的次数多了，大家几乎能背出这个名单来。有人说，常华一天二十四小时开着收音机，好像他不用睡觉似的。大家感到很好奇，哀乐和领导人名单有什么好听的呢。

毛主席逝世后的第二十六天，常华爹终于在又一次醒来后的恸哭声去世了。常华迫不得已从队部出来替父亲操办丧事。

根据村民们对常华的了解，常华应该会把父亲的丧事搞得很简单。这次大家都猜错了，常华摆出的架势好像是要大搞。

　　晚上，守仁和步青挨家挨户送给社员一只黑袖套和一朵小白花。大家不知道这白花和黑袖套是为毛主席戴的还是为常华爹戴的。守仁和步青也没有说清楚，他们只通知村民，明早去常华家瞻仰常华父亲的遗容。光明村的宣传队归步青管，步青就挨个通知宣传队员在常华爹出殡时要好好吹打。步青说：你们要搞得像当年给高德老头送葬时一样热闹。一个宣传队员说：当年有步年吹唢呐，现在光明村没有会吹唢呐的，所以不能比。要说热闹，唢呐最热闹。步青想想也对，就找到步年，对步年说：我给你争取了一个立功的机会，你准备好，常华爹出殡，你去吹唢呐。

　　第二天一早，光明村的人都去了常华家。常华表情严肃地坐在父亲的灵堂边，眯着眼睛，对大家的到来无动于衷。大家不知道该说些什么，很多人只是探了探头便来到屋外。他们又不敢离去，怕还有什么仪式。有人发现了打发时间的办法，他们看到两个木匠正在常华家院子里打棺材。其中一个木匠年纪较大，大约有六十岁了，另一个很年轻，二十多岁。他们可能是师徒关系。地上放着一大堆木料，一个木匠在取木，一个正在用刨子刨木头。木头是上好的杉木，这些木头原来是堆放在队部的。光明村一些年长者看到常华爹百年之后可以躺在这么好的棺材里，羡慕不已，满嘴口水。

　　年轻人在院子里待了会儿，感到很无聊，就离开了常华家。老头儿没走，他们想看看木匠是怎么打棺材的。这天是阴天，快到中午的时候，太阳突然钻出云层，天地间一下子明亮得晃眼。老头们的身上就冒出汗来。他们看到水分正从院子里的树上冒出来，从地上的草中冒出来，从他们的身体里中冒出来，他们好像看到了水分升到天上去的情形。一个老头说：人死了后，虽然放在棺材里，但最终会变成一缕烟，升天的，就像眼前的水汽。另一个老人说：那是灵魂，人死后，灵魂化成了一缕烟，放在棺材里的尸体只是灵魂的壳，就像蛇的壳，没什么用，所以，人死后，棺材好不好一点用都没有，灵魂是不是升天才要紧。这个老头的说法引起了一场争论。他们开始嘲笑这个老头。他们说：棺材好当然要紧了，人死后也是要住好房子的。他们还说：你是置不起好棺材才这么说的吧？老头儿很生气，他说：我儿子早为我置好了棺材板。他们笑了：吹牛吧。那个年长的木匠在一块板上雕刻着什么，他们过去一看，原来是在雕"寿"字。一个老头儿对木匠说：你这个字写错了。木匠却顶真，讥讽道：你不认得字不要乱说。老头儿曾是个小学教师，他自认为在光明村他学问最高，见木匠不尊重他，就气呼呼地说：你写错了，你在棺材上写白字，你还不谦虚一点，你难道想死人在天堂里成为白字先生？说完，昂着头走了。木匠却一脸委屈，他对老头们说：你们看看，我什么地方写错了，明明是繁体的寿字嘛，这个死老头子，他是不是想砸我的牌子？

　　傍晚的时候，步年爬过常华家，发现木匠差不多把棺材打好了。棺材还是光身的，还要油漆一下。步年想，油漆上好后还要晒干，起码还得等一天。步年不知道常华爹的尸体要放上几天，这么热的天，尸体会发臭的。

3

第二天一早，社员们来到村头，发现了新情况。村头又出现了大字报。光明村已有一段日子没人贴大字报了，因此大家感到很好奇。大家定睛一看，都吓得要死。大字报分成三排。第一排写道：坚决拥护以华主席为首的党中央一举粉碎了祸国殃民的王、张、江、姚"四人帮"！王、张、江、姚的名字上还打着红叉叉。第二排写道：打倒"四人帮"在城的代理人×××！光明村的人都知道×××就是常华的战友，名字的上面也打着红叉叉。第三排写道：打倒四人帮在光明村的代理人冯常华、冯守仁、冯步青！三个名字上面一样打着红叉叉。

大家本来打算在村头喝完一壶茶后，去常华家看常华爹的遗容，现在出现了大字报，并且是针对常华的，心思就变得复杂起来。思想一复杂，行动就变得迟缓。毛主席去世后，光明村的人好像少了主心骨，什么事都拿不定主意。后来，社员们还是想出点眉目。光明村的常华是造反派，城里的×××是造反派，北京的王洪文是造反派，因此，如果王洪文被打倒，那么常华也要被打倒。如果常华要被打倒，那他们就没有必要再去看常华爹的遗容。光明村的人松了一口气，不打算再去常华家，打算去走亲戚。光明村的人回避矛盾、回避斗争的办法就是走亲戚。

常华一早就坐在老地方，闭着眼睛，脸上没有一丝表情。

太阳已升起来了，家里非常安静，光明村的人一个也没来。常华知道，村里的人不会来了。他张开眼，看了一眼院子里的棺材。他想，看来我不应该找人油漆这口棺材了，我得赶快把老爹葬掉。

太阳越升越高，清晨的凉意很快就散去了，代之而起的是初秋特有的燥热。院子里的苦楝树依旧蓬勃，一些杂草经受不了一个夏天的暴晒，变得枯黄。由于一部分人去走亲戚了，整个光明村十分安静，只有木匠敲击的声音在空气里扩散。棺材差不多快要完工了。年纪大的那个木匠敲完一根榫，微笑着对另一个说：你瞧，我说过的，今天不会再有人来他们家，我说过的。现在太阳都这么高了，还没一个人来。连那些老头儿都不来了。老头儿对棺材很有兴趣的，连他们也不来了。年轻的说：村庄这么静，静得都有点奇怪，平时村庄没那么静的。你说会不会出事情？年长的说：这就很难说了，斗争的事，很难说的。你看过戏吧？你没看过，你这样的年纪只能看样板戏。从前有很多戏的，不像现在，只有八个戏。从前的戏里什么都有。从前的戏里凡斗争，就要杀人的。我看，我们雇主危险着呢。年轻的说：照你说来，常华要被杀掉了？年纪大的说：杀掉倒不一定，但和杀掉差不多。你一定知道，这个村子里有人像一匹马儿那样在地上爬，这个人我以前是认识的，以前这个人很活跃的，吹拉弹唱样样都会，还很能赌呢，现在这个人却变成了一匹马。他为什么会变成一匹马？就是因为斗争。照我看来，常华爹死得真不是时候，应该早几天死才对，那样的话，他就会死得很体面。现在，你瞧，冷冷清清的，他们家里连哭声都没有。年轻的说：听说常华不让家里人哭，这个人据说一点不讲人情的。家里人哭，他就骂，死都死了，哭有鸟用。年长的说：常华这个人不简单，可惜他的好日子到头了。

常华黑着脸向他们走来，他们中断了交谈。常华站在他们面前，很和善地笑了笑。木匠们对常华这么和善感到突然。在他们的记忆中，常华一直是很深沉的，不苟言笑的。虽然知道常华马上要被斗争了，他们还是感到受宠若惊。常华说：两位师傅，棺材做好了吧？年长的说：做好了，做好了。常华说：可不可以请两位师傅帮个忙，把我爹的尸体抬到棺材中来？年长的听了这话，很吃惊，他说：棺材还没油漆啊。常华说：不油漆了，请两位师傅务必帮忙，我会多给你们工钱的。两位木匠说：不用这么客气，你尽管吩咐好了。两位木匠跟着常华去搬他的爹。

常华家里的人见常华带着两个木匠进来，不知道他要干什么。常华的母亲对老伴的死没有什么悲伤，一直没哭，但今天她很想哭，因为今天家里一下子这么冷清让她受不了。她只觉得天要塌下来了。她试着哭了几声，被常华骂了一通。常华的老婆也一直想哭，她不是为公公哭，她是为自己哭。这么多年来，她在常华家忍气吞声，受尽恶婆婆欺压，心里一直想哭的，但如果没有可以理气壮地哭的场合，她不敢哭。公公死了，她终于可以痛痛快快地大哭一场，然而就是家里死了人，常华也不让她哭。早上，常华儿子看到了村头的大字报，很生气，冲上去要撕，被几个小伙子揪住，不让他撕。他觉得他们反了，同他们打了起来，结果反被打了一顿。他哭着回家，本指望爹能替他报仇，哪知回家后又被常华狠狠揍了一顿，常华打了他以后还不允许他哭出声来，这会儿正满脸委屈地站在角落里。常华来到父亲的尸体前，二话不说就捧住父亲的头，往外移，动作很大，好像他捧住的是一根一钱不值的朽木。年轻的木匠看到尸体有点怕，一直在旁观察，那年长的马上俯下身去帮忙。两个人抬着尸体往外移。年长的木匠感到尸体很重，在心里说：人家都说人死后尸体会变得很重，果然如此。他见年轻的木匠一直没动手，白了对方一眼。年轻的木匠只好来帮忙。

家里人见常华和木匠抬着尸体往外移，傻了，不知道常华想干什么，当看到常华把尸体抬进还没油漆的棺材，才明白常华是要把他爹埋掉。于是两个妇女几乎是同时发出了惊天动地的哭声。她们的哭声让常华吓了一跳，常华把父亲放入棺材后，回过头来看了两个女人一眼，两个女人马上就止住了哭。常华示意木匠把棺材盖钉好。

就在这个时候，安静的村子突然响起了锣鼓声。锣鼓声一响，光明村的人坐不住了，凭多年的经验，他们知道又有事可折腾了。在光明村，锣鼓声是很容易同血液产生共振的。留在村里的人听到锣鼓声，循声而去，想看看出了什么事。锣鼓声传到常华家，常华也伸长脖子向锣鼓声方向瞧。两个木匠听到锣鼓声，很高兴，他们对常华说：送葬的人来了。常华的母亲听木匠这么说，信以为真，一下子高兴起来，对棺材里的老头子说：老头子啊，我以为你死得落寞，你听啊，锣鼓班子给你送终来了。常华儿子跑出院子去看究竟，脸上第一次露出欣喜之色。

锣鼓声越来越近。一会儿，一大队人马出现在眼前。常华只向那边瞥了一眼，就知道他们的目的了。站在队伍最前排的是守仁和步青，他们低着头，已被揪斗了。守仁和步青后面站着一个高大的青年，他就是冯小虎。常华很清楚冯小虎是个人物，在这个村子里，可以和他对着干的人就只有冯小虎。常华瞥了一眼，就不再抬头看他们，好像他们不存在似的。常华的母亲没注意到守仁和步青已挂着牌子，见到他俩，就好像盼望翻身的穷人终于见到了亲人解放军，激动地冲了过去，对群众说：你们到底来给我家老头子送终来了，你们今天来得这么迟，我都急死了啊。冯小虎身后闪出两个青年，就是黄胖和屁瘦，他们推了常华母亲一把，骂道：一边去，别挡我们的道。

锣鼓队和人群在不远处站定，他们居高临下地观察常华。常华没看他们一眼，正在用力搬动父亲的棺材，打算把棺材拖到一辆板车中。这时，黄胖闪出人群，吼道：慢走。黄胖一脸横肉，就像一个刽子手。只见他的左手拿着一罐黑漆，右手拿着一把刷子。那屁瘦这时也闪了出来，手中拿着一牌子，上写："四人帮"爪牙冯常华！屁瘦来到常华跟前，把牌挂到常华身上。常华好像知道自己罪行，没任何反抗。屁瘦推了常华一把，指了指守仁和步青，说：你到那边去。常华古怪地看了看父亲的棺材，昂首朝守仁他们走去。黄胖已爬到棺材上，在棺材上写字。黄胖的字写得歪歪扭扭的，好不容易大家才认出黄胖在棺材上方写了"遗臭万年"四个字，在棺材一边写着"儿子反动，老子混蛋"八个字，在另一边写得更多，说常华爹趁毛主席逝世，大发反革命"羊痫风"，把严肃的国葬搞得像闹剧，罪不可恕。黄胖还在木匠好不容易才雕就的那个"寿"字上打了个叉。黄胖刚写完，人群中钻出八个大汉，站到棺材面前，各就各位。冯小虎的手向上轻轻一抬，顿时锣鼓大作。八个大汉把棺材抬起来，向光明村的机耕路走去。常华、守仁、步青跟在棺材背后，后面当然是光明村的群众。光明村庆祝粉碎"四人帮"的第一次游行开始了。

傍晚时分，那些走亲戚的人陆续回村了，光明村的人还在抬着棺材游行。他们敲锣打鼓，山呼口号，好不热闹。走亲戚的人进村时有种奇怪的感觉，就好像他们来到了天柱，整个村的上空飞满了虫子。这让他们感到从前的时间和现在的时间同时显现了。根据光明村的说法，天柱的虫子都是人们死后变的，难道虫子们在欢迎常华爹吗？这天，光明村的游行很晚才结束，社员们发现，游行结束后，冯小虎驾着马车进城去了。

关于常华爹最后怎么埋掉的，在此做个交代。游行结束已是晚上，大家兴奋了一天，感到很累。八个大汉，游行结束，摔掉棺材就跑，棺材落在村头的香樟树下。常华推着板车，把父亲的棺材运到山里去。常华没替父亲做坟，只在山脚下挖了个坑，把棺材埋了下去。这时，来了一批孩子，他们是附近的中学的。这批人由黄胖带领，黄胖指着常华骂：谁让你埋了，我们明天还有用呢。常华没理黄胖，继续填土。黄胖骂：你现在埋了也没用，明天我们会把棺材挖出来。黄胖见常华没理他，很生气。他想出一个办法，对孩子们说：反革命的爹要入土了，我们每人撒他娘的一泡尿。于是，孩子们拿出家伙，纷纷把尿撒向棺材。常华脸上没有一丝表情。

步年目睹了游行的整个过程，回到家里对小荷花说：毛主席说不是东风压倒西风，就是西风压倒东风。小荷花，我们什么风都不是，我们是树上落下来的叶子，什么风刮过来，我们都会被吹来吹去。小荷花，我们得准备好，他们抬着棺材游过行后，接下来就要拿我们取乐了。小荷花躺在床上，没一丝反应。

4

光明村的人抬棺材游行过后，步年一直等着挨批。可是很奇怪，这之后一切就风平浪静了，预期中的急风暴雨式的斗争并没有出现。步年一时想不明白是什么原因。

步年每天出门去看形势。他先到队部，冯小虎在里面，马儿停在外面。马儿见到步年，抬起头来，对步年呼哧呼哧地喘粗气。步年没理睬马儿，朝村头爬去。

光明村的人见步年向村头爬来，都笑了。他们对步年说：步年，你这个人，是真傻还是假傻？你怎么还在地上爬？你瞧，让你在地上爬的守仁下台了，常华也下台了，可你还在地上爬，你究竟想干什么？你难道没听听广播？广播里都说了，从今往后，不搞斗争了，要搞经济了。你瞧，冯小虎打倒了常华、守仁和步青，也没再批斗他们。这说明，真的不搞斗争了。可你还在地上爬，你是真傻还是假傻？

步年听了这话，觉得他们说得对，看来真的不搞斗争了，他们再不会来批斗他这匹马儿了。他爬到没人的地方，就站了起来，拍去手中的尘土，把手放在后背，昂首向自己家中走去。

步年回到家，对小荷花说：小荷花，从今后，我不再做马了，不再像马儿一样在地上爬了，他们说不搞斗争了，他们说要搞经济了。小荷花，从今往后，你也不用再做马了。小荷花你如果不傻就站起来，走几步给我看。小荷花，你为什么变成一个傻瓜呢？为什么要像我一样装成一匹马呢？小荷花，你知不知道，我们的好日子来了。小荷花，我发誓要让你过上好日子的，你等着吧。

小荷花没一丝反应，她傻乎乎地看着步年。突然，小荷花发出一阵马啸声。

第十章　马儿发情了

1

光明村的人感到形势开始变了。他们听到村头的田头广播开始播放一些抒情歌曲，不像以前除了播放革命样板戏，就是毛主席语录歌。大家感到田头广播比以前温柔了许多。一些"四类分子"的脸开始变得滋润起来，这一方面意味着恐惧开始在他们心中慢慢消退，另一方面也说明这些"四类分子"就是会经营自己的生活，他们总能把自己的生活搞得有滋有味。人们开始有了发财的想法，他们普遍对队里的活儿不怎么积极，又想不出能让自己发财的办法。这段日子光明村里有很多一夜暴富的传说，一般总是这样的，在光明村，人们的心底里有什么愿望就会出现什么传说。

守仁是光明村最早想出发财办法的人。守仁自从被赶下台，变得比谁都随和，整天笑眯眯的，见谁都热情地打招呼

（包括那些"四类分子"）。过去那个铁青着脸、拥有一双阶级斗争锐利眼睛的守仁不见了，好像他突然变成了另外一个人，一个比谁都不讲阶级斗争的人。守仁想出的办法是养长毛兔。守仁制作了十六只笼子，养了十六只长毛兔。守仁告诉村民，长毛兔的毛能卖大价钱，国家高价收购。他还说，如果养了一只长毛兔，就不愁没有酒水钱，如果养了一群长毛兔，就等于开了一家银行，钱就会多得用不完。村民们说：守仁，他娘的，你过去拿着棍子带头在村子里割资本主义尾巴，你现在摇身一变就想当资本家。大家警告他，当心再来一场运动把他当作走资本主义道路的典型打倒。守仁笑着说：不会再来运动了。守仁让两个读初中的女儿停了学，叫她们割草。她们是一对双胞胎。守仁为了鼓励她们的积极性，向她们许诺道：你们只要好好干，头批兔毛卖掉后就给你们每人缝一件花衣裳。两个姑娘于是割草割得很欢。长毛兔一天天成长，一个月后它们足有两斤重了，它们的毛越来越长。眼看可以换钱了，却出现了新情况，长毛兔一只只丢了。原来是黄鼠狼把长毛兔叼走了。守仁想了个办法，他在兔笼子外围放了很多老鼠药。但无济于事，根本挡不住黄鼠狼夜袭兔笼。守仁只好发动两个女儿彻夜守护。这时又出现了新情况，兔子被黄鼠狼扰得很惊恐，整夜不睡觉，也不吃一根草。守仁打发两个女儿去地里割最嫩的草。守仁说：要草心尖那段，就像清明前的茶那样嫩的那一段。守仁把嫩草给兔子们吃，兔子睁着红眼睛，嫩草儿它们连嗅也不嗅一下。一连几天都是如此，兔子日渐憔悴，原本油光锃亮的长毛变得像枯干了的杂草。守仁很担心，这样下去，他心爱的长毛兔会死掉。果然，在某个安静的午后，笼子里的十二只长毛兔集体死掉了。死掉的长毛兔睁着眼睛，腿伸得笔直，身体就像一块压扁了的过夜烧饼，冰冷而僵硬。守仁摸着死兔子，觉得自己的心像一块烧红了的铁一下子放到冷水中。守仁的发财梦宣告破灭。见兔子死了，两个女儿大哭起来，哭得伤心，守仁心烦了，他大吼一声：别哭了，给我打酒去。两个女儿愣了一下，就拿着酒瓶打酒去了。

守仁从笼子里取出死兔子，放到院子里。守仁想，他娘的，该有两三斤了吧？扔掉太可惜，守仁打算烧着吃。他一只一只剥皮。兔子有十二只，一般家用的锅太小，守仁借了一只做年糕用的大锅，在院子里搭了一个火炉，开始烧兔子。十二只兔子放在大锅里，睁着眼睛，好像还在思考世界革命问题。一会儿，兔子肉的香味就飘散开来。

光明村的人都闻到了兔子的肉香，心情十分复杂。这段日子，大家屏着气关注守仁，他的发财梦无形中给了大家一点压力和某种说不清的希望。现在看到守仁发不了财，大家突然感到一阵轻松，发财不是件容易的事啊。他们一放松，就不想别的，只想着在空气中绕来绕去的兔肉香味。许多人闻到香味，口水横流，特别是老人和孩子，不懂得控制，口水流得足有一尺长。人们一遍一遍从守仁家的院子外走过，看到守仁整天端着酒瓶，坐在院子里吃他的兔子肉。

守仁坐在院子里，喝了三天的酒，吃了三天的兔子肉，大锅没有熄火，所以兔子的香味延绵不断地向外溢。喝了三天的酒后，守仁缓过劲来，心态也平和了。守仁想，我一辈子也没吃过那么多兔子肉，也算是没白白辛苦一场。守仁看到从他家门外走过的人越来越多，就主动向他们招呼，让他们进来吃兔肉。他们嘴上说不吃不吃，步子却不由自主地向锅边迈。他们一边吃，一边劝守仁，他们说：守仁，也许是好事呢，如果你真发了财，说不定又来一场运动，把你打成反革命，那时你就完蛋了。守仁嘿嘿一笑，说：吃肉，吃肉。他们吃饱了兔肉，守仁又叫两个女儿拿出碗来，让他带一碗走。

2

　　大家都很想发财，因为守仁这个活教训，光明村的人不愿再做出头鸟。一时，光明村很平静。就在这个时候，上级下来文件，说要把队里的田分给各家各户，也就是说，要实行单干了。光明村每户人家根据人头口粮都分到了田地。队里原有的生产资料也要卖掉。队里的牛和犁等有用的牲畜或农具，大家都争着要，没多久就被人买走了，但那匹马却没人要。这是因为，马儿虽是劳动人民的动物，但同牛比起来还是太娇贵，对日常农事没有大用。一时，马儿成了光明村里的多余的动物。马儿拴在队部前，可怜巴巴地等着有人收养它。马儿很瘦，它的大腿上几乎没有肉，屁股上的两块股骨像两只耸着的肩膀，眼睛向外凸（这是因为脸上的肉塌陷下去的缘故），原本白色的毛发已经枯黄，蔫蔫的，一丛一丛黏结在一起。步年每次路过队部，马儿就会像狗儿那样向他摇尾巴，弄得步年心里很难过。步年很想把马儿买下来，但兜里没有钱。步年一次次从队部走过，还割来新鲜的草料喂马，他很担心有人心血来潮把马儿买走。冯小虎现在是光明村的支书，已经有一辆侧三轮摩托车，侧三轮是用队里卖掉的生产资料所得的钱买的。一天，冯小虎见步年在喂马，从侧三轮上下来，拍了拍步年的肩，说：步年，你这么喜欢马，就牵走吧，等你有了钱，再把该交的钱交还村里，你看怎么样？步年高兴坏了，他摸出一根烟给冯小虎，连连说：谢谢冯支书，谢谢冯支书。步年怕冯小虎变卦，赶紧把马儿牵走。

现在，步年真的有了两匹马，一匹是躺在床上的小荷花，一匹就是陶玉玲。步年也很想发点财，他想来想去想不出办法。如果发了财，他首先要做的就是给小荷花治病，他要把小荷花送到上海、北京去治，他不信治不好小荷花，她原来虽然笨了点，但不是天生就傻呀。步年就一心一意照顾小荷花和马。马儿在步年的精心照料下，越长越膘，毛发变得洁白油亮，看上去已像村干部那样滋润了。小荷花虽没吃下去什么好东西，也养得白白胖胖的。

一天晚上，步年感到马儿有点不对头，似乎处在焦躁不安之中。马儿的精力充沛，一会儿跳，一会儿跑，一会儿叫，像发癫一样，套在它身上的缰绳都要让它给绷断了。步年搞不懂马儿为什么这个样子，好像要造主人家的反似的。步年就骂：你他娘的是不是也想当红卫兵？你给我安静一点，老实一点，否则我宰了你。可马儿不听步年的话，对着他哇哇叫。步年被马儿弄得烦躁不安，索性不再理睬它，睡觉去了。步年刚睡下，小荷花兴奋起来，她也像外面的马儿那样哇哇地叫起来，一边叫一边还往步年怀里钻。自从小荷花得了怪病以来，她可从来没这样主动过。小荷花穿着件单衫，往步年身上钻，让步年的肌肉紧张起来。她的身体可真烫啊，她的胸脯可真柔软啊，步年不能自持了。这个时候，步年突然明白马儿为什么这个鸟样了，原来马儿发情了啊。这么多年马儿没发过情，现在突然发情了。他娘的，老话说得对，温饱思淫欲。步年很想给马儿找一头公的，但光明村只有一匹马，步年不知道哪里能找到公马。步年想，过几天，马儿就会平静的。

过了三天，马儿不但没有平静，反而变本加厉了。它叫声凄厉，就好像有人在凌迟它。步年的心就痛起来，马儿叫一声，步年的心就抖一抖。这让步年受不了，他就来到马前面，说：你这不要脸的马，想公马你应该偷偷地想，这样闹得轰轰烈烈，难道想让村里的人都知道你是匹骚马。好吧好吧，我带你去外面找一找，看能不能找到一匹公马。

像从前那样，步年把小荷花托付给大香香，骑着马儿，找公马去了。步年骑着马儿来到机耕路上，不知往哪个方向走。步年说：马儿啊，我不知道哪里能找到公马，我们南方是没有马的，你爱去哪就去哪。马儿驮着步年向天柱方向走。步年说：马儿啊，不是我扫你的兴，天柱没有公马，只有虫子。那个地方怪着呢，你不害怕我害怕呢。马儿这会儿已安静下来，只眨了眨眼，步年和他的马消失在天柱的上空。

光明村的人都知道步年的马儿发情，他们对步年能否找到公马一点也不乐观。他们见步年骑马儿往天柱走，就说：除非马儿变成虫子，那兴许还找得到雄虫子交配。若想找到一匹公马，简直没有一点希望。

3

步年和马儿再次出现在大家面前是在一个月后的一个晴朗的下午。大家不知道步年有没有替他的马儿找到一匹公马，只看到马背上驮着一个戴眼镜的外乡人。外乡人是个城里人，比较消瘦，皮肤很白，穿着一件已经洗得褪了色的涤卡中山装。光明村很少有城里人来，大家比较好奇。大家都在猜测这个外乡人到光明村来干什么。

步年因为带了个城里人回来，自以为身价水高船涨，脸上的表情显得比较矜持，加上他骑在马上，居高临下，看人的眼神就有点鄙视的味道，因此，光明村的人站在路边都有点讪讪的，不和步年说话。步年的马倒是很安详了，眼神温和，也十分明亮。光明村的人猜想步年这家伙大约替马儿找到了公马。

那个外乡人来到光明村，没有停下来，而是和步年去了天柱。大家不知道他们搞什么鬼，都很好奇。直到日头西下，步年和那个外乡人才从天柱出来。那个外乡人捉了很多虫子，一脸兴奋，心满意足。步年也是一副骄傲得不得了的样子，不知道是对光明村的人骄傲还是对外乡人骄傲。

第二天，那个外乡人就走了。步年热情地和大家打招呼，又像从前那样谦和了。于是大家围着步年，问他这个月的经历。步年诡异一笑，给他们讲了个神奇的故事。从天柱回来的人都喜欢胡言乱语。步年说：说出来你们不会信，但这是真的。我往东走，见到人就问哪儿有公马？他们就叫我向东走。走着走着，来到一个很奇怪的地方，那里有很多高楼，很多灯火，五颜六色，他们叫这种灯为霓虹灯。那里的女人穿很少的衣服，不穿裤子，裙子刚刚够盖住她们的大屁股，她们腿很长，皮肤很白，我看花了眼。那里的水从低处往高处流，太阳从西边出来。那里有很多马，都是公马。这些公马见到我家陶玉玲都乐开了花，成群结队追逐陶玉玲，陶玉玲整天把屁股抬得老高让公马干，高兴坏了。我见陶玉玲自得其乐，就索性让它乐个够，自个儿睡觉去了。那个地方东西他娘的太贵，住店得花很多钱，我口袋里没有钱，只好找个角落将就睡一晚。那天晚上我做了很多梦，我梦见女人们赤身裸体骑在公马上，我赤身裸体骑在陶玉玲身上。不说这个梦了，说出来我都不好意思。第二天醒来，发现昨晚看到的一下子消失得无影无踪，眼前的这个城市十分普通，根本没有高楼大厦，房屋破破烂烂。水往低处流，太阳从东边出，也没发现什么公马。我想，看来我还得往东去找公马，但这天我发现马儿这天很安静，好像不发情了。我感觉更奇怪，难道昨晚见到的都是真的？我肚子饿了，就进了一家包子店。我想吃包子，但没有粮票，粮票只有工人阶级才有。我问店里的营业员，是不是可以给我来点包子？营业员对我翻白眼，理也不理我这个乡巴佬。一个戴眼镜的中年人站起来，给了我一斤粮票。我起初不好意思拿人家的东西，但那个中年人硬是把粮票塞到我手里。我买了包子，坐在那个中年人旁边。我和他聊起天来，一聊就聊到我们天柱。我告诉他天柱如何如何神奇，有很多很多的虫子，那个中年人死活不相信。你们猜这个人是干什么的，他自称是个昆虫学家，他听了我的话，一定要来天柱看看。这样，我就带他来到了光明村。

光明村的人对步年见到的那个神秘的城市没兴趣，把它当作海市蜃楼。他们知道步年带来的男人是昆虫学家后，也没了好奇心。他们好奇的是马儿肚子里是不是有了崽。步年说：我也不知道，鬼知道它是不是被公马干过。

一辆手扶拖拉机朝村头开来。这是一辆红色的拖拉机，在早晨的光线中光彩照人，显得十分霸道。开拖拉机的是守仁。守仁把拖拉机开到村头，停下，让大家参观。大家一问才知道这拖拉机是守仁刚从城里买来的，他开了一夜才到光明村，但他看上去毫无倦色。光明村的人面对这辆红色的拖拉机都自感矮了一截，对守仁买得起拖拉机很嫉妒。照说守仁不可能有那么多钱，他应该和大家一样穷的。不过一直有传闻，从前守仁在抄家时私藏了不少金银细软，看来传闻并非空穴来风。他们当然不好把这种没凭没据的事情说穿，他们问守仁：买拖拉机准备干什么？守仁说：给你们每家每户耕田，我要赚你们的钱了，拖拉机耕田比牛快多了，我先给你们做个宣传，拖拉机耕田，价格优惠。拖拉机并没有熄火，柴油机的轰鸣声非常响亮，因此守仁说话时几乎在高喊。有人说：守仁，拖拉机怎么耕田我们没见识过，拖拉机耕田好不好我们也不知道，我们凭什么相信你？守仁说：一个个都是死脑筋，你们不相信科学，就发不了财。好吧，我给你们试一试我的拖拉机是怎么耕田的。

　　大家跟着守仁的拖拉机往田里走。步年没有跟着去。守仁从前打过他，把他打成一匹马，步年是记在心上的。虽然平日守仁没事一样和步年打招呼，步年也和守仁笑嘻嘻的，但心里总有那么一点芥蒂。步年就牵着他的马走开了。为了显示威力，守仁把拖拉机开得飞快，大家要小跑才跟得上。一部分人想爬到拖拉机上乘一回，守仁开始不肯，大家软泡硬磨，守仁就答应了。

　　来到田头，大家看守仁驾着拖拉机耕田。拖拉机耕田果然很快，翻出的土蚕儿吐丝似的，一轮一轮的，波浪一样，均匀整齐，就像村里的娘们织的毛衣的花纹，很漂亮。他们说：守仁，你的拖拉机会画图画呢。守仁见他们表扬他，越发得意。

　　常华黑着脸，背着钓鱼竿路过这边，刚才洋溢在他们中间的欢快气氛一下子隐了去。他们都把脸拉得很长，嘴角不以为然地翘到耳根。自从常华被冯小虎打倒，他不和任何人来往，整天板着个脸，样子比他当村支书时还严肃，还神气。常华不理大家，大家当然也不想再理睬他。分田到户以来，光明村的人都想发财，只有常华一点也不想。他整天钓鱼，已是个钓鱼的能手，一天下来往往收获颇丰，却不去把鱼卖掉，宁可去喂猪。大家都觉得常华有点怪。大家最看不惯的是常华那双眼睛，还像当头头时那样居高临下看人，好像大伙儿还被他领导着似的。常华这样的眼神激发了一部分人的无名火，比如黄胖。冯小虎当了光明村支书后，并没有把黄胖拉进领导班子，黄胖很失落，他自以为是有功之臣，比别人高一等，因此火气也比一般人大一些。他看到常华一副决不低头的样子，就来气，决定教训教训常华。一天，常华背着钓竿走过村头，黄胖迎过去，佯装自己的脚绊了一下，猛地撞到常华身上，把毫无防备的常华撞了个四脚朝天。常华从地上爬起来，一声不吭来到黄胖身边，拔出拳头，出其不意地砸向黄胖的脸。黄胖的两颗牙齿脱落，咕噜一声，咽到了肚子里，口中流出大口大口的血。事后常华没事一样背着钓竿钓鱼去了。大家都认为这下冯小虎会出面替黄胖出气，但冯小虎没有任何表示。这说明，冯小虎不想惹怒常华，对常华这个人还是比较尊敬的。大伙儿一般不愿意碰到常华，常华让他们感到不适，感到压抑。这说明大家没敢小看常华，还是把他当成一个人物。等常华走远，围着拖拉机的人们又活跃起来。有人说：守仁，还是你这家伙可爱，形势跟得紧，过去你打人打得欢，现在一门心思想发财。常华同你正好相反，他总是把自己弄得不开心，过去在台上一张忧国忧民的脸，现在下了台好像还在操心世界革命，我看他是在同自己过不去。守仁说：那家伙有毛病，不过你们不要传话，我可不想那家伙来找麻烦。有人说：我们会和他打交道？喊！

　　守仁表演完后，把拖拉机开到河边擦洗。守仁说：他娘的，我就不信发不了财，黄鼠狼总不会把我这铁疙瘩也吃了吧。

4

　　村头香樟树上的田头广播突然响了。一听广播的开头曲，就知道是村里扩音设备的信号，而不是来自城里。城里的广播是定时的，不会在这当儿播。广播设备是冯小虎不久前买来的，冯小虎对机械电子一类的东西特别感兴趣。有了这设备以后，冯小虎的政令就比较畅通了，村里有什么事只要广播里哗啦哗啦一说就可以了。广播的开始曲还没完就戛然而止，接着人们就听到了一个男人的喘息声。光明村的人一听这喘息声就知道讲话的是冯小虎。冯小虎平时很会说话，开会时可以滔滔不绝，但一到扩音器前，就会激动得直喘粗气。呼噜呼噜几下以后，传来冯小虎喜悦的声音。他说：告诉大家一个好消息，啊，好消息，我们村的冯爱国考上大学了，他是我们村第一个考上大学的人，可喜可贺啊。冯小虎说完又喘起粗气来，站在高音喇叭下的人忍不住笑出声来。有人说：贼他娘的，冯爱国这个怪人竟考上了大学。这个人话还没说完，有人看到冯爱国手里拿着一张纸，从广播站跑了出来。他跑得飞快，头发都向身后扬，身上的衣服吹得比肩膀还高，看上去就像一对张开的翅膀。村民们虽然离他有点距离，但还是能够清楚地看到冯爱国脸上的激动。他一边跑，一边在高喊：爹，我考上大学了！爹，我考上大学了！如前所述，冯爱国的爹是在"文革"中自杀的前村支书冯思有。冯爱国过去有夜游症的毛病，后来不知什么原因突然好了（他自己说是偷吃了马肉才好的），病虽然好了，大家总还觉得他是个迷迷糊糊睡不醒的人。前段日子，冯爱国老是捧着一本书，在自家的院子里转来转去，口中念念有词。村民们听说他是在背什么外国话，听说他要去考大学，当时大家把这事当成一个笑话，没认真对待。大家是这么想的，冯爱国这个人，平时傻乎乎的，虽然很用功，并且戴着一副眼镜（这副眼镜也是人们嘲笑的对象之一，人们认为只有城里人才配得上戴一副眼镜，乡下人戴眼镜简直不三不四，很不实在），但要是他能考上大学，恐怕光明村有一半人都可以考上。现在看来，村里的人都错了，他们小看了冯爱国。冯爱国正向村头狂奔而来，大家纷纷给他让道。他好像没有看见他们，头朝天跑了过去。他的嗓子已经喊哑了，但还是不停地在喊：爹，我考上大学了！到后来，人们根本听不清这几个字的音节，他的喊声变成爹乌哇乌哇乌哇！这之后，冯爱国有半个月说不出一句话，成了一个哑巴。

曾经发生在冯爱国身上让人感到可笑的事情，现在成了大家茶余饭后的美谈。大家认为冯爱国早有天才的征兆。他过去那副迷迷糊糊的样子被解释成是与众不同，他戴着一副眼镜是目光远大，他在院子里踱步是在思考天下大事，他平常傻不拉几是大智若愚。人们还由冯爱国追溯到其父冯思有，一时感慨万千。他们的结论是：有其父必有其子，反过来也一样，有其子必有其父。大家同样把冯思有大大赞美了一番，把冯思有在游击队时怎么勇敢、怎么无畏用无限崇敬的口吻宣讲了一遍，同时把冯思有的自杀说成是这种勇敢与无畏的必然结果。光明村的人很早就懂得事物的两面性。这么说吧，光明村的人差点没把冯爱国说成是文曲星下凡。

冯爱国考上大学是近来光明村发生的最大的事。因为冯思有已经平了反，所以冯爱国虽称不上烈士之后，也算是革命遗孤。革命遗孤考上了大学，村里理所当然要有所表示。冯小虎决定发动群众，隆重地把冯爱国送到城里去，就像当年村里把常华送到部队里一样。

怎么个送法，冯小虎心里有了底。他想到了步年的马和他过去敲锣打鼓的那伙人，决定让冯爱国骑在步年的马上，敲锣打鼓队则跟在马后，他自己则驾着侧三轮在前面开道。步年还是原来的脾气，他的马一般不给人骑，这回他很大方，答应了。冯思有在时对他不薄，冯思有儿子的事他应该出力。一队人马准备往城里进发，守仁驾着他的红色拖拉机也来了。守仁买了拖拉机，原指望大家羡慕他一番，现在看来风头完全被冯爱国占了，大家的目光聚焦在冯爱国身上，守仁连余光也没有享受到，倍感冷落。守仁听说冯小虎要送冯爱国进城，觉得这是个露脸的机会，于是开着拖拉机来到队部，要加入队伍。本来那些敲锣打鼓队的人要跟在马屁股后面一路走着进城，现在可以坐守仁的拖拉机，表扬守仁，并用欢快的锣鼓欢迎守仁的加入。一队人马就这样出发了。一路上很多人围观这支奇怪的队伍，开始他们以为是迎娶新娘的队伍，见到马背上那戴大红花的人是个男的，弄不懂是什么意思，一问才知道，马背上是个大学生，是个秀才。

一行人开开心心把冯爱国送到城里后，冯爱国还要乘火车去省城，于是大家和冯爱国告别了。冯小虎握着冯爱国的手说：好好向陈景润学习，学好数理化，走遍天下都不怕。

5

　　光明村突然涌入一大批外乡人。村民们看出来了，他们来自城里。他们一到光明村就问，天柱在什么地方？他们说：有一个昆虫学家在报纸上撰文说这里有一个叫天柱的地方，风景优美，还聚集着地球上几乎所有的昆虫。光明村的人就把手指向东边，说：在那里，不过那个地方很奇怪，进去了人要变成虫子。外乡人就笑村民们迷信，他们说只有在神话故事中人才能变成昆虫，现实中怎么可能发生这样的事。

　　外地人一批一批地涌来，他们把天柱当成了旅游地。这些外乡人来到光明村，要在光明村住上一夜，还要在这儿解决吃饭问题。这些外乡人在光明村兜一圈，挑那些看上去比较好的屋子，然后敲门。手里拿着五块或十块钱，向屋主要求住一宿并解决他们的吃饭问题。开始，光明村的人都不好意思收外乡人的钱。光明村的人一般都比较好客，把这些外地人当客人对待，觉得城里人愿意住在自己家里说明城里人看得起他们。不久，光明村的人也开始收钱了，一段日子下来收入颇丰。一些嗅觉敏锐的人很快嗅到了发财的机会。有人在村边造简易旅馆，供这些外乡人住宿。不久，城里人也来光明村造房子，他们造的房子十分气派，共有五层，叫红星旅社。外乡人都喜欢住在红星旅社里，红星旅社差不多天天爆满。

光明村的简易旅馆也不是没有生意，总有一些人喜欢住在价格低廉的地方。

半年后，来光明村的外地人越来越多，因为城里的旅游公司新开了一条天柱的旅游线。每天旅游车把成千上百的游客送到光明村，他们兴高采烈地在天柱捉虫子，制作标本。旅游车上写着一句宣传语：回归自然，与昆虫交朋友！天柱变成旅游地后，大批的昆虫开始往光明村迁徙，光明村上空飞满了虫子，给人一种不祥之感。光明村村民很不安，他们烧干草，企图用青烟把虫子赶跑。烧了整整三个月，几乎把光明村能烧的都烧掉了，虫子依旧没有跑回天柱。村民们只好认了。奇怪的是随着昆虫的到来，各家屋前屋后长出一些奇怪的植物，这些植物的茎部细小，叶子肥大，并且能像大象的耳朵那样活动。随着昆虫的到来，那些原本只出现在天柱的怪事情现在在光明村也时有发生。

光明村的经济开始繁荣起来。村里投资造房，搞了一个娱乐场所，起名叫"昆虫俱乐部"，那些来旅游的外地人可以在里面下棋玩牌或打打乒乓球。冯小虎从城里买了一台黑白电视机放在俱乐部里。光明村的人没见识过这种能收到图像的机器，纷纷来瞧，引起轰动。电视机一放，昆虫俱乐部就更热闹了。当然，来光明村投资的主要是城里人，他们在光明村开各种各样的店，卖各种各样的东西。光明村的人普遍对农活没兴趣了，城里人开始招他们去店里干活，发他们工资，这让他们有一种工人阶级的感觉。光明村的人因此感觉良好，兜里有了钱，心里特别踏实。

　　两年以后，这个地方已不像一个村子，完全成了一个小镇。上级意识到了这点，觉得再叫光明村有点委屈了，于是下来一个文件，把光明村改为光明镇。冯小虎就成了镇长。建镇那天，特别热闹，冯小虎命令手下把城里所有的烟花爆竹都买了来，在镇委会前面燃放，放了一天一夜。因为爆竹声太响，这天晚上，大家没睡好，外地游客也没睡好。第二天，人们的脸色或多或少有些憔悴，只有冯小虎镇长和他的手下看上去精神比任何时候都要来得饱满。

第十一章 昆虫食品

1

如前所述，光明村有一条把村子一分为二的横贯南北的机耕路，现在这条路已变成了水泥路，并且正式有了一个响亮的新名称，叫开放大道。大道两边建了不少漂亮的房子，其中靠近村头那幢楼是步年造的。步年利用这房子开了一家昆虫饭店。

在此补述一下步年开饭店前的一些经历。形势变了后，大家都想着发财，步年也想发财。步年一时想不出发财的办法。步年的屋太破，旅游者不愿意住在他家。他的年纪太大，城里人开的店也不愿意招他做工。步年没办法，只好去赌钱。步年口袋里没多少钱，只有一些硬币。步年想通过赌钱使口袋里的硬币越来越多。同步年赌钱的大都是一些年轻人，他们不知道步年从前是赌钱的高手，但输得多了，也知道步年的厉害，就不再同步年赌了。

　　步年又想出了一个赚钱的办法。开放大道两旁的店一爿爿开张，店一开张，店主就要放鞭炮，开始大家觉得热闹，久而久之就觉得单调了。步年看到了这一点。营造热闹气氛他最拿手，他想赚这个钱。他在那间日渐破旧的西屋里练了三天三夜的唢呐，光明镇的人开始没搞明白步年搞什么鬼，有人还去西屋的窗口看过，那人说：步年吹唢呐，小荷花在地上颠得欢。后来，大家才明白步年打算组织原班人马替那些开张的、搞庆典的、搞活动的店敲锣打鼓。果然生意很好，敲锣打鼓显然比放鞭炮文明一点，档次更高一点。但不久就有了竞争对手，从城里也来了一支乐队，技艺高，还有一个很响亮的名字叫"大发仪仗队"。大发仪仗队操的都是洋家伙，洋家伙把步年一伙的土家伙都比下去了。步年只好退出江湖。

　　步年东逛逛西瞧瞧，看别人钱赚得快，心里很着急。因为心里急，他就有点心跳气短，结果养成了深呼吸的习惯。他也跟旅游者去天柱，游客们拿着网兜捉虫子，样子很像一群挖地雷的日本宪兵。一只虫子飞进正在做着深呼吸的步年的嘴，步年一不小心嚼了一口，还咽下了肚。步年顿觉恶心，抚着肚子认真地呕吐起来。他呕了半天，也没把虫子呕吐出来，索性回味吃下去的虫子的味道，他的舌苔里竟涌出一股美味。步年愣住了，突然想起了早夭的吃虫子的女儿，如果女儿活着的话应该有十三岁了。他脑中出现女儿满山遍野在天柱飞来飞去的情形，他有很久没想起女儿了，一只飞进口腔的虫子，让他找回从前的温暖，他忍不住捉了一只短尾花蛾，放入口中嚼，这一次舌尖涌出的不再是恶心，而是香甜的回忆。虫子的味道把步年彻底征服了。

　　从此以后，步年就像他的女儿一样成了个热衷于食用昆虫的奇怪的人。步年老是跑到天柱捉虫子吃（虽然现在镇里也飞满了虫子，但步年认为天柱的虫子比村子里的更鲜美），吃虫子越来越讲究，他百尝昆虫，得出如下结论：短尾花蛾、草蛉、泥蛉这几种味道最好。步年不但生吃，还用油煎、焖、炸、炒等方法熟吃。步年的烹调技艺因为烧制虫子而有了长足的进步。如果要在光明镇评比一下烹调手艺，步年一定可以当冠军。早上，步年拿着昆虫来香樟树下吃，一边吃一边向大家吹嘘虫子的好吃，引诱大家品尝。大家开始没信步年的，把步年吃虫子看成某种疯狂的行为，认为那是步年太想念死去的女儿了。步年和小荷花结婚已有十多年，小荷花又有病，他们至今没再生养一个小孩，步年想念女儿是正常的。所以步年一边吃虫子一边吹嘘时大家的心里都不好受，他们对步年说：步年，你还是领养一个孩子吧。步年说：我同你们说虫子，你们怎么说到孩子了。真的，不骗你们的，虫子真的好吃。不但好吃，还很有营养。你们瞧，自从我吃虫子，我比以前结实了，人都胖了一圈。他们发现步年真的胖了，白了，人也精神了。看到步年吃虫子时一副美得不能再美的表情，大家也有一些好奇心，几个胆子较大的人向步年要了几个油炸虫子吃，一吃就被迷住了。于是光明镇的人都知道油炸虫子好吃。光明镇的人也去天柱捉虫子，奇怪的是他们炸出来的虫子入不了口。尝过步年虫子的人就好比吸毒成瘾，吃过一次之后就想吃第二次、第三次。光明镇的人现在都有点钱了，为了吃到步年的虫子，都拿出钱来，要步年务必炸一点虫子给他们解解馋。步年就给那些出钱的人炸虫子。

步年的油炸虫子名气越来越大了，不但光明镇的人喜欢吃，那些来这里旅游的外乡人也喜欢。有些旅客专门奔着虫子来的，他们听说有个叫冯步年的人炸的虫子好吃，愿意出高价品尝步年的油炸虫子。吃完虫子，游客还愿意带一点油炸虫子回城给亲友们尝尝。城里的旅游者都把油炸虫子当作光明镇的土特产。

刚开始，步年也没想到以此赚钱，油炸虫子纯粹是因为有乐趣。他在炸虫子的烟雾中常常看到他死去的女儿，因此他恨不得整天炸虫子，没想到他炸虫子炸出了名堂，名气都传到城里去了。一天，来了一个胖胖的城里人，姓王，人们都叫他王老板。王老板找到步年说要同步年合作开发昆虫食品。步年认为这个人是来偷他的技术的，只是虚与委蛇。关于步年的炸虫技术，光明镇及那些外乡人都说有秘籍，否则虫子怎么会那么好吃呢？步年自己却不知道技术在哪里，他只不过是普通的炸法而已，奇怪就奇怪在别人同样这么炸可就是炸不出步年的味道，于是步年自己也认为有秘籍了。那个城里来的胖子有种不达目的不罢休的劲头，胖子请光明镇镇长冯小虎前来说情。冯小虎对步年说：步年，你瞧，光明村已变成了镇，我们现在的政策是引进资金，把我们的镇建设得更好，更现代化。现在人家愿意来投资，想和你合作，这是你发财的机会啊，也算你为光明镇作贡献。冯小虎镇长这么一说，步年被说动了。步年说：冯镇长，既然你来说了，我就同那个胖子谈谈。

一谈当然就谈成了。不久，王老板出资在光明镇的开放大道造了那幢楼房。步年请了一批工人专门去捉那种蛾类或蛉类昆虫，自己亲自掌勺，制作起昆虫食品来。昆虫食品的商标叫"天柱"，还特别标注是光明镇的土特产。这些食品十分畅销，那些来天柱旅游的人总要带一点回城。后来，步年还在楼下开了一间饭店，名称叫"天柱昆虫大酒店"。饭店是步年个人投资的。饭店开张以来，生意十分火爆，一时到天柱玩的人如果不去天柱昆虫大饭店吃一顿，就好像没到过天柱一样。饭店开张以后，人们发现昆虫宴品种越来越多。原来，步年把他的饭店当作了昆虫食品实验场所。由于生意火爆，一年以后，步年差不多成了光明镇最富的人。

2

步年在炸或炒或焖或煎昆虫食品时，总是在烟雾中看见女儿的形象。女儿披着长发在天柱山上飞来飞去，手中拿着她爱吃的虫子。每当这时，步年的脸上总会露出某种暧昧而幸福的微笑。这个秘密现在光明镇人人知道了，大家认为步年应该再娶一个老婆。他的小荷花失忆了，成了一匹马，不可能再生小孩了。步年手下的一个人曾向步年说起过这个事，他说：步年老板，你那么有钱，何必那么苦自己，你是不是应该考虑娶一个？我有一个人选，不知步年老板喜不喜欢，是我亲戚的一个女儿，长得很标致。步年听了那人的话，哈哈一笑，说：我不能再娶了，因为我是有老婆的人，我不能对不起小荷花。小荷花虽然变成了一个傻瓜，但我会把她治好的，等我赚够了钱，我就带她去上海、北京治病。

白天，步年把小荷花托付给大香香照顾；傍晚，步年接小荷花回家。这天步年背着小荷花回家，同小荷花说起有人给他做媒的事。步年说：小荷花，说我步年不想女人那是假的，但我不能再娶老婆，我娶新老婆回来，就好比给你请来了一位后妈，你就没好日子过了。我不能对不起你。虽然小荷花没任何反应，说完这些话后步年感到内心很温暖，被自己的话感动了。回到家，步年给小荷花洗澡，换衣服。半夜里步年起床照顾小荷花大小便。小荷花现在的智力还不及一个婴儿。

步年对小荷花如此痴情，光明镇的人都很吃惊，在大家的印象中，步年似乎不能算是个道德君子，难道步年有了点钱就成了正人君子，想树碑立传，万世扬名了？正当光明镇传扬步年老板的美德时，爆出一个关于步年的桃色新闻。大家才松了口气，觉得那才符合步年的个性。

这新闻是昆虫食品厂一个女人说出来的。女人有一天得意地对大家说，她和步年有一腿。这女人是光明镇有名的荡妇（当然这名声是近几年才得来的，以前是大香香，现在是她，真所谓"江山代有才人出"），同很多人有一腿子。大家当然有兴趣知道事情的前因后果，就问那女人怎么开始的。女人说：他娘的，冯步年这个人太小气，我让他睡，他却只给我一点零用钱。大家都知道女人和步年睡的目的，对此不感兴趣，他们感兴趣的是步年主动还是女人主动。女人说：你们说步年是正人君子，我就不信，只要厂里没其他人，我就往他身上靠。第一回他没感觉，第二回他的脸就红了，第三回他脖子上的青筋都暴了出来。大家点点头，问：那第四回呢？女人说：第三回，第三回他就憋不住了，就对我动手动脚，并把我的衣服都剥了，第四回是他跑到我家来的。

步年对这事其实是很公开的，好像并不是在做一件偷偷摸摸的事情。步年总是屁颠颠往女人家里跑，回来后，他就站在小荷花前面，对小荷花说他刚刚干过的事情。步年说：小荷花，我这么干你一定很生气吧，不过你放心，我把你的病治好后，我就会同她一刀两断。小荷花，我这么干只不过是逢场作戏，你不要太小气好不好。步年发现他这样同小荷花说有一种自我安慰作用。每次他往女人家跑去时，总是感到非常刺激（那女人确实很风骚，令人难忘），当释放后回家，他就会感到非常空虚、非常沮丧，这时，他只要同小荷花这样一说，内心就会平静下来，好像刚才的事情没有发生过一样。光明镇的人都知道步年干完事在对小荷花忏悔，有一次大家还看见步年竟跪在小荷花前面。大家认为步年是个虚伪的家伙，对步年的这种做法也很反感。有一次步年往女人家跑时，他们拦住了他。有人说：步年，忙什么去？步年嘿嘿憨笑，说：我还能忙什么去。那人说：步年，我们都上你的当了，你说过不能对不起小荷花，不想再娶老婆，可现在你却乱搞。步年很生气，说：怎么能这样说，我现在又不是娶老婆，性质不一样嘛。那人说：步年你这是什么逻辑？步年，你要当心那戴了绿帽的男人，不要给人家打断腿。步年说：人家没你小气。那人说：那你敢不敢当着人家男人干。步年笑道：有什么不敢的，有一回还真让她男人撞见了呢，她男人不声不响就走啦。那人说：步年，你小子真坏！步年哈哈一笑，说：你不要拦着我了，我要办事去了。

步年虽然有了姘头，但一点也没缓解对死去女儿的思念，炸虫子时，他总是看见女儿的形象。看见女儿，他就会傻笑。他这样傻笑，厂里的人就知道他又在烟雾中看见了女儿。

3

步青所住的东屋因经年失修，破旧不堪了，在某些狂暴的雨天还要漏雨，东屋现在是光明镇最糟糕的住房了，不但破旧，还很阴暗。这些年来，步青的心情也同他的房子那样阴暗。当然滋长这种心情也是难免的，本来他在光明镇也算是个头面人物，如今他就是想发表个意见恐怕也没人理他了。自从被当作"四人帮"的爪牙打倒，步青有一种强烈的挫折感。步青总是这个样子，一有挫折就呆在房间里不出来，一如十多年前被老金法用马桶刷子打了以后也是这样躲在自己屋子里，足不出户。步青知道外面世界的变化，他兄弟步年住着的西屋作了改建，今非昔比，虽算不上豪华，可与东屋比起来，称得上奢侈。光明镇里很多人腰包已鼓得满满的了，走路的样子很牛皮，见到步青只拿眼角瞄。步青想，他娘的，我摔了一跤，他们却飞了起来。步青躺在床上唉声叹气，感到命运不公，老天无情，内心不甘，满腔不平，脑子里尽是些见不得人的幻想。比如，他很想一把火把步年的屋子烧个一干二净。又比如，他恨不得晚上跑到那些用眼角瞄他的人家里把他们的钱财抢劫一空。他梦到光明镇镇长冯小虎叫他到镇里去做官，他有权后把那些人一个个打翻在地，踏上一脚。步青想得疯狂，但把偷盗纵火之类的事付诸行动他没有胆量。

光明镇很多人靠步年谋生，他们在天柱捉虫子，然后卖给步年的食品厂。步青也不能老是把自己关在屋子里，否则他会饿死。他也没有别的赚钱的本领，要活下去，只好不顾老脸偶尔去天柱捉虫子，卖给步年。

步青慢慢喜欢上了这个奇异的地方。他觉得在这里很安宁，没有镇里那种居高临下的眼神，没有那种歪着嘴角的嘲笑，也没有那种油头粉脸的暴发户嘴脸。天柱宁静的气息令他放松。

有一天，步青捉虫子时，在天柱的林子里发现一间茅屋。那是步年和小荷花在天柱生活时住过的屋子。茅屋外有一只大大的水缸，里面积满了水。屋子很古怪，有些阴森森的，就好像传说中的阴间。屋子里的蜘蛛网大得惊人，就像家用蚊帐那么大，中间停着的蜘蛛也十分肥硕。墙角里还长出了一些红色的蘑菇，一朵比一朵开得娇艳。步青觉得在这里睡一觉也不错。他打了个哈欠，然后爬到一张铺着杂草的床上，闭眼睡了过去。

那天步青做了一个梦，梦见有一个小女孩爬进了屋里，她站在一边，好奇地看着他，好像睡在屋子里的是一个怪物。

　　在步青的梦里，他的头发像水草那样在空气中飘来飘去，身体上长出了一层薄薄的绿苔。小女孩在他的身体上摸了一把。这一摸，步青的身体产生了巨大的快感。他很想醒过来，但他好像被迷药麻醉了，睡得昏死过去。后来他看到小女孩捉了一只蜘蛛，爬出了窗。

　　步青从梦中醒来，有一种时空倒错的感觉。他想梦真是荒唐，也许到了天柱连梦也变得神奇了。不过他认为梦里的一切其实反映了他的愿望，他太倒霉了，太寂寞了，需要有一个姑娘来陪他。这时，他发现这屋子和刚才不一样了，原本乱七八糟的屋子有人收拾过了，屋子里的东西摆放得整整齐齐。他一阵心慌，难道刚才不是梦，是真有其事吗？他深吸了一口气，闻到了一股少女的芬芳，这让他想起几年前做代课老师时他迷恋的那个女孩。那时候，那女孩花粉一样的香气把他弄得头脑发昏。

　　这之后，步青在天柱捉虫子捉累了就到这间小屋睡觉。奇怪的是，他老是梦见这个小女孩。在梦里，那女孩在茅屋里捉蜘蛛。蜘蛛捉完后，挖蘑菇。蘑菇挖完后，抓老鼠。几天后，小屋变得洁净明亮。屋子里弥漫着少女独有的芬芳气息，久久不散。

　　步青开始相信真的有一个小女孩存在。可是每次他醒来，小女孩都不在。他想，一定要想办法把小女孩抓住。后来，他想了个法子，假装睡着，等待小女孩到来。那个女孩果然又出现了，在屋外的水缸中洗澡。洗澡时，天上出现了彩虹。那女孩的身体像玉一样发出淡淡的幽光，步青产生了强烈的抚摸小女孩的愿望，内心充满了爱意和激情，很想把小女孩抱在怀里。那女孩洗完澡，进屋来。她大概觉得步青的身体太脏，需要洗一洗。小女孩就从水缸里舀了一桶水，泼向他的身子。水力很大，像刀子一样割痛了步青的肌肤。好像是那盆水让步青充满了活力，他一个鲤鱼打挺从床上弹了起来。小女孩愣了一下神，然后迅速消失在门口刺眼的光线中。

步青来到屋外，小女孩已消失得无影无踪。他来到水缸边，发现水缸边溢了一摊水，想，他刚才看到的一切都是真的，不是幻觉，真的有一个小女孩在水缸里洗过澡。瞧，连小屋的泥墙上都是水珠。这时，他看到水缸里有一只巨大的田螺，他伸手取出，发现只是一只田螺壳。他的心动了一下，难道刚才看到的是田螺精？他想，如果她是田螺精，我只要把这田螺壳砸碎，她就再也变不回去了，只能留在人世间。于是，他把田螺壳砸了个粉碎。

令步青扫兴的是，自从他砸碎了田螺壳，小女孩再也不到他的梦里来了。步青想，他早已知道的，其实没有这么一个小女孩，只是自己太寂寞而生出的幻想。

4

步年老是在炸虫子的烟雾中看到女儿。大香香知道这个事后，想为步年做些什么。大香香认为步年这样想女儿一点用也没有，步年若想有一个女儿就得再娶一个老婆。但步年不肯再娶，步年的妍头也不可能为步年生一个孩子。大香香想出了一个办法，她认为要缓解步年的思念，步年得领养一个孩子。大香香她自作主张，到外乡去物色步年的养女去了。

一天，大香香领着一个小女孩来到步年面前。这小女孩是大香香从山里面一个村庄中找来的。山里面很穷，村民们根本养不活孩子，与其看着孩子饿死，不如送人。大香香一见这个小女孩就喜欢上了她，因为这小女孩长得很像小荷花。大香香还把小女孩的名字改为小香香。大香香认为步年一定会喜欢她的。如果步年不喜欢，她也愿意养她。大香香真的喜欢上这个小女孩了。

步年见到这个小女孩傻掉了。步年正在炸他的虫子，他的眼前是烟雾，烟雾中照例是女儿的形象。就在这时，他抬起头来，发现大香香带一个女孩来，和自己刚才在烟雾中看到的一模一样，他一时感到自己可能出现幻觉。我太想女儿了，他娘的，见到什么人都还以为是我女儿。我女儿死了，不会再回来了。烟雾中的人怎么会出现在大香香身边呢，怎么会出现在现实中呢。他低下头继续油炸他的虫子。这时，大香香说话了：步年，你虽然没说出来，但我知道你想找个丫头做过继女儿，你瞧，我替你找来了。步年，是天意呢，这丫头长得很像小荷花呢。步年原以为刚才是自己的幻觉，听大香香这么一说，抬头打量。大香香身边真的有一个女孩，不是幻觉，这个女孩不但长得像小荷花，并且和自己想象中的女儿一模一样。女儿要是活着也应该有这么大了。步年看呆了，张着嘴，发不出一个音节。大香香虽然傻，不太会察言观色，但步年心里在想什么她猜出来了，步年一定喜欢这个女孩，瞧他的表情，好像自己的女儿失而复得似的。大香香见状，心里有了底，所以故意说：步年，这个女孩不知你是否满意，如果不满意，我再替你去找一个。步年扔下铲子，对大香香说：你哪儿找到的，你哪儿找到我女儿的？我知道，我女儿一定会回来的。大香香听步年这么说，有种云里雾里的感觉。

小女孩睁着一双大眼睛，眼睛里没有一点胆怯。步年很想小女孩能叫他一声爹，大香香也在一旁怂恿小女孩赶快叫爹，小女孩睁着一双仿佛看透一切的大眼睛，不吭声。步年被她看得有点不好意思了。步年见小女孩不说话，问大香香：她是不是哑巴？大香香把头摇得像从水中爬上来的狗儿抖落身上的水那样快，好像这样摇有莫大的快感。大香香说：你怎么说她是哑巴？她怎么会是哑巴？她的嘴比你利索多了。步年见大香香如此激动，就呵呵地傻笑起来，口中说：不是哑巴就好，不是哑巴就好。

步年最想做的事情是让小荷花看看这个小女孩。考虑到小荷花是因为见到女儿死去才变成这个样子的，步年期待小荷花见到这小女孩后会一下子醒过来。步年把小女孩领到小荷花前面，说：小荷花，你认不认得她呢？小荷花你如果认得，你就醒过来。她真的像我们失踪多年的女儿呢，也许她就是我们的女儿。小荷花，我们的女儿回来了。小荷花一点反应也没有。她和步年似乎有不同的看法，冷冷地看了看这个女孩，然后打了一个哈欠。

看热闹的人都笑了起来，他们对步年说：步年老板，这个女孩不是你的女儿，你瞧，小荷花也不认为是你们的女儿。步年听了这个话很烦，回头猛地把自家的门关上了。

步年对小荷花的反应很失望，但对找到这个女儿他感到心满意足。不过他也有点担心，这小女孩还没开口说过一句话，他很担心她真的是个哑巴。如果她是个哑巴，我也要她，她是我女儿我怎么会不要她。我不会嫌弃她。

几天以后，光明镇人人收到一个请帖，步年要请大家到天柱昆虫大酒店去喝酒，以庆贺他终于找到了女儿。步年这么做他们都很吃惊，难道他真把那女孩当成亲生女儿了？步年应该记得亲生女儿被守仁一枪毙了的，步年是亲眼看到的呀。大家见步年搞得这么认真，也就不好意思说穿。这天，大家在天柱昆虫大饭店里，吃着昆虫宴，频频向步年敬酒，祝贺他终于找到失踪多年的女儿。大家说：步年，你的福气真好，钱他娘让你赚了，女儿也让你找……到了，还弄了个妞头睡觉，步年，你好福气啊。步年见他们吹捧他，满脸溢笑，说：来来，喝酒，喝酒。只要有人向步年敬酒，步年就和他干杯。没多久，步年喝得面孔发紫，醉倒了。大家怕步年出事，就把他送进了镇医院洗肠子。

步年真的认为女儿失而复得了，因为天下没有这么相像的人，这个小女孩和他记忆里的女儿一样喜欢生吃虫子。一天，步年带着小女孩去天柱抓虫子，无意中发现小女孩竟在生吃虫子，步年心里叫道：老天啊，她真的是我的女儿啊。几天之后，又一个例子证实了步年的这个判断：这个小女孩一见到马，就喜欢上了马。步年想，我是多么喜爱这匹马，我的女儿遗传了我的基因，你瞧，她多么喜欢马儿啊，这说明她流着我的血，她就是我的亲生女儿呀。步年教小女孩骑马，小女孩很快学会了，骑着马儿在镇里窜来窜去。

自从步年找到这个小女孩，他做油炸虫子时再也看不见烟雾中的女儿。

5

步青经常把自己关在屋子里，足不出户，所以不知道步年收养了一个女儿。

有一天，步青路过昆虫饭店门口，闻到了一股熟悉的少女特有的芬芳气息，看到一个女孩在饭店门口的水缸里玩水。这女孩儿一边玩水，一边还用水泼过路的人，常常把路人泼得一身湿。步年看到小女孩泼出的水珠在阳光下折射出一条彩虹，彩虹下的这个小女孩很像自己在天柱梦见的女孩，他的心狂跳起来，难道田螺精真的出现在现实中了？瞧她这么喜欢水，她一定是田螺精变的。步青昏了头，站在那儿，再也迈不开步子。他走过去，情不自禁地用水泼小姑娘，小姑娘见有人同她玩，乐不可支，用水泼回去。步青被泼得浑身湿透。看着小姑娘在彩虹下灿烂的笑容，步青的心里涌上一种奇怪的幸福感。

少女芬芳的气息弥漫在步青的世界里，他沉醉其中。自见到小姑娘后，他顿觉得生活有了意义。他不再懒懒散散，把自己的东屋整得一干二净。他还刮了胡子，梳理顺了原本乱蓬蓬的头发，然后穿上一件八成新的中山装，打算过健康清洁的生活。

他打听到那个小女孩是他兄弟的养女，还打听到小女孩是大香香从别的村庄里找来的。他们说：真他娘的奇怪，长得这么像小荷花，现在步年真的以为这小女孩是他亲生的呢。步青去大香香家，想更多了解小女孩的来历。大香香是光明镇最不势利的人，只要有人找她，一般热情似火。步青问：你是从哪里找来这女孩的？见有人对此好奇，大香香非常得意，开始装神弄鬼起来。她说：我去东边的山里，对着老天跳大神，我唱"天黄黄、地黄黄"，然后，从天上就飞来这个小姑娘，我一看，啊呀，还真像小荷花。我问她，她的爹娘是谁，你道她怎么回答，她说就是冯步年和小荷花。这样，我就把她带回来啦。步青想，这个小姑娘，果然有来历。也许我猜得没错，真的是田螺精变的。

每次，步青看到小女孩在院子里玩水，心不由得震颤起来，并且涌上一股柔情。步青对这种感情很熟悉。如前所述，几年前，步青做代课教师时曾喜欢过一位小女孩，多年来步青不能忘了被那小女孩激发的空前热情。那些日子，步青只要空下来就会涌出抚摸那小女孩的欲望。就是从那时起，步青对未成年少女总有一种说不出来的好感。这也是步青至今光棍的原因所在，他对那些成熟女性没多少兴趣。

步青的内心充满激情，为了浇灭这激情，他在院子里不停地用冷水冲洗自己的身体。小女孩只要见到步青在洗冷水澡，就高兴得哇啦哇啦叫，也要过来一起洗。小姑娘站在一条凳子上，用水浇步青。小女孩的手触碰到步青，步青的身体顿时有了生命活力，肌肉快活地痉挛。

光明镇的人对步青精神状态这么好普遍感到吃惊。他们很快发现了步青热情的来源，纷纷议论起这个事来。他们的结论是：步青的老毛病又犯了，步年的女儿小香香迟早会被步青糟蹋掉。光明镇的人当然不会对步年说出他们的看法。这种事不好对当事人开口的呀。

步青内心那股奇怪的激情越来越强烈了。现在步青总是能够闻到小香香特有的类似花粉的气味，能够凭这气味想象她正在干什么。想象并不能满足他，他渴望和小女孩肌肤相触。他知道这是一种罪过，然而越让他感到罪过，激情越是澎湃。

一帮少年围着骑在马背上的小女孩。小女孩知道这些少年想骑她的马，就对他们说：你们要骑马的话，只要比马儿跑得更快就可以，谁跑得比马快我就让谁骑。小女孩骑着马在前面跑，那群少年像一群苍蝇一样在后面追。步青情不自禁地加入少年的队伍，也追了过去。步青比少年们跑得更快，把少年们抛在了后头。

步青想送件礼物给小香香，他在城里转了一圈，挑了一只玉镯。有一天，他红着脸把手镯送给了小香香。小香香很喜欢这只手镯，她戴上后就跑到步年那儿，给步年看。当步年知道这手镯是步青送的时，很高兴。虽说步青过去为了往上爬，把他打倒了，但事情已过去了那么多年，过去了也就过去了，再计较也没意思了。步青再不像话，也还是他的兄弟。特别是步年因为开发昆虫食品发财以后，是很想帮帮步青的，只是步青一天到晚躲在家里，他不好开口。现在，步年把步青送手镯的举动理解为步青想要兄弟和好。步年就对小香香说：把你叔叔请过来吃饭，爹要谢谢他。

步青接受了步年的邀请，去步年家吃饭去了。兄弟俩吃着昆虫，把酒言欢。酒到深处，两人开始怀旧抒情。步年说起自己的母亲，说：娘可怜啊，三年困难时期，活活饿死了。步年还说：步青，你这么大了，你应该找个老婆啊，有了老婆，你就会有孩子，有了孩子，你日子就有了盼头。步青啊，如果你没钱结婚，看在死去娘的份上，钱我来出。只要你看中哪个女人，我给你去做媒。步年这么说的时候，动了真情，有了做兄长的感觉。俗话说，长兄若父啊，步青落到如今这般田地也够可怜的，我得帮帮他，让他过上好日子。步年就进了里间，从保险柜里取了一叠钱，交到步青的手里。他说：步青，这钱你拿着，你想办法做点生意。步青也动情了，双眼湿润，双手紧紧地和步年的握在了一起。那一刻，步年完全谅解了步青过去的种种不地道，内心洋溢着暖暖的亲情。

这之后，步青老去步年家里喝酒吃饭，兄弟俩变成了相亲相爱的一家人。步年想：如果娘在天之灵看到这一幕，也会含笑九泉的。当然步年并没有感到人生的完满，小荷花的病是他唯一的也是最大的遗憾。他想，我现在有钱了，我安排好工厂的事，就带小荷花去城里治病。我相信小荷花的病是能治好的。她又不是天生傻，她以前好好的怎么会治不好呢？如果小荷花醒过来了，那我这一生真的无憾了。

第十二章　步青结婚了

1

一天，吃饭的时候，步年对步青说：步青，我想托付你一件事。这事我已想了很久了，想来想去，还是你最合适。我们是兄弟，我当然信任你，我不信任你我还能信任谁？是这样，步青，你嫂子这么多年了，还是神志不清，这样下去不是办法。你知道，这两年我赚了不少钱，我想带你嫂子去北京、去上海看病。我不信会治不好她的病。我一直有这个想法，但脱不了身。现在，有你在，我可以走了。我走了，你一定要替我管好厂子和酒店。另外，我女儿小香香，她就和你亲，你一定要照顾好她。

步青当然很高兴帮这个忙。步青想，这不叫帮忙，是叫我享福。叫我管厂和饭店意味着下面的人可以让我领导，店里的钱可以让我支配，这是好事呀。步青是很有领导欲的，步青下台后，他的领导欲已压抑很久了。当然，步青不能表现得太高兴，他让自己的脸上露出不安的表情，说：管理厂子我没什么经验啊，我怕管不好。步年说：没事，你都当过我们这里的头头，还怕管不住几个工人？步青这时脸上露出一种自负的表情，他说：那我就试试吧。

几天以后的一个清晨，步年从银行里取出所有的钱，背着小荷花治病去了。步年对步青说：要是小荷花的病没治好，我是不会回来的。你得多帮我一段时间，我不会亏待你的。步青严肃地点点头。一会儿，步年和小荷花消失在清晨灿烂的光芒之中。

2

步年走后，步青召集昆虫食品厂和饭店的职工开了个会。会上步青黑着脸说：我知道你们以前用眼角瞧我，不拿我当回事。我不计较这个，只要你们从此听我的，我只当你们从前是狗眼看人低。我想你们一定没有想到我步青会来领导你们。这不能怪你们，你们这些人目光短浅，怎么能要求你们料到今天这个局面？过去的事，我就不计较了，我要求你们从今以后服从我的领导，我说一你们就不要说二，你们懂了吗？这是规矩，你们如果不想遵守这个规矩，你们就趁早滚蛋，我步青说到做到。

步青如此飞扬跋扈，职工们心里颇不服气。等开完会，回到自己岗位后，一个个破口大骂，骂冯步青小人得志。其中有个厨师说：他娘的，我们别理冯步青。冯步青这样老三老四算什么东西，连我们老板也不这样同我们说话。这个厨师手艺不错，烧得一手好菜，做昆虫宴的水平仅次于步年。他自恃有技术，所以说话比较放肆。

这几年大香香为照顾小荷花付出不少心血和汗水，步年为了感谢她，在自己的饭店里给她安了个差。步年也没给她安排固定工作，但大香香闲不住，工作起来比谁都积极，到处都想插一手。一会儿去厨房烧火，一会儿做服务员端盘子，一会儿又和客人打情骂俏（客人见一个老太婆还卖俏一个个开心得要死）。因为她到处串，所以饭店里的情况她最熟悉。大香香平时也不怎么遵守规矩，却很有主人翁精神。她觉得对饭店负有特殊的责任，角色类似老板娘。实际上许多客人已经叫她老板娘了。她对人们这么叫她感到很满意。大香香还有一大美德就是对头头比较忠心，因此，当那个厨师骂步青时，大香香顿感情况严重，跑到步青前面，向步青汇报刚才听到的情况。步青见有人给他打小报告，大喜，先大大地表扬了一番大香香，要大香香好好干。然后就跑到厨房，当众宣布开除那个厨师。步青甚至没解释解雇厨师的理由。那个厨师愣住了，等他反应过来后，破口大骂：老子还不想干呢，像你这种人当头，不出半年，这店就要倒闭。步青见老家伙这么说，很想过去揍他一顿，但看到老家伙手中有刀，就忍住了。老家伙把刀子放到自己的工具箱里，说：你以为我没地方去，很多人请我呢。这事情过去后，步青奖给大香香一百元钱。这下，大香香干得更欢了，她东转转西瞧瞧，眼珠子一天到晚骨碌碌打转。她不但在饭店里转,还到楼上的昆虫食品厂去摸底。所有的职工都知道大香香是步青的"克格勃",只要大香香一来,原本热闹的场面会一下子安静下来。大香香不知道大家对她的态度,总是大声地说:你们在说什么呀,这么开心,说给我听听嘛,让我也高兴一下子好不好?自从出了厨师事件后,职工们虽然内心不服,但表面上对步青是言听计从的了,他们可不想丢了自己的饭碗。

步青见职工都怕他,很满意。他就是要建立自己的权威。他让厨师烧最新鲜的虫子给他吃。有时候,他把自己关在包厢里吃一整天。饭店的职工担心昆虫大酒店要毁在步青手上。果然一段日子下来,饭店的生意就开始走下坡路了。职工们很着急,但步青一点也不急。

一天,步青看到冯小虎镇长开着摩托车从饭店门口驶过,步青迎了出去,笑着说:冯镇长,进来坐坐呀,你有好久没来了呀。冯小虎见是步青,一时没反应过来,他没想到步青会请他喝酒,步青可是被他打倒的呀。他以为步青一定恨他的,所以看到步青的媚笑,依旧一脸矜持。他说:你这店他娘的有什么好吃的吗?步青说:最好的给镇长留着呢。听了这话,冯小虎感到很受用,板着的黑脸升起某种温和之色。冯小虎从摩托车上下来,抬着头朝饭店里走。步年在的时候,冯小虎常带上级来的人到这里喝酒,步青接手以后,他还没来过。冯小虎一段日子没吃昆虫宴了,嘴已经馋了,步青请他喝酒,就有点把持不住,只觉满嘴口水要流下来。步青说:冯镇长,菜你尽管点,我请客。冯镇长,以后还请你多多关照了。冯小虎以为步青是在向他拉生意，因为镇里每天都有客人，免不了要请客的，所以冯小虎说：看不出来呀，步青，你为你兄弟干得还挺卖力气的。

步青吩咐下面的人烧最好的虫子给冯小虎吃。步青站在一边亲自给冯小虎倒酒，冯小虎觉得一个人喝酒比较寂寞，叫步青一块吃。冯小虎对步青并不是没有戒心，酒喝到一半，冯小虎就开玩笑说起过去的事。冯小虎说：步青，你是个狗头军师，过去专门给常华出些鬼主意。听说，那回同马儿赛跑是你想出来的，目的是为了捉弄我，是不是？步青辩解说：不是，不是，我怎么会出那种主意呢，是守仁想出来的。冯小虎说：守仁那草包会想得出这种法子？我不信。你不要紧张，我不会介意的，幸好你们把我打倒，否则我还当不了这个镇长呢。步青说：对对。冯小虎又说：步青，你得看清形势了，现在这年头不比从前了，你得想法子赚钱。有了钱，你就是大爷。瞧你兄弟步年，他娘的，比我这个镇长还牛，我到他饭店来吃饭，他不让我欠一分钱。你兄弟在钱这方面比你精明。步青赶紧说：冯镇长，只要我步青在这里管事，你随时来，想要吃什么就点什么，什么钱不钱的，谈钱就没有意思了。冯小虎的脸完全舒展开来。

第二天，冯小虎带着一帮人又来到昆虫饭店。步青把客人迎到一包厢内。因为来的人多，闹哄哄的，步青也没注意到都是什么人。有一个人突然站到步青前面兴奋地叫道：你是冯步青是不是？步青抬头一看，记起了那人，是城里的苏卫东。说起来，他们算得上是同学。从前，常华曾派步青去城里学习过一段时间的挖防空洞技术，步青和苏卫东都是培训班的学员。尽管他们在培训班上彼此连话都没讲过一句，但过去了那么多年，他们的情感好像在某个坛子里发着酵，多年以后揭开来，已变成香甜的醇酒，非常醉人了。故人相见大概如此。情感微醉，话儿就多，于是这顿饭变成了一顿怀旧饭。说起"文革"的事，大家都开怀大笑。虽然这顿饭步青略抢了一点冯镇长的风头（其实步青在这方面还是注意的），冯镇长没生气，只要上面来的人开心，他就不生气。席间，步青知道苏卫东现在已是位处级干部了，所以，喝酒的时候马上改口，不叫卫东而叫苏处长。这天，大家都感到很痛快，苏处长差点喝醉了。吃毕，冯小虎要付酒饭钱，步青没有收，却交给冯小虎一张发票。步青说：以后，尽管来，钱就不用带了。冯小虎心头一热，说：步青，你比你兄弟痛快。你兄弟发财还是我帮的忙，可他从没想过要谢我。步青说：别提他，别提他。苏卫东醉醺醺地说：冯镇长，你得好好培养培养步青。冯小虎说：当然当然。

这之后，冯小虎果然每天带客人来昆虫饭店，喝最好的酒，吃最好的虫子，却从来不付钱。饭店里的职工心里很着急，但一点办法也没有。他们对步青很有看法，但都敢怒而不敢言。

因为冯小虎常去步青店里白吃白喝，外面都在传说步青要去镇里工作，做冯小虎的军师。光明镇的人相信这个说法不会是空穴来风。步青渐渐恢复了从前的骄傲，说话也牛皮轰轰起来。他说话一牛，大家都好脸好色听他讲，就好像他已经是光明镇的大人物。

3

　　自步年背着小荷花去城里看病，西屋只住步青和小香香，光明镇开始有了闲话。有人声称看到步青和小香香睡在同一张床上。考虑到步青曾有喜爱女学生的前科，他们对步青的行为不感到突然。他们说小香香就像小荷花天生就是破鞋。关于小香香的变化，光明镇的人也看出来了。小香香突然变成了一个大姑娘，胸脯大起来了，屁股凸出来了，腰细起来了，皮肤滋润起来了。大家都是有经验的人，明白光明镇出现了有史以来最大的丑闻。丑闻之说，其实也是光明镇的人欲加之罪。首先，步青和小香香应该没有血缘关系，步年认为小香香是他的女儿只是他的主观认识，并无证据。步年的亲生女儿小香香多年之前已被守仁打死，难道能死后复活？大家心里明白这个道理，但依然把他们的行为定为乱伦，他们觉得这样定性更刺激，也更有说头，他们的道德优越感也更加强烈。光明镇的人时刻关注着这事的进展，他们盼望着步年早点回来，他们想看看步年如何面对、收拾这个局面。

　　步年走后，步青从来没提起过他，看他的样子，好像步年永远不会回来了，好像这个世界上根本没有步年这个人，厂子、饭店、西屋理所当然是他的。步青俨然一个老板，并且是个大方的老板（步年可是个小气鬼）。关于步青的大方，前面已有所述说，在此再举个例子：步青最喜欢光明镇的人叫他老板，谁如果叫他一声"老板"，那他一定会请他吃一顿昆虫宴。为了吃到昆虫宴，大家乐意套步青的近乎，向他请教当老板的心得。对于步青的癖好，大家也开玩笑，有一天，他们对步青说：步青，你都四十多的人了，也该结婚了，什么时候给我们吃喜糖呀？步青听了，哈哈大笑，说：我不会一辈子打光棍的，你们吃得到我的喜糖。

　　光明镇的人只是开开玩笑而已，他们不认为步青和小香香应该结婚。小香香只有十几岁（具体几岁大家不得而知），还不到法定结婚年龄。当然需要说明的是，在光明镇，结婚不以有否合法登记为准，通常以是否办喜酒为准。在光明镇，只要办了酒、请了客，那么大家就认同这段婚姻了。这同这个地方结婚普遍较早有关，这里的人们大都没到法定年龄就结婚了。有的人是办喜酒后就住在一块，到了法定年龄再去领结婚证，有的人干脆一辈子不领结婚证。步青可能从大家的玩笑中得到启发，打算和小香香结婚。这之前，步青没透露一点风声。大家是收到步青的结婚请柬才知道步青的这个决定的。步青在结婚请帖上这么写：

　　×××先生：
　　　敬请光临冯步青、冯香香之结婚典礼！地点：昆虫大酒店。时间：×年×月×日晚六点。

　　步青把请柬发给光明镇所有的人。步青的这个决定在光明镇引起了哗然。大家认为在步年不在的情况下，步青和小香香结婚怎么也说不过去。特别是步年厂子和饭店的职工，收到请柬后更是不能接受。大香香听到这个消息呆了足足十分钟。大香香这个人，喜欢瞎起劲，但人很笨，别人都知道的事情她往往还蒙在鼓里，所以经常闹笑话。比如，步青和小香香的事，在光明镇早已是公开的秘密，他们都知道步青和小香香每天晚上睡在同一张床上，只有大香香不知道这个事。大香香收到这个请柬，她闹不明白是怎么回事。大香香只好去问旁人。旁人因为反感大香香做步青的“克格勃”，就不告诉她。这可把大香香急坏了。大香香跑到街上拦住一个镇民才搞明白怎么回事。那个镇民说：你着什么急啊，他们早已同居啦。如前所述，大香香在步青管理工厂和饭店以来自觉维护步青的威信，为步青鞍前马后奔波，但在这个事情上，大香香决不站在步青这边。她认为步青不能干这事。大家对大香香这段日子的所作所为其实有误解的，在大香香心里，他只忠于步年一个人，她维护步青的威信实际上是在维护步年的权威，因为步青是步年指定的管理人。很显然，步青在这件事上损害了步年。步年肯定不愿意把小香香嫁给步青的。大香香认为步青这么干是无耻的，就不愿再和步青步调一致，决心阻止步青干这种违背人伦的事。她急匆匆奔向步青的办公室。职工们知道了大香香的立场后，跟着大香香一起来到步青的办公室。步青理也没理她。

大香香见劝说步青根本不起作用，就赶往镇政府，希望政府出面干预这个事。大香香的态度和行为完全符合职工们的利益，他们一改对大香香的疏远态度，都跟着去了。职工们穿着工作服，在大香香的带领下浩浩荡荡地向镇政府进发。光明镇的人开始不知道发生了什么事，还以为哪家工厂的工人闹罢工了。对于学潮、罢工之类的事在这个国家一直是很敏感的，光明镇的人都跟去看热闹。冯小虎镇长仿佛早已知道这个事情，黑着脸站在镇政府前等着这批人。大香香走在队伍的最前头，看到冯镇长态度严肃，心里打起鼓来。大香香一直有点怕冯小虎的。大香香就在不远处停下来，看着冯小虎。大香香站住，后面的人也都站住，等待着大香香向冯镇长提要求。如果出现这样违背人伦的事，光明镇将成为全中国道德水准最低下的镇。没等大香香还没开口陈情，冯小虎镇长就开始训话了。冯镇长训道：你们想干什么，难道现在还是"文革"，可以随你们乱来？你们聚众闹事，我可以把你们抓起来坐牢。我知道你们的心思，不想让冯步青和小香香结婚，是不是？我奇怪，他们结婚关你们屁事，你们瞎起个什么哄？你们要我管，我也管不了呀，他们如果来镇里领结婚证，那我有权不让他们领，但我没权不让他们办喜酒。哪条法律规定不领结婚证就不能办喜酒了？你们闹没用，我也没办法。其实，你们也不要同步青过不去，他也蛮可怜的，都四十多的人了，还是个光棍。他为什么一直没结婚？还不是因为有这样一个癖好，喜欢年幼一点的女人！女人岁数小一点那也还是女人啊，他又不是同猪同狗结婚，你们急什么啊。他们虽名义上是叔侄关系，但也没有血缘啊，不算乱伦。你们都回去干活去。这批人被冯小虎一训，晕了，觉得冯镇长讲得也不是没有道理，所以，乖乖地回去了。

　　步青的婚宴还是照常举办了，厂子和饭店的职工一个都没有参加，光明镇一些道德感觉比较强烈的人也没去赴宴，因此参加者不算很多，加起来没有几桌。不过光明镇的头面人物都出席了，他们是：冯小虎镇长，冯镇长手下的两员猛将现为两家公司总经理的屁瘦和黄胖，城里的苏卫东处长也来道贺。虽然头面人物到了，但对一场婚宴而言究竟不够热闹，因此，步青很生气，尤其是他的职工不来参加令他怒不可遏。婚宴后，步青把厂里及饭店的职工全炒了，反正有的是想干活的人。新找来的职工活儿比较生疏，但他们对步青绝对服从。步青觉得从此以后他的耳根清静了不少。

4

　　每次，光明镇的人走过西屋时，嘴角就会露出暧昧的笑容。西屋的门总是紧闭着，这符合步青的个性，他的心中有那么块地方是不想被人看见的。西屋当然也有了一些新婚气象，那紧闭的门上贴着两个大大的红色喜字，这喜字在阳光下闪闪发光，刺痛了光明镇一部分人的眼睛。在很多人心里，西屋现在是光明镇奇特的一景。即使西屋的这对新婚夫妇生活得有滋有味，但人们总是用奇怪的眼神打量着他们。

　　说起光明镇奇怪的事情，这几年还真出了不少。如前所述，天柱成了旅游地后，大批昆虫开始往光明镇迁徙，人们的头上总是盘旋着成群的昆虫。随着昆虫的到来，各家各户的院子里也生长出了叶子巨大、茎部很小的奇怪的植物，这些原始的植物还会随着阳光转动。光明村因此有了别样的气息，那些从前只能在天柱发生的事情也不时出现在光明镇。旅游者告诉他们，说光明镇的人越来越像虫子，特别是眼睛，都会发光，就好像昆虫的复眼。其中有一个家伙回城后还写了一篇游记，说光明镇的狗看上去比别的地方要精明得多，光明镇的狗耳朵特别大，眼神犀利，有一天他还听到狗开口说话了。狗说话光明镇的人倒是没听到，但在某些日子，比如大雾天、下雨天，人们看到人变成虫子或动物的事也是常有的，有人还看到灵魂像虫子那样在天空飞呢。

　　见到灵魂飞是镇里建了一家医院后发生的。自从建了一家医院，光明镇总是出现莫名其妙的怪病。有些病他们从未听说过，比如肺气肿、骨髓炎、白血病、红斑狼疮等。大家忽然发现他们的生命其实十分脆弱，时刻都会死去。一些人确实在医院里死去了。自从开了医院，医院里哭声不断。每一次哭意味着死了一个人。光明镇的人认为医院的作用是在人们临死前给他们一个恐怖疾病的名称，而其实他们根本不想知道自己身上的病，他们过去不知道不是过得开开心心吗？光明镇的人因此认为一个人死在家里和死在医院里的性质完全不一样，死在家里的人灵魂可以一下子升天，死在医院里的人灵魂会在医院附近游荡一段日子。所以，光明镇的人总是自称在镇医院的门口碰见鬼魂。这个说法后来越传越盛，自称看到鬼魂的人也越来越多。过了一段日子，有人不但在医院里见到鬼魂，在别的任何地方都见到了鬼魂。光明镇的人认为他们生病是因为盘桓在光明镇的鬼魂太多的缘故。过去毛主席活着的时候，他老人家不相信鬼神，只相信共产主义，他也不让全国人民相信鬼神，只相信共产主义，所以这个地方总是阳光灿烂，没有阴影。但现在不知为什么，竟然出现那么多鬼魂。人们的心头有无依无靠的空荡荡的感觉。他们都害怕那些奇怪的疾病什么时候会出现在自己身上。

相公庙里虽然没有了菩萨，但香火突然旺了起来。后来，花大娘家的香火也旺了起来。花大娘是什么人？如前所述，花腔被抓去坐牢了，花大娘即是花腔的母亲。花大娘家香火旺是有原因的。相公庙从前是这里最气派的建筑，庙里的菩萨亦塑造得庄严慈悲，这庙里的菩萨在"文革"中被守仁率领红卫兵砸掉，但在守仁砸菩萨前有人把菩萨的头割走了，这个割菩萨头的人就是花大娘。多年来，花大娘一直偷偷地藏着这个菩萨头。这要冒很大的风险，在那个年代，如果有人知道花大娘藏着菩萨头，花大娘就是死罪。花大娘敢冒死这么做，可见信仰的力量是巨大的。光明镇的人，特别是那些女人认为对着菩萨头烧香更可靠些。这就是花大娘家香火如此旺的原因。这事给花大娘的启示是：她应该重建相公庙，把菩萨头放到应该放的地方。

重建相公庙需要钱。花大娘自己拿不出这么多钱，就去化缘。光明镇的人对重建相公庙一事都很热心，也力所能及地捐了点钱，就是镇长冯小虎也捐了一大笔钱。捐钱最多的是冯步青。冯步青出手大方现在是有名的，他已向学校、镇养老院、幼儿园捐了不少钱，几乎成了一个著名的慈善家。花大娘当然不会放过步青。花大娘来到步青的饭店，叫了一声

"步青老板"，不但吃了一顿昆虫宴（对一个佛教徒来说，不能吃荤只能吃素，但花大娘不管这个），而且还化缘了一笔数目可观的钱。所以，花大娘每隔一段时间往步青那里跑，每回都不会空手而归。在花大娘的努力奔走下，相公庙的重建工作正式开始了。

　　几个月后，相公庙建成，菩萨要开光了。关于菩萨开光的场面值得描述一番。照光明镇的风俗，菩萨开光时，要象征性地给菩萨洗脸和洗脚。洗过菩萨脸和脚的水就成了圣水。光明镇的人相信圣水能治百病，喝了还能长生不老，所以，大家都想得到圣水。开光那天，光明镇的人端着杯子来到相公庙，相公庙被挤得水泄不通。照规定，领圣水按捐钱多少排定次序。步青捐的钱最多，步青排在第一。花大娘对步青这样的施主当然很客气，给步青倒了满满一杯。这下满大厅的人都急了，很显然如果那些捐钱多的都来这么一大杯，圣水根本不够分，大多数人会得不到。于是，人们向圣水方向挤，秩序大乱，开始抢夺圣水了。人们的头上举满了杯子，举起的杯子像当年开批斗会时革命群众举起的一只只愤怒的拳头，或像革命群众在山呼万岁时举起的毛主席语录本。那盛圣水的脸盆已被一个人抢走了，这个人不管三七二十一，端着盆子往自己嘴里倒，结果进入嘴中的很少，倒在他身上的很多。一些人就去吃他身上的圣水，他差点被人们撕成碎片。结果是可以预料的：有些人吃到了圣水，有些人没吃到，有一些人身单力薄，抢不过人家，还被挤伤了，其中一个人挤断了一根肋骨，一个人挤断了一条胳膊，他们躺在相公庙的厅堂中不能起来。

就在一部分人因为吃到了圣水而庆幸，一部分因为没吃到而沮丧的时候，冯小虎镇长赶到了相公庙。他也是来喝圣水的。他是凡夫俗子，当然也会生病，虽然是共产党员，但在病菌面前他不是特殊材料做成的人。圣水能不能治病，能不能让人长生不老他不知道，但吃总比不吃好。冯小虎镇长要吃圣水的事，花大娘当然是知道的，冯镇长几天之前已同她打招呼了。本来，照规定来分发圣水，应该是冯小虎镇长最先喝，步青排第二的。这天，冯小虎中午酒喝得太多了，头有点沉，回家睡了一觉，哪知一觉睡到三点钟，醒来才想起喝圣水的事。他就往相公庙赶去，一路上还在想，虽然我去晚了，但花大娘应该替我留了圣水的。冯小虎兴冲冲赶到，见圣水已被抢完，脸一下子黑了下来。冯镇长来了，刚才闹哄哄的场面刹那安静下来。那两个受伤的人，依旧躺在厅堂上喊爹叫娘。冯小虎没喝到圣水，借题发挥，对花大娘吼道：你们搞什么封建迷信！搞得这么乌烟瘴气！你瞧瞧都搞出人命了！我把你这些东西全砸了！冯小虎发那么大火，花大娘的脑袋一点思维也没有了，她扑通一声跪了下来，对着冯小虎又是双手合十，又是磕头，又是念阿弥陀佛。冯小虎见状，转身走了。其实大家都猜到了冯镇长为什么发那么大火，步青当然也猜得到。如前所述，步青得到一大杯圣水，他自己只喝了半杯，见冯小虎气呼呼地离去，也跟了出去，把剩下的半杯圣水献给冯小虎镇长。

有一天，人们路过开放大道时发现那"天柱昆虫大酒店"和"天柱昆虫食品厂"都关闭了。这完全在人们预料之中，步青这么挥霍，就是中国人民银行也会被他搞垮的。步青马上找到了新的差事——进镇政府做起了公务员。对此，大家并不吃惊，也许步青和冯小虎之间还有什么见不得人的交易，但光明镇流行的说法是：步青用菩萨洗过的洗脚水换得了镇政府的美差。

第十三章

变幻不定的生活

1

步年背着小荷花一路求医，可小荷花没有好转的迹象。步年听说北京的大医院有办法，北京的大医院能让党和国家领导人起死回生，像小荷花这样的病只不过是小儿科。步年还听说，北京大医院里有很多气功师，他们能用气功治各种疑难杂症，只要气功师对病人一发功，不吃药不打针，病就能治愈。步年来到北京，在离北京天安门不远的一家医院住下。一个月后，步年所带的钱用完了。步年给步青写信发电报，要步青寄钱给他，但没有得到任何回音，就好像光明镇突然在地球上消失了，步年急得团团转。小荷花的病没治好就打道回府让步年不甘心啊。步年又等了些日子，等到口袋里只剩下回家的路费，只得背着小荷花打道回府。

乘了几天几夜的列车，到了家乡的火车站。火车站在城里，回镇还要坐汽车。步年背着小荷花来到汽车站，碰到三年前考上大学的冯爱国。步年感到很奇怪，冯爱国怎么会在这里？现在离放暑假还早啊，他应该在学校读书的呀。步年仔细地观察冯爱国，冯爱国同以前比瘦了不少，双眼深陷，目光阴冷，表情严峻，头发很长，披在肩上，上身穿着一件休闲西服，西服很脏，并且很皱，下身穿一条牛仔裤，牛仔裤如果好好洗一洗一定可以洗出一斤泥沙来。步年觉得冯爱国看上去像一个倒霉鬼。这会儿，冯爱国正站着围观别人下棋。围观的人太多，冯爱国只得站在外围，踮着脚，脖子伸得老长，嘴上不时说着什么。

在外乡碰到一个熟人令步年高兴。步年背着小荷花在外求医已经半年，没有碰到过一个老乡，所以，见到冯爱国感到分外亲切，就好像冯爱国是一道由美妙的乡音烹调而成的带着昆虫气息的佳肴，步年恨不得抱住饱餐一顿。步年背着小荷花走过去，来到冯爱国身后，拍了拍冯爱国的肩。冯爱国处在高度的警惕之中，猛地转过身来，认出了步年，脸刷地一下就红了，就好像他正赤身裸体被一个大姑娘撞见。一会儿，冯爱国恢复了常态。冯爱国说：步年叔是你啊。他又看了看步年背着的小荷花，问：你在替小荷花婶治病？治好了没有？步年叹了一口气，说：治好了我还会这样背着？冯爱国点了点头，又问：有没有试过气功？

在回镇的汽车上，冯爱国和步年大谈气功。冯爱国说：气功的学问可大啦，气功是我们国家的国宝。科学家说，人类出生的时候，混沌初开，天人合一，人人都是天才，人体器官功能并不各司其职，而是耳朵能看，眼睛能品尝味道。文学作品中大量的通感是有一定的人体基础的。但随着长大成人后，这些特异功能就渐渐消失了，人变得十分普通，十分低级。耳朵只能听，眼睛只能看，要重新唤醒这种能力就只能靠气功。一练气功，天眼打开，人就能看到肉眼看不到的空间。步年见冯爱国对气功那么内行，就问：爱国，你是不是练过气功？冯爱国脸一红就说：我是练过的，现在大学里面就热气功，我悟性比较好，练了两年就把天眼打开了。步年问：那你会不会治病？冯爱国说：会一点。冯爱国把步年说得很激动，他打算回镇后让冯爱国替小荷花好好治一治。

　　车一直在晃荡晃荡地开着，原来这条路比较窄，不能开汽车，城里人发现天柱这个旅游胜地，这条路才得以加宽。路是加宽了，路况依旧很差，再加上光明镇山高路远，车子似乎一直在上坡并且颠簸得厉害。步年突然涌出对冯爱国的好奇来，他不明白冯爱国为什么别人都在读书的时候回家乡来。步年不好直接问，所以绕了个弯子。他问道：爱国，你什么时候回学校读书啊？冯爱国原打算眯眼睡一会，听步年这样问，脸红了，眼里流露出沮丧与委屈的神色。他说：我不回学校读书了。步年很吃惊，好不容易考上大学，成了个大学生，怎么不读书了？步年不解，问道：毕业了？冯爱国说：没有，还差一年毕业。步年说：那你为什么不读书了？冯爱国说：心烦。步年说：你都成了大学生了，多少人羡慕，你还心烦？冯爱国说：他娘的，这个国家一点自由都没有，我在墙上贴了几张大字报，就被抓了起来。步年说：爱国，上面早已说不能再贴大字报，你干吗贴？冯爱国说：不说了，不说了，说了你也不懂。他拿出一个油印本子，说：不读他娘的鸟书也好，没有一个艺术家是读书读出来的。步年想，刚才冯爱国这小子把自己说成一个气功师，现在又在暗示自己是个艺术家，这小子在外面混了几年，别的没学会，吹牛学得挺精。"艺术家"步年是知道的，步年年轻的时候喜欢许多民间艺术，跟人学过乐器，知道"艺术家"这个词，也知道这个词意味着什么。步年知道有些艺术家头发很长，虽然冯爱国的头发像姑娘那样长，但并不是他说自己是个艺术家就要把他当作艺术家。步年笑道（笑容明显有戏谑的成分了）：你想当个艺术家？敏感的冯爱国感到步年在怀疑他，被刺痛了，就给步年看一本油印册子。他说：我想成为一个诗人，事实上，我在大学里是一个很有名的校园诗人。步年拿过油印册子，看起来。册子的题目是《乞丐》，下印"××大学生联合诗社编"。看到这个题目，步年就笑了起来，他想，像倒是他娘的像，冯爱国看上去还真像个乞丐。冯爱国见步年笑，解释起来：你知道我为什么起乞丐这个名吗？这是有深意的。如果你拥有广大的悲天悯人的情怀，你就会发现我们每个人其实很可怜，其实就是乞丐。我们的欲望无边，欲壑难填，我们其实就像饥饿的人在乞求面包。我是个直面人生的人，所以我总是坦诚地描写痛苦、欲望、生存，直率地描写个人经验、瞬间感受，包括性感受。这就是我的诗歌追求。此刻，冯爱国目光炯炯，好像他已找到了世界的真理。步年没有听懂冯爱国的话，只觉得冯爱国说话露骨，似乎很不正常，好像精神有问题呢。

　　冯爱国还在滔滔不绝地说话，此刻，他显得信心满怀，挥斥方遒，什么都不在话下。他从步年手中把册子拿了回来，翻开其中一页，说：这首诗可以代表我的诗学追求。说完，他吸了一口气，开始朗读起来：

　　　　你的衣服下面
　　　　藏着我每天吃的面包
　　　　我是一位乐观的强奸者
　　　　诗歌是我的男性器官

　　步年头都大了，他担心车厢里的人听了冯爱国的诗歌后会把他们当流氓。他回头看了看车厢里的人，还好，他们都睡着了。步年见冯爱国没完没了，也闭上了眼睛。他很后悔碰到冯爱国这个家伙。

2

　　步年从光明镇汽车站下来，感到人们在用奇怪的眼光打量着他。步年觉得他们应该用这种眼光对付冯爱国而不是他。他娘的，我有什么可看的，我又不是贼，又不是天外来客。步年没理睬他们，步年背着小荷花朝自己的家里走。

　　步年快要到家时，大香香拦住了他。大香香脸上的表情就好像天要塌下来了一样，就好像她家正着火她来请人救火似的。不过步年知道大香香喜欢这样咋咋呼呼，也没感到太奇怪。大香香一见步年，就叹起气来。她说：步年啊，你都去什么地方了啊，怎么才回来呀。步年说：我说过的，要去很久才回来。大香香说：步年啊，你的家产被步青搞得一塌糊涂了呀。步年愣了一下，一路上他也在想家里的事，他多次发电报写信催促步青寄钱给他，步青没有回音，他自然而然会想到家里出了些问题。步年站住了，他觉得应该认真对待大香香。他问：你说什么？大香香感到说来话长，一时不知从哪说起，怕从头说太啰嗦，步年不耐烦，中间说又说不清楚，所以她只好先说结果。她说：步年，你的厂子倒了，你的饭店也关了。

步年没太吃惊，步青不寄钱给他说明他的厂和店情况不好。步年看大香香的脸色，似乎还有别的事发生，就问：我女儿可好？说起小香香，大香香一脸惊恐，结结巴巴说不出话来。大香香怎能不急，自从步青把店关了、把厂子弄倒了后，她天天站在镇头等步年回来。步年见大香香欲言又止的样子，催促道：有什么话你说嘛。大香香说：好，步年，我这就说，但你千万千万不要生气啊，你千万千万要保重身体啊。步年，你兄弟步青干出这种事，雷要打的呀，我八辈子也没见过这种事呀。步年，步青娶了你女儿，他的侄女呀。对大香香的这个说法，步年持怀疑态度，并且本能地拒斥。他认为步青这家伙虽然品质是有点问题的，但这样伤天害理的事恐怕不至于做出来。他想，也许他们看到步青和小香香住在一起，神经就过敏了，他们这样说只不过是闲言碎语。他们吃了饭没事干总是喜欢散布流言蜚语。步年不想再听大香香说下去了，脸上露出不以为然的表情，背着小荷花向西屋走去。大香香见他们远去，长叹一声说：可怜的步年，老婆成了一匹马，女儿又做了步青的老婆，苦命的人唉。

步年到了西屋，走进院子，发现大门上贴着两个"喜"字。他感到这个屋子突然变得陌生起来，还以为自己走错了地方，想退出去，回头看看没错呀，这是他家的院子呀，墙上怎么有"喜"字呢？步年的心开始怦怦地跳了，双腿发软。他进了卧室，他的床被弄得乱七八糟，床上堆满了衣服。步年认出来了，那是小香香的衣服和步青的衣服。这说明小香香和步青确实睡在同一张床上。步年又发现床底下还丢着几只避孕套，一群蚂蚁聚集在避孕套周围。这说明他们不但睡在同一张床上，而且结合了。步年抬起头，又看到新情况，床头上方挂着一张结婚照，相框里小香香展露着灿烂而愚蠢的笑容，步青的嘴角则挂着一丝狡猾的冷笑。步年被步青的冷笑激怒了，他把小荷花放到床上，然后一拳砸在相框上，把相框砸得粉碎。步年走进厨房，拿了一把菜刀，出门找步青算账去了。

大家见步年拿着一把菜刀，眼中满是凶光，想，这下子有好戏看了，这下子步青这家伙没好果子吃了。步年像牛一样喘着粗气跑过来，大家纷纷给他让道。步年见到人就问：步青在哪里？有人就告诉他：步青在镇政府。步年便向镇政府跑。跑了一段路，又见到一帮人站在路边望着他，他又问：步青在哪里？他们说：在镇政府。光明镇的人很早有人预言步年和步青兄弟俩迟早会翻脸。有人大声地说：这回步年非杀了步青那小子不可。步年继续往镇政府跑，他的身后已跟了一大帮人，开始只有几个，后来差不多全镇人都跟在他身后。光明镇的人等这一天已等了很久了，他们不会错过这个做看客的机会。一会儿，步年就来到镇政府，不顾门卫阻拦，提着刀子往里冲，口中叫喊：冯步青，你这个禽兽，你给我出来。他的喊声惊天动地，响彻云霄。步年这么一叫，停在镇政府院子里梳理自己羽毛的两只麻雀吓破了胆，像是被子弹击中，从树上掉了下来，重重地摔在地上，吱吱叫了两声，就死了。步年叫的时候，镇长冯小虎正在自己的沙发上打盹（冯镇长没事干的时候老是打盹），听到外面一声惊雷，吓得从沙发上弹起，弹得足有二米高。他开始还以为做梦，竖起耳朵，听到镇政府院子里人声鼎沸。冯小虎不知道出了什么事，从办公室出来，站在二楼的走廊上，往下看。只见一个人提着一把菜刀站在院子里骂娘，还有一帮人在起哄。他当然认出来了，提菜刀的人是冯步年，并且也猜到步年是来找步青算账的。见此情景，冯小虎镇长很生气，把手叉在腰上，开始训步年。他骂：冯步年，你想干什么，这是什么地方，轮得到你来撒野，你以为现在还是旧社会？你以为现在还可以两把菜刀闹革命？你是不是到外面跑了一趟，忘记自己姓什么了？步年说：我知道我姓冯，我也不想闹革命。我只想要冯步青，然后把他杀了。步年的嗓音依然像霹雳，又震死了刚从天上飞过的两只小鸟。步青正在镇政府的办公室里，他听到步年在外面吼，从门缝里往外瞧，看见步年手上的一把刀子闪闪发光，吓得倒吸一口冷气。步青很理解步年的怒气，想，换了别人也会想杀人。步青想从办公室的窗口爬出去溜走，但窗口有格栅，要爬出去的话得把格栅砸了，如果砸格栅，会发出声音，步年就会追进来。况且这样做还会出现另外一个后果，就是被人当作一个胆小鬼笑话。但躲在办公室里也不是个办法，很显然步青要是不出去，步年是不肯走的。步青想，我得出去，也许步年只不过是想吓吓我而已，也许步年根本没胆子杀人，出去再说。如果步年真的举刀向我砍来，再逃也不迟，这样逃别人就不会笑我胆子小了。正当步年伸长脖子打算再喊叫，步青一脸严肃，大义凛然地从办公室里走了出来，在离步年约五米远的地方站住，然后居高临下地说：冯步年，你捣什么乱，这是镇政府！步年被步青这副架势懵住了，好一会儿才想起来意，于是举刀砍向步青，他的动作很潇洒，好像前面那人只不过是一只西瓜。幸好，步青早有准备，冲出人群的包围，拔腿就跑。步年紧追不舍。

　　大家看到他们兄弟两个往东跑去，身后尘土飞扬，没多久就看不见他们的踪影了。大家在镇头等着，纷纷猜测步年会不会杀了步青。大约半个小时后，步年垂头丧气地出现在他们的视野里，手上那把刀子还在。有人说刀子里沾满了血，有人说刀子上干干净净。一会儿，步年哭泣着从他们身边走过。有人问他有没有追上步青。步年说：他逃进了天柱，我找不着他，算他命大。步年说着，把手中的刀子扔到河里。大家都松了一口气，知道兄弟之间不会再出现流血事件了。

　　步年哭着回到了西屋。他本来是想先去找小香香的，但想起女儿已和步青结婚，心就凉了半截。步年来到自己的房间，发现小荷花已从床上爬下，捧着步青的衣服在闻，在不停地傻笑。步年冲过去，把衣服夺过来，把步青留在西屋的所有东西——衣服、鞋子、皮带，还有箱子统统都搬到院子里，点上了火。火很快就旺了起来，发出一股浓重的臭气。这股臭气使步年十分恶心，他干呕了几次，他呕得眼泪涟涟，没有呕出什么东西。透过泪眼，他看到一群变形了的人在向院子里移动，他们看上去很兴奋。步年连忙擦去眼泪，那群变形的人才恢复正常。他们是因为看到火光和闻到臭气才赶过来的。他们总是喜欢像苍蝇一样追腥逐臭。步年很烦这些围观的人，转身向屋子里走去。这时，他听到一个熟悉的声音在耳边响起：爹。那声音是小香香发出来的，步年的心热了一下。步年回头，小香香已在他跟前。步年乍一看小香香，吃了一惊。半年没见，小香香已变成了一个大姑娘，身体看上去完全成熟了，胸鼓鼓的，屁股又大又圆。小香香变成大姑娘后同小荷花一模一样，简直是小荷花翻板。小香香似乎有些羞愧，一脸尴尬地看着步年，说：爹，你回来了？步年正在火头上，骂道：你还有脸见我！我不是你爹。说着，步年从火堆里取出一只还未燃尽的破鞋，去打小香香。小香香眼尖，她转身便跑。不远处停着白马，小香香跳上马儿，喊一声"驾"，马儿就飞一样跑起来，步年根本追不上，气得直发抖，手里捏着那只破鞋，由于用力过猛，破鞋被捏成一团。围观的人群也赶了过来，有人对步年说：步年，你算了吧，他们婚都结了，过得也好好的，你再生气有什么用呀。步年又哭了，他说：我他娘的前世作了什么孽？老天要这么惩罚我。

　　晚上，步年很疲劳（经过几天几夜的旅程怎能不累），却一直没睡着。他的耳朵竖着，倾听着屋外的声音。步青逃到天柱去了，小香香总归要回家的吧。步年希望小香香回到西屋来住。整整一个晚上，小香香没有回家。步年不知道小香香骑着马儿去了哪里。

第二天一早，步年起床去东屋外转了一转，东屋的门紧闭着。他想，小香香果然没回来。步年不免有点担心，一个女孩子，彻夜不归，万一遇害到坏人怎么办。这时，步年听到远处传来悦耳的山歌，步年辨认出这是小香香的声音。同时传来的还有马蹄声，马蹄声十分缓慢，刚好符合悠扬山歌的节奏。步年还看到步青也骑在马背上，想，他娘的小香香原来去天柱找步青了，他们昨晚在天柱过夜。小香香的背后飞翔着无数只蝴蝶。

3

光明镇的人对步年挺同情的，设身处地地想想，谁遇到这种事都会很伤心。步年回镇后，一直把自己关在屋里，大家都不知道他在屋里干什么。大香香很担心步年出事，往步年门缝里瞧，果然发现步年的梁上吊着一根绳子（那是拴马用的缰绳）。大香香认为步年要自杀，就把镇里的人叫来，想把步年的门砸开。但镇里人往里一瞧，没有发现梁上吊着绳子，倒是看到步年在喝酒，并且一边喝，一边在哭或笑，样子十分可怕。这说明，步青的所作所为对步年打击非常大，也许比当年步青把步年打倒还要大。不过步年想寻死看起来不像，他此时脸色通红，眼神惊恐，喉结上涌，似乎比谁还乐意活着。他们还听见步年一边喝酒一边在骂自己。步年骂：冯步年啊冯步年，你怎么那么蠢，会相信冯步青这个混蛋，你这辈子都坏在冯步青手上了。他以前把你打倒，现在又把你搞破产，还不顾人伦娶了小香香，他娘的，老天不公啊！我没干坏事，却老是倒霉，冯步青坏事干尽，却比我过得好。他娘的，天底下哪里有什么公平。

步年在西屋关了一个星期才出门，眼睛有一种狠毒的光芒。这一点光明镇的人都看出来了，大家认为步年可能还会对步青有所行动，因为现在步年眼中的光芒比他提着菜刀杀步青时还坚定，追杀步青时，眼中是疯狂的光芒，而现在是冷静的凶光。大家认为步年现在的光芒更可怕。

大家感到步年变坏了，似乎对光明镇所有人都怀有敌意。他用各种不同的方式宣泄心中的不满，有人看到他有一天把小便撒到一口用来积盛自来水的缸中（这缸属于一家饭店）。有人看见他把几只死老鼠放到新婚夫妇的床上，新娘新郎吓得失声尖叫，新郎不但洞房之夜不能人道，以后很长一段时间都不能人道，只好到处求医。还有人看见他在半夜三更站在别人家的院子里学鸡叫，好像他是周扒皮。他的行为触犯了众怒，大家都想好好教训教训他，但因为没有当场擒获，拿他没办法。

步年要杀步青的传言在光明镇流行。步青不敢回家睡觉，成天呆在镇政府，窗子的格栅已经拆除，这样即使步年再来杀他，也可以跳窗而逃，逃到天柱去。冯小虎也听到了这个消息，找到步年，叫步年冷静一点，不要再干犯法的事。冯小虎威胁说：杀人是要偿命的。步年冷冷地看了一眼冯小虎，一声不吭地走了。小香香也听说了步年要杀步青，找上门来，站在步年面前，头朝天，骂：冯步年，你为什么那么坏，要杀我老公？害得他不敢回家，难道你想让我活守寡？听到小香香这么骂，步年不声不响地走了。关在房间的那七天七夜步年已把问题想清楚了，他决定不再同小香香说一句话。我他娘的待她那么好，她却站在步青这一边。更让步年伤心的是，他在屋子闷了那么长时间，小香香竟不来看他一次。我都想自杀了她也不来看我一次。步年感到寒心。

步年用狠毒的眼神打量一切。有人问他：步年，他们说你想杀人？你为什么迟迟不动手？步年冷笑一声，说：杀人偿命，我才不会那么傻。那人问：那你为什么把自己搞得凶巴巴的？步年说：因为我变坏了。那人说：你干嘛要变坏呢？步年说：我没干过坏事，可老是倒霉，别人干尽坏事，日子过得比我还好，所以，我也要变坏。那人见步年说出这样幼稚的话，想，步年不正常呢，也许他的脑子被步青气坏了。

直到有一天，大家听说步年又跑到姘头家里去了，才松了口气。大家认为步年不会再杀人了，他已把注意力转移到女人身上。根据他们的经验，一个沉溺于女色的人是不会杀人的，女人的怀抱能消磨一个人的意气。

关于步年找姘头的事值得交代几句。一天，步年突然想到从前的姘妇，就摸进了她家。步年像往常那样一把抱住女人，并且欲剥去女人的衣衫。女人挣脱了他，一脸的势利和冷漠，她冷笑一声说：你想干什么？你以为你是谁？一没钱，二没权，我干嘛让你睡？你也不照照镜子。步年僵在那里，几乎被她的话搞懵了。

不久，镇里贴出了一张广告，大家一眼认出上面歪歪扭扭的字是步年写的。步年在告示中说，他要把开放大道上的房子卖掉，价格优惠。步年的房子处在光明镇的黄金地段，很多人想要。步年因为想快些出手，也没同人好好谈价钱，以很低的价格卖掉了。

步年有了钱后又往妍头家跑。女人见步年又有了钱，并且出手大方，所以和步年搞在了一起。步年这次是怀着邪恶的心情和女人搞的。现在步年的想法完全变了，认为他除了让自己变坏一点让自己开心一点，他没别的更有意思的事可做了。那女人常常被步年弄得精疲力竭，娇嗔地骂步年是个坏蛋。一听女人骂他坏，步年就开心起来。现在，只要骂步年坏，就是想骑他的马他都肯，因为那是步年心情最好的时候。

步年在外面干了荒唐事后，像过去一样，回到家里就说给小荷花听。步年说：小荷花，我这么坏，但我一点也不感到内疚。只有别人对不起我，我没对不起谁。小荷花，我这么干，唯一对不起的是你。我这么干你一定不会高兴的，是不是？但小荷花，你要原谅我，我日子过得不快乐。

4

步年把临开放大道的房子卖掉时，已经有了新的发财的方法。这个想法是步年关在屋子里那几天想出来的。步年关在屋子里时，回忆了自己的一生，想起当年常华曾利用马儿开运动会，脑中灵光一闪，有了发财的办法。他去沙滩察看了一番，认为自己的计划切实可行。步年的计划是这样的：他想在光明镇的沙滩建一个游乐场。步年想象中的游乐场会有一些机械设施供人玩乐，但主要项目是人和马赛跑。如果单纯地人和马赛跑，人们肯定没什么兴趣，所以必须有些刺激。步年的初步想法是设立巨额奖金，只要人跑得比马更快就可以得到这笔奖金。

步年在带着小荷花去城里治病期间，因为钱用完了，想着去什么地方赌一把，赢点钱。他找来找去，找到一个游乐场，游乐场有一台赌博机。赌博机上模拟赛马比赛，可以押其中的一匹马，如果这匹马胜了，赌家就赢了。步年玩扑克有绝技，赌马却不行，没赢一分钱，不敢再赌，否则回家的钱也没有了。这次经历也给了步年开游乐场的灵感。

步年对自己说：我必须有钱，没有钱没有权你就是想变坏也困难。

第十四章 谁比马儿跑得更快

1

步年的游乐场就这样开张了。开张那天，步年请镇长冯小虎剪彩。如前所述，步年开发昆虫食品的时候不怎么理睬冯小虎，原因是开发昆虫食品合理合法，不理睬冯小虎也不会有太大的麻烦。现在不同了，现在步年搞人和马赛跑表面上看是娱乐，实际上是变相赌博，所以同冯小虎的关系必须搞好。

大家以为步年搞人和马赛跑比赛是闹着玩的，没太在意。没多久，他们不注意都不行了，因为几乎所有的人都像中了邪似的迷上了和马儿赛跑，光明镇因此有一种奇怪的狂热的气氛。

那些外地游客，白天去天柱捉虫子，晚上就没事可干，只好在镇子里乱窜。城里人长得倒不是很壮实，但精力旺盛，特别到了晚上，眼睛放光。这里的天看上去比别处低得多，星光好像就在头顶，游客见到这样的星光就想活动活动。步年开了个游乐场，外地旅游者过剩的精力终于有了释放的地方。如前所述，游乐场的主要项目就是人马赛跑。外地人见到这么好玩的事就都参与了。参赛的人可以选择不同的等级，分别为：特级，人和马同时起跑，比赛距离为一千米，比谁跑得快；一级，参赛者可以先跑出一百米，然后让马来追他，跑完千米，比谁跑得快；二级，参赛者可以先跑出二百米，然后让马来追他，跑完一千米，比谁跑得更快；三级，参赛者可以先跑出三百米，然后让马来追他，跑完一千米，比谁跑得快。四个等级分设了参赛奖金。根据奖金多少，参赛者需交纳数量不等的参赛费。沙滩游乐场外面挂着一块醒目的广告：看谁跑得快，奖金等你拿。外乡人于是纷纷前去参赛。赢不了比赛，就是出身汗锻炼锻炼身体也是好的呀。特等奖奖金最高，外地人都挑"特级"比赛。外地人一个个玩得兴高采烈。他们高兴倒不是因为赢了钱，他们差不多都以输告终，但他们老是有一种赢的感觉。这是因为步年的马不是一匹普通的马，而是一匹深谙人性的马。马儿和人赛跑，实际上同传说中的兔子和乌龟赛跑差不多，要使比赛有趣，要使比赛有故事可讲，那必须让兔子打打瞌睡。马儿好像知道这个道理，它懂得逗人玩，总是和人保持不相上下的速度，有时候还比人跑得更慢。这样一来，外乡人都找到了感觉，觉得自己就像飞毛腿，以为来光明镇捉了几只虫子自己也会飞了。这匹马的神奇还不光表现在对人性的体察，如前所述，这匹马从城里带了常华回来，结果光明村发动了"文革"，闹得天翻地覆，这匹马从外乡带了个昆虫学家回来，结果这地方就变成了一座镇子，因此，把这匹马说成"神马"也不为过。外乡人欢天喜地地心甘情愿地把钱送到步年的腰包。步年又从腰包里拿出大部分钱放入奖金。日积月累，那笔奖金变得越来越高，越来越让人眼红。

游乐场外的那块广告牌每天刷新奖金的数目。奖金额从一万变成二万，变成三万，在一个月之后就跃升到十万。奖金数额都是清晨开业前发布的，这成了光明镇每天最大的新闻。人们一早就会来到游乐场。这样，多年来大家习惯于聚集在镇头（原村头）的传统就此改变，游乐场成了大家新的聚集之地。

光明镇的人纷纷加入了这个游戏，参赛费是多么便宜，只要交纳十元钱，就意味着有可能得到那笔奖金。这种可能性时刻存在着，比如马儿不小心摔倒或马儿身体不适（大家认为人要生病，马也会生病），他们就会比马儿跑得更快。又比如马儿同他们跑时有一天也可能发生像兔子睡着的事（现在光明镇的人都知道龟兔赛跑的故事），那样的话他们也有希望赢。再比如，他们可以从另一个方向想想办法，比如他们可以想些使跑步的速度快起来的方法。总之，光明镇参与这项赌事的人越来越多，到最后连瞎子水明也来游乐场看热闹，想一跑为快。瞎子水明什么都看不见，只能听马蹄声和人跑步的声音。如前所述，瞎子的耳朵比谁都灵，能准确地听出究竟谁跑得更快。水明赌性特别大，但水明是瞎子，虽想一跑为快，可真要跑恐怕连方向都找不着。水明不能参加如此盛大的赌局很受煎熬，他很担心这一大笔奖金被外乡人赢了去。在这一点上，光明镇的人想法和水明一致，不能让外地人赢走这笔钱，革命尚未成功，同志仍须努力。一时，关于如何赢得比赛成为光明镇一个最为热门的话题，人们的想象力和创造力被大大地激发。水明每天像兔子一样竖着那双灵敏无比的耳朵，打听着谁能想出战胜马儿的办法。水明迫切想找一个人代他和马儿赌一局。

2

在光明镇，最想赢得这笔奖金的人当数守仁。

这几年来，守仁一直处在霉运之中。如前所述，守仁曾养过长毛兔，想做这个地方最先富起来的人，结果兔子全死光了；守仁买了一辆手扶拖拉机，结果这个地方变成了一座镇子，大家对耕地种田没了兴趣，他的拖拉机只好替别人搞运输，很快，别人都买了汽车，守仁生意寥寥。拖拉机基本上烂在院子里，风吹雨打，油漆剥落，铁锈像围墙脚下的杂草那样疯长，长出来的铁锈有点像菊花，一丛一丛，排列成无数个圆。这几年守仁没赚到钱，日子过得有点儿清贫。

守仁找不到正经事干，整天在镇子里东张张、西瞧瞧，十分无聊。他表面上很随和，对什么人都笑嘻嘻的，内心深处对那些发财的人很眼红。最让他眼红的就是步年，这个冯步年，从前是什么？什么都不是啊，只不过是一匹在地上爬的马呀

（还是他的棍子改造出来的），可现在却人模狗样，当起了老板。开昆虫饭店时还算正经，现在变得很坏，竟变相开赌场。他娘的，现在，他连理也不理我，我同他好脸好色，他却抬着头假装没看见。守仁常在心里咒骂步年。因为生活得不好，守仁很怀念从前的日子。

守仁整天呆在游乐场里面看别人和马儿赛跑。看了几天，守仁着了迷。那笔越滚越大的奖金把他的心吊了起来，并且越吊越高，吊到半空，但半空中空气稀薄，守仁常常有一种窒息的感觉。久而久之，守仁落下个心头发痒的毛病，时不时感到好像有羽毛在心头搔。他恨不得和马儿比一次，只不过他太穷，穷得拿不出十元钱。从游乐场出来，守仁的脸色苍白，浑身发抖，头上冒汗（不知是冷汗还是热汗），就好像刚才是他和马在赛跑。人从游乐场出来，并不是走出了游乐场的氛围，相反，他的头脑中总有一匹马儿在和他赛跑。马蹄声声，在耳边响个不停。他听不到别的声音，如树上的鸟叫，院子里的虫子鸣，广播里的歌声，也听不到小贩的吆喝，汽车的轰鸣，人们的喧哗。这匹马也跑进了他的梦中，和现实不同的是在梦中他总能轻而易举地赢得比赛从而得到那笔奖金。奖金像雪片似的从天空飘下来，飘落到守仁狂喜的笑脸上。每天早晨守仁总是第一个进游乐场，每天晚上他怀着满腔失落，依依不舍地最后一个离开。

接下来发生的事情没有什么可以奇怪：守仁想从大香香那里骗点钱。守仁本来想从大香香家偷的，终究胆子小，怕万一被抓住，脸上挂不住。不管怎么说守仁也曾是这个地儿的头面人物，不能因偷窃而坏了一世英名。但骗就两样了，骗意味着双方愿意，就像男人骗女人，只要双方愿意上床就不算犯法，政府拿你没办法。再说大香香这个傻婆娘，你骗她，她也发现不了。有一天，守仁拿了一根晒干了的萝卜，来到大香香家。大香香正在和小荷花玩。大香香这几年基本上没人请她跳大神了，很寂寞，只好对着小荷花跳个不停。大香香这几年老得很快，心很烦，她特别相信冬虫夏草等滋补品。守仁有所耳闻，就拿着这根晒干的萝卜来找大香香。可以猜得出来，守仁想把萝卜说成是人参。其实守仁根本不用开口骗人，他还没开口，大香香已把萝卜干当成了人参。大香香心比较急，见这么大的人参，眼就红了，就想得到它。瞧这根人参，不同一般呀，有点儿人样呢，说不定还是何首乌呢。于是，大香香打算花二十元钱买下它。可是大香香也不是那么好骗，拿到这根东西闻了一闻，觉得它是假的。因为，如果是人参，只要闻一闻就会精神倍增，毛孔张开，浑身舒坦，可现在大香香什么感觉也没有，反而闻到一股涩味，她就觉得不对头。大香香说：守仁，这不是人参吧。守仁见骗局被大香香识破，就讪笑着想溜。大香香是什么人，怎容别人骗她，当即发作。她吼道：冯守仁，你回来。守仁听到大香香的吼声，撒腿就跑。大香香却不管守仁已经跑远，骂了起来。她骂了一会儿，围观的人就纷纷从各个方向钻了出来，围在大香香家门口。好久没有那么多人围观大香香了，她越骂越欢。大香香正找到感觉，守仁的一对双胞胎女儿刚好路过，见大香香骂她们爹，很生气，冲过去就和大香香对骂起来。她俩几乎异口同声地以

"破鞋"起首。大香香见她们骂自己破鞋，不以为然地冷笑道：我就是破鞋，我还和你们的爹爹破过呢，你们的爹爹从来不是个好东西。姜还是老的辣，两个女孩不是大香香的对手，只好败下阵来，像她们的爹爹那样拔腿往家里跑。

守仁没钱比赛，可他没死心，照样每天去游乐场。他从光明镇初中的一位体育老师那里借了一只跑表，站在跑道边，给马儿计时。他把每次马儿跑的速度都记在纸上，对马儿的速度作了分段分析。守仁拿着跑表在游乐场咔嚓咔嚓不停地按，一般人的情绪随着比赛而起伏，紧张时还会情不自禁地失声尖叫，听不到跑表发出的微乎其微的咔嚓声，瞎子水明却听见了。瞎子水明听到，在的的笃笃的马蹄声、踢踢哒哒的跑步声和几乎疯狂的呼叫声中间，夹杂着陌生的异样的声音，水明不知道这是什么机关，于是循声而去。如前所述，水明的嗅觉很发达，他先闻到守仁的气味，猜到那声音是从守仁身上发出的。水明笑道：守仁，你操作什么机关？守仁笑道：给马儿测速。水明问：马儿的速度多少？守仁说：有快有慢。水明问：可有规律？守仁的眼睛闪闪发光，可惜水明看不见，否则的话水明就不用问这个问题了，这么闪亮的眼睛说明守仁找到了马儿跑步的规律。

水明开始注意守仁。晚上守仁拿着跑表独个儿在光明镇的开放大道上跑步，一会儿跑得慢，一会儿跑得快，还不停地掐手中的跑表。光明镇的人开始相信守仁找到了比马儿跑得更快的办法。水明也相信这个说法，因此很想和守仁合作一把。守仁没钱比赛这个事水明听说了，光明镇的人都知道守仁骗过大香香的钱，大香香那张臭嘴不闹个妇孺皆知不会罢休。一天，水明找到守仁，说：参赛的钱我来出，如果我们能赢，我也不想多要奖金，你只要给我三成就满足了。

守仁有了钱，想和马儿一试身手。和马儿赛跑守仁可以有两种选择：一、自己亲自出马，和马儿比。守仁虽然已有一把岁数，他认为自己身板好，与马儿还有一比；二、派他的两个女儿和马儿比。如前所述，守仁有一对双胞胎女儿，曾经在养兔子期间辍了学，兔子死光后又复了学。这两个女儿原本跑得不快，因为兔子死光后，每天吃兔子肉，体质发生了改变，跑得像兔子那么快。在她们复学后的一次学校运动会上，双双得了冠军，一个一百米，一个二百米。后来，她们拿过所有跑步项目的冠军，从五十米到马拉松。学校老师对守仁说，他的两个女儿以后一定能为国争光，得世界冠军。因此，守仁认为让这两个丫头出场，也有希望赢。

守仁考虑了三天，决定让两个女儿出马。水明也同意此英明决策。守仁要参加比赛的消息早已传得纷纷扬扬，光明镇的人相信这回守仁一定能赢。大家这么相信守仁是有理由的：一、守仁的这两个女儿确实跑得像兔子那么快，光明镇恐怕没有人能跑得过她们俩。守仁容易生气，一生气就要找什么东西发泄，过去他可以找"四类分子"发泄，现在"四类分子"都摘了帽，没人再给他打，他只好对两个女儿施暴。但自从女儿们吃了兔子肉，守仁根本追不上她们。只要见到爹去拿棍子，她们一眨眼消失得无影无踪。二、大家与其说是相信守仁不如说是相信瞎子水明，在赌事这个领域，水明是光明镇第一高手，只要他出马或者说只要他看好谁，一般不会走眼。步年对赌博也算有点天赋，但与水明比起来终究是稍逊风骚。

　　光明镇的人都去看这场赛跑，心情复杂。一方面他们认为步年他娘的钱赚得太容易，应让他输；另一方面如果让守仁把钱赢走他们也很眼红。要知道那十多万元钱实际上是由他们的参赛费积攒起来的啊。这天，他们早早地来到游乐场，准备观看即将发生的一幕。一会儿，守仁带着他的两个女儿来到游乐场。具体出场的队形是这样的：守仁走在最前面，头朝天，样子好像他早已把那笔奖金揽在怀里。守仁后面并排走着那对双胞胎女儿，两个女孩今天穿着一身红色的运动服，她们实在太像，走在一起根本分不出彼此。关于那身红色运动服的来历在此做个说明：那是她们在运动会上得的奖品，她们一直藏在同学那儿，不敢拿回家，怕她们的爹把这运动服卖掉换酒钱。今天因为有这么重大的比赛，她俩就把运动服拿了回来。两个女孩穿上运动服后觉得自己很像一个冠军，她们走路的样子就有点像美国的刘易斯（她们是从电视里认识这个世界冠军的，刘易斯已成了她们的偶像）。最后面的就是瞎子水明，戴着墨镜，看上去像一个黑手党老大。两个女孩一进游乐场就开始热身，她们压腿、转腰、慢跑，一会儿，出了一身汗。守仁对女儿们说：别把力气用完，你们歇着去。两个女孩不听，依旧热身，流汗。守仁很生气，骂：你们他娘的没完没了啦，别劈腿啦，是不是想让人家看你们的×。两个女孩子听到这么刺耳的话，受了刺激，停了下来，脸上的表情一下子木然了。

步年牵着他的白马来了。步年没想到今天这么多人，每个人的脸上都挂着不怀好意的笑容，心里有点慌，出场就不像以前那样神气十足了。见步年这么委顿，大家就嘲笑他，说：步年，这下子你要栽了吧。步年说：相互竞争，机会均等，有输有赢，才算公平。他们说：步年，你快别做广告啦。

见到马儿，两个女孩立即兴奋起来，在跑道上试跑。一会儿，比赛正式开始。照规定，只能一个人和马儿赛跑，但守仁要求两个女儿一起上。步年同意了这个方案。这样，起跑线上就有两个人一匹马，马儿在两个人的中间。两个女孩怎么个跑法，守仁早就交代清楚了。守仁要求左边的全力跑，右边的按他这几天找出的马儿的规律跑。守仁自己也搞不清究竟哪种跑法能最后取胜，所以他安排两个女儿一起上。守仁想用一笔参赛费实施两种战术。

比赛正式开始了。大家看到两个女孩和马一齐起跑。就如守仁安排的，左边的女孩跑得飞快，右边的女孩控制着速度和节奏。就在这时，有人说：呀，你们瞧，两个女孩变成了两只兔子。这个人这样一说，大家真的看到了两只兔子。兔子和马儿究竟谁跑得快，光明镇的人没人知道。目前情况看，兔子的形势比马儿要好。马儿见一只兔子快，一只兔子慢，不知道在和哪只赛跑，它一会儿加快速度追那快的兔子，见那慢的兔子拉下太多，怕那兔子丧失信心，慢下来陪它跑。这样，左边的兔子便遥遥领先了。眼看就快要到终点线了，大家以为兔子要赢了，守仁也举起手准备欢呼，奇怪的事情发生了，人们只是眨了眨眼，发现马儿早已到了终点。众人一声叹息，守仁僵在那里。

究竟谁最后胜出，水明是最先知道的一个。他听到四条马脚发出的马蹄声（每只马蹄发出的声音各不相同）和四只人足有力地拍击地面的声音，他听到左边的两只脚拍击地面的声音离他最远，想，这回可以成功了，守仁的女儿要赢了。但就在这时，水明听到马儿飞了起来，呼啸而过，听到四条马腿快于另两只脚先抵达了终点。水明的心脏脆弱地跳了一下。赌徒在知道自己输的时候，心脏会变得像一只玻璃瓶那样易碎。

守仁不能接受这样的结果，他有一种被人耍弄了的感觉。明明看到自己女儿将赢，结果还是马儿赢，他怎么也想不通。守仁怀疑步年施了什么魔法，当即找到步年，质问步年。步年理都没理他。两个小女孩知道自己输了，见爹这样胡搅蛮缠，觉得爹输不起，有点无赖了。

3

光明镇的娱乐业在步年的游乐场带动下，变得兴旺起来。镇里开了很多发廊和很多卡拉 OK 店，里面有很多姑娘，衣着裸露，在店门口招蜂引蝶。来光明镇的外地人更多了，现在光明镇不但可以赌博，赌完后还可以找个温柔乡放松，他们都觉得不虚此行。这些年轻姑娘也吸引了光明镇的男人，有人瞒着老婆偷偷摸摸跑到姑娘们那儿放松去了。不久，镇里的电线杆上贴出来一些治疗淋病或梅毒的广告。

关于游乐场的比赛，光明镇的人又有了新的创意。这事可以证明，劳动人民的创造力是无限的。他们打算用地上跑的动物和马儿比赛，这事儿步年同意了，可比赛的结果还是马儿赢。于是光明镇的人又向步年提出能不能用天上飞的动物和马儿比赛。对此，步年坚决不同意。步年不是傻瓜，步年断定天上飞的肯定比地上跑的速度快。步年说：你们如果能把猪训练得会飞，把狗训练得会飞，我没意见，但我的马不会同天上飞的鸟或虫子比赛。其实光明镇已经有人在训练鸟儿了，他们打算把鸟儿训练得像人那样聪明。

这时候，光明镇出了一桩比较轰动的新闻：失踪多年的老金法回来了。

如前所述，老金法是在"文革"时突然失踪，下落不明，生死成谜。久而久之，大家把老金法忘了，把他当成不在人世的人物了。谁也没有想到，老金法竟然在失踪了二十多年后又回来了。回来那天，谁也没有认出他来，因为老金法的变化太大了。光明镇年长一点的人都记得，老金法当年很瘦，头发很黑，脸上的皱纹不多，如今老金法变得很结实，一身肌肉疙瘩，头发全白，脸上满是皱纹。过去老金法的眼睛很大，像金鱼眼一样向外凸，所以看上去火气很大，如今老金法的眼睛隐藏在皱纹群中，圆眼变成了三角眼，眼神锐利，是一种不相信任何人、任何事物的怀疑主义的锐利。

最初大家都不知道老金法回来了。老金法是跟着一队马戏团回来的。他不会变戏法，也当不了小丑，所以他在马戏团里只好扮演一只老虎，穿上虎皮，被关在笼子里。有时候也从笼子里放出来，在舞台上蹦跶几下。他们来光明镇是因为一路上人们都在说光明镇搞了个游乐场，游客多，生意好，于是马戏团就过来了。老金法来到光明镇后，参加了几场演出，演出很轰动，光明镇的人看到各种各样的动物在舞台上表演，如此聪明，眼界大开，深受启发。半个月后，马戏团离开了光明镇，老金法却留了下来。他觉得自己老了，再也不想漂泊了，该叶落归根了。

　　虽然故乡变化很大，老金法还是一下子找到了自己的家。老金法的家现在处在由钢筋混凝土构筑的高耸的建筑群中，如果说，那些霸道的建筑是地主资本家的话，那他的家只能算作是受压迫的贫农或童工。老金法开门进去，一群虫子扑面飞来。他用手扫了几下，虫子又像一朵乌云一样升上天空。虫子飞去，视野开阔，他看到家里的陈设和他走时一模一样，只是积了一层厚厚的灰尘。小荷花不在家，这是可以料到的，她这么风骚的女人肯定早已嫁人了。老金法在一把椅子上坐下，看到门角落里那把曾经打过步青的马桶刷子还在，上面沾着一些手纸，就好像这把刷子刚刚用过。熟悉的细节让他找回了从前的感觉。

　　老金法没有说出自己的身份，一个人在镇子里转。光明镇的人把他当成一个古怪的旅游者或又一个昆虫学家。老金法在深入了解光明镇目前的状况，谁发了财，谁掌了权，女儿小荷花如今在何方。老金法没问任何人，只是不声不响地在镇子里看来看去。有一天，他在大香香的家里发现了小荷花，小荷花竟像一匹马儿一样在地上爬。老金法不能相信自己的眼睛，一次次从大香香门口走过。大香香注意到了这个老头，见这个老头色迷迷地往她这边瞧，以为老头对她有意思，以为自己的第二春来了，心中大喜。大香香满脸媚笑，拉住老金法叫他到她家里坐。老金法见大香香这个样子，想，他娘的这个淫妇，这么老了还想当破鞋。老金法没进屋，而是站在门外，向大香香打听小荷花怎么会变成了一匹马。大香香叹了一口气，向老金法说小荷花的悲惨故事。老金法的脸越来越皱，眼睛像乌龟的头那样缩到了皱纹里。大香香虽看不见他的眼睛，还是能感觉到他眼中的凶光。

老金法回了一趟家。他想，原来小荷花嫁给了步年，步年竟把她弄成这个样子。老金法拿起那把马桶刷子，向游乐场走去。

步年正在做新一轮比赛的准备工作，看到有一个头发花白，身板结实，脸皱得像树皮的老头拿着一把马桶刷子向游乐场走来。周围的人没认出这个人是谁，步年一眼就认出了他，他就是自己失踪多年的老丈人啊。老金法也认出了步年，此刻老金法的眼睛又像乌龟的头那样从皱纹堆里钻了出来，逼视步年。四目相撞，步年被撞得胆战心惊。步年的心中涌出一种奇怪的感觉，觉得眼前的老金法是个灵魂。步年产生这种想法是有原因的：一、步年这几天老是做梦，梦见老金法变成灵魂回来了，梦里老金法的形象和眼前所见一模一样。二、步年在天柱时见到过"四类分子"的灵魂，自认为对灵魂有特别的嗅觉，就像花腔能目穷千里，步年认为他能分辨人和灵魂的差别。步年心里发毛。

　　老金法是不是灵魂，步年最终不能确定。老金法作为一个人回来的可能性也很大，他虽失踪多年，但没有找到他已经死亡的确切证据。即使不把老金法当作灵魂，把他当作长辈，步年也感到害怕，因为他没把小荷化管好，让她变成了一匹马。见到女儿变成一匹马，老金法肯定要生气。步年一直盯着老金法手上的马桶刷子。这样的马桶刷子现在年纪轻一点的人恐怕已不知道是干什么用的了，因为光明镇已用上了抽水马桶，这根马桶刷子可以进入民俗博物馆。步年全身发抖，知道老人家拿着马桶刷子是教训自己来了。步年还没来得及叫一声爹，马桶刷子准确无误地落在步年的头上。老人家喊：还我女儿来。步年手下围上来，抓住了老金法。步年说：你们放了他，他是我老丈人，小荷花的爹。众人吃了一惊，一看，果真是老金法。只见老金法一脸庄严，很像一个长辈，凛然不可侵犯。

　　步年想和老人家好好谈谈。这么多年没见了，他有很多话要说啊。步年说：爹，你怎么回来了？你这几年去哪里了？老金法没回答。步年又说：这个事不能怪我啊，爹，我们都是受害者啊。步年开始诉说老金法跑了后，小荷花吃的苦。这事儿，大香香已同老金法讲了，老金法不想再听，打断了步年。老金法说：既然把我女儿搞成这样，说明你无能，你把女儿还给我，我来照顾。步年没想到老金法这么有人性，对小荷花这么好，心里很感动，当即跪了下来，一把鼻涕一把眼泪地忏悔。步年说：爹，小荷花变成一匹马，我也很难过呀，我怎么会不难过！爹，小荷花没过上一天好日子呀，神志不清二十多年了呀，我赚了钱她也享受不了，我给她吃山珍海味，她也不知道品尝呀。爹，我背着小荷花跑遍了中国，可就是没人能治好她呀。如果她病好了，我会多开心呀。爹，都是我无能，没把小荷花照顾好，爹，你想打你就打吧，就拿我出出气吧。老金法说：我不是你爹，小荷花也不是你老婆，我把小荷花接走后，你不要再来看她。

步年认为老人家只是气头上的话，并没有当真。他答应老金法暂时把小荷花接走。他们父女俩这么多年没见面，让他们一起生活一段时光也是应该的。许多媳妇都喜欢回娘家住一段日子呢，可怜小荷花，自嫁给步年，没有娘家可回啊，像一个孤儿一样。

步年没有料到，不久，老金法制作了一个巨大的笼子，把小荷花关在里面，供人参观。每个想观看的游客，需交纳一元钱。因为游乐场人多，老金法把笼子放在游乐场前面。那些外地人对人变成了一匹马很感兴趣，他们对小荷花指指点点，并且赞美说，小荷花如果是人，是一个美女（这几年小荷花没有衰老的迹象），如果是匹马，也是匹骏马。后来他们干脆叫小荷花为"人马"。每个来光明镇的游客想一睹人马的风采，钱源源不断地流入了老金法的腰包，老金法很得意。

4

步年坚决不同意老金法这么干，觉得老金法太没人性了，小荷花是他的女儿啊，怎么能像牲畜一样关在笼子里。不过，这老金法一直是个自私鬼，只顾自己，他要有点人性，当年也不会不顾小荷花死活，抛下她独自远走高飞。他应该知道他一走，所有的罪名都会落到小荷花头上，小荷花会吃尽苦头。但老金法对自己利用小荷花赚钱，没有一丝良心不安。这么多年来，他就是关在马戏团的笼子里扮着老虎，也没觉得自己的尊严有什么损伤。关在笼子里供人娱乐是很正常不过的事。

步年来到老金法面前，要把小荷花接走。步年说：爹，你怎么可以做这么缺德的事？小荷花是人怎么可以像动物一样给人参观？爹，你要是缺钱向我要啊，你怎么能赚这种昧心钱？老金法说：你少来，我可不会用你的钱，用你的钱就要看你的脸色，我没那么笨。我警告你，小荷花是我女儿，我没答应过她嫁给你，她不是你老婆。步年见老金法这么利欲熏心，不再同他多说，动手要把小荷花从笼子里放出来。老金法又拿起马桶刷子打步年。

步年是有所准备的，他带了一帮人来对付老金法。老金法动手打人，他的手下迅速把老金法制服。他们把老金法捆在一把椅子上面。步年说：爹，我这就把小荷花接走了，我不会再把小荷花交给你了。爹，你就是打死我，我也不会答应你，你死了心吧。老金法冷笑一声，说：好，你同我斗，我奉陪，你是敬酒不吃吃罚酒。

就是这天以后，步年的生活出了一系列差错。有一天，步年从噩梦中醒来，发现自己赤身裸体躺在床上，身上的被子不翼而飞，才知道他不是被噩梦惊醒而是被冻醒的。他四处找被子，根本找不着，不要说被子，就是衣服也找不到。其时，西伯利亚的冷空气正好盘桓在光明镇上空，半夜的气温非常低，步年被冻得牙根也要掉下来。他没办法，只好在屋子里活蹦乱跳，试图靠运动取暖，但无济于事，跳到后来，他差点变成一座冰雕。早上，他来到院子里，才发现他的衣服和被子挂在树杈上，早已结成了冰，变得像石头一样硬。步年把被子取下来，举在头顶，被子看上去就像一把巨大的伞。可想而知，他第二天就得了重感冒，一分钟要打两个喷嚏，鼻涕打出二米远。关于这件事，步年觉得很奇怪，不过也没有多想，生活中偶然出现匪夷所思的事不值得大惊小怪。

　　第二天晚上，这样的事情再一次发生。这次，步年不再在屋子里傻跑了，他拿着一支手电，来到院子里，发现被子不在树梢上，而是在天上飞。被子像一张纸一样，随着北风在他的头上荡来荡去。步年觉得能抓住它，当他伸出手，被子倏然从他的头顶飞离，好像被子有灵魂似的。步年又奔跑了一夜，感冒更严重了。第二天一早，他赶到镇医院打吊针，还对医生讲起昨晚的遭遇。医生根本不相信他，说：看来你昨晚高烧发得厉害，都出现幻觉啦。步年想，如果这种事再次出现，他一定会冻死，他感到体内已没有一点能量，他的肠子是凉的，他的肝是凉的，他的心他的肺也是凉的。如果他再冻一夜，那整个身子都会发凉，离坟墓就不远了。

　　步年怀疑这一切是老金法所为。第三天晚上，他在西屋的大门上加了五道锁，在卧室的门上加了两道锁，还把屋子里所有的窗关得严严实实。他想，这样他的被子就不会再飞走了，除非被子能穿墙而过。这天晚上，他的被子确实没有飞走，但还是遇到了新麻烦。他听到有人用利器在摩擦玻璃窗子，摩擦声尖利刺耳，让人无法入睡。步年推开窗子，窗外什么也没有。

这样的情况又延续了三天，步年没熟睡过一分钟。他没办法，只好请人把窗玻璃换成塑料布。光明镇的人对步年的行为感到奇怪，他们见步年脸色苍白，眼眶深陷，眼神不安，猜不出步年出了什么事情。

步年开始相信老金法真的是灵魂。晚上突然刮起强劲的北风，窗上的塑料布都被吹破了，屋子里的风像河流中的漩涡一样不停地打转。步年又是一个晚上没睡好。光明镇的人听到在呜呜呼啸的北风中夹杂着悲伤而绝望的哭泣声，他们都听出那是步年在哭泣。第二天，他们看到步年用砖把西屋所有的窗堵死了。步年想，现在总不会再受到骚扰了，总可以睡一会儿安稳觉了吧。可是，他刚睡着，就被某个人弄醒了，他感到很奇怪，他把门关死了，把窗都封住了，怎么还会有人闯入呢？他抬眼一看，老金法站在他的床边，得意地冷笑着。黑暗中老金法的眼睛从皱纹群中爬了出来，发着亮光。步年想，老金法真的是灵魂啊。他的精神完全崩溃了，他哀求道：爹，你饶了我吧。老金法说：你想通了没有？步年说：爹，你不能这样干呀，雷要打的呀。老金法说：打什么雷，你这是迷信。告诉你，我是个唯物主义者。步年想，天啊，灵魂也说自己是唯物主义者。

步年终究拗不过老金法，只得让老金法把小荷花接走。

　　老金法继续靠展览小荷花赚钱。赚了钱后，老金法来到开放酒家，点一桌酒菜。老金法的眼睛老是瞪着饭店里的服务小姐看，小姐都被他看得不好意思。一会儿，酒菜上桌，老金法饿了几百年似的，看到肉，埋头就吃，直吃得眼睛陷入满脸的皱纹之中。吃饱后，他就往镇里的娱乐场所跑。现在光明镇的人都知道老金法喜欢娱乐场所的姑娘们，尤其喜欢大胸部姑娘。老金法很大方，有一天在娱乐场所碰到冯小虎和步青，还替他们买了单。

　　老金法七十多了，还这么热衷于这种事，大家都觉得奇怪。他们听步年说，老金法是灵魂。也许步年说的是对的，恐怕也只有灵魂才做得到如此这般。

　　有时候，老金法也去步年的游乐场里转转看看。游乐场像往常一样热闹，游乐场的事儿都是手下的人在干，步年这段日子不大过来。人们说，这是因为步年怕见到老金法，躲在屋里借酒消愁呢。

　　光明镇的人见到老金法，问他失踪的这二十多年在何方生活。有人说：当年你逃跑后，我们还跟着冯小虎去天柱找过你，有人看见到你在天柱养猪淘粪，但天柱那个地方见到的事情不能当真。老金法，你究竟去哪里了呢？你总不会逃到台湾去吧？老金法不想告白自己这几年的行踪，脸上的表情是讳莫如深的，同时也是暧昧的。这种表情显然是在向人们暗示着什么。在大家不断盘问下，老金法开始自吹自擂起来。他的吹嘘让游乐场有了难得的轻松时刻。他说：小子们，你们不要在我面前油腔滑调，我是见过世面的人。我什么没见过？我什么没干过？告诉你们，我在外面转了一圈，得出一个结论，人不是好东西，人比狼还坏，比猪狗还贱。我也不是个好东西，告诉你们，我是个大流氓。我说过谎，骗过钱，当过小偷，也玩过女人。不是吹，我玩过九百九十九个女人，骗过九千九百九十九个人的钱，偷过九万九千九百九十九次东西。因此，不要在我面前耍花腔。老金法这么说的时候，围观的人都笑了，老金法却一脸严肃。

光明镇的人一致认为老金法失踪了这么多年，回来成了个活宝。

5

每次，步年走过游乐场外那只巨大的笼子时，都不敢看小荷花一眼。小荷花因为没有人照顾，看上去十分肮脏。步年很心痛，但也不敢阻止老金法的行为，他怕老金法再一次像灵魂一样没完没了地骚扰他。一天，花大娘碰到步年，神秘地对步年说：步年，怎么可以把小荷花关在笼子里，小荷花只不过是灵魂出窍啊，她的灵魂还在天柱飞呢。步年，你只要来庙里烧香，往功德箱里塞钱，小荷花的灵魂就会回来的。

自从小荷花被老金法当作人马关在笼子里，步年性情大变，十分消极。从老金法的行为中，步年觉出这个世界变得越来越怪异了，从而觉得他从事的游乐场事业只是一场荒唐大梦。他不大去游乐场了，也不管游乐场的输赢了，那些与马比赛的人提出什么样的规则，他都点头同意。他听说，光明镇的人都在训练动物和飞鸟，打算同马儿比赛。有人还训练了一只聪明的狐狸呢。步年才不管输赢，他想退出江湖，把游乐场关了。但他知道，眼下这疯狂的当儿，他如果关了游乐场，会让人揍扁。

步年的睡眠越来越差。这样的夜晚，他的思绪就会回到过去。他看到：一匹小马出生了，马儿慢慢长大；这匹马儿把复员军人常华带回村，常华发动了"文革"；他被打成了一匹马，和小荷花在天柱过着美好的生活；女儿被一枪打死，小荷花成了一匹马；他从外地带回一个昆虫学家，光明村变成一座城镇；他开发昆虫食品发财了，背着小荷花到处治病；他收养了一个女儿，她却与步青结了婚；他用马儿赌博……回忆的时候，他觉得自己这辈子好像还没停下来过，一直在马不停蹄地奔波。这样的回忆，把他推到一个局外人的位置，他看着自己的生活，不要说旁人就是他自己也觉得难以置信。如前所述，步年不但对天柱的虫子感兴趣，还对宇宙感兴趣，现在他对生活的意义感兴趣了。他实际上遭遇了人活着为了什么这样一个哲学问题。当然这个问题在他那里不那么清晰，他只是真实地感到空虚而已。在一遍一遍的回忆中，最刺痛他的就是小荷花，他觉得对不起小荷花，想起小荷花被关在笼子里，他就想哭。在回忆中步年发现，留在他身后的光阴非常非常长，而他前面的路已非常短促，好像他一头就可以撞向坟墓。

因为长期闭门不出，步年病倒了，住进了医院。半个月后，步年从病床上爬了起来，穿着医院的格子服，站在一面镜子面前，他惊讶地发现，脸上一下子生出了无数的皱纹，原来那张光滑如纸的脸不见了，就好像这张纸一下子被人搓皱了，他的头上生出了一丛一丛的白发。

步年开始把他赚得的钱捐给庙里。过去，花大娘常到步年的游乐场化缘，步年从不往功德箱里塞钱，花大娘背后总是骂步年小气。现在，步年变得一点也不小气，他几乎把赚来的钱都捐给了庙里。这说明步年有了宿命倾向。步年捐钱时态度虔诚，高举着香火，不住地向菩萨磕头。

一天，步年突然想起了那把唢呐。他从积满尘埃的箱子里找到了唢呐，轻轻地把唢呐上的灰尘吹去，然后吹了起来。唢呐是一种欢快的乐器，但步年竟用唢呐吹出了无限悲凉的调子。每当唢呐在黄昏或夜晚吹响时，大家感到步年吹出的曲调仿佛来自另一个世界，光明镇的上空于是有了寂静之气，音乐把光明镇的勃勃尘世气息都掩盖了。

第十五章

冯爱国之死

1

冯爱国退学回到光明镇后，光明镇的人都替他可惜，冯爱国对此不以为然。大家经常看到他像猴子那样在树上攀援，开始他们搞不懂他在干什么，后来才知道冯爱国是在练气功。大家站在树底下看他练，只见他的脸严肃得像侦破现场的公安，什么都不在话下。

因为冯爱国是革命遗孤，再加上他是光明镇第一个考上大学的人，虽没有毕业，但毕竟读了三年大学，肚子里一定都是学问，所以冯小虎决定让冯爱国教光明镇的初中。冯爱国高兴地接受了这个光荣的职位，成了一位人民教师。冯爱国教语文时老是谈诗，结果光明镇中学出了不少少年诗人，他们整天在江边在树丛中在月光下在夕阳里寻寻觅觅。少年诗人还把他们写的诗背给父母听，什么"清水拍泥岸，听不见回响"、"我将化蝶去，翩翩成飞蛾"等等。家长们虽然听不懂，但音节很好听，也很合辙，所以很高兴，认为冯爱国是个好老师。有家长还不时送东西给冯爱国，希望冯老师多多栽培自己的小孩。冯爱国开始活出感觉来了。

冯爱国住在光明镇中学宿舍里，享受着家长们的尊敬，却不愿意和光明镇的俗人打交道，一个人做着自己感兴趣的事。偶尔有远道而来的形迹可疑的留着长发的年轻人来看他，在他宿舍里一住就是几天。大家都很关注冯爱国，很奇怪这个装得一本正经的家伙总是吸引着大家的目光，仿佛他是光明镇的明星。光明镇的人发现冯爱国不但喜欢练气功，还喜欢读一些关于飞碟、野人、灵魂、鬼神的书。如前所述，冯爱国曾是个夜游症患者，但在某天，这病突然好了。也许是因为他读的那些书的启发，有一天，他做完气功从树上爬下来后，对人们说，他的病突然好，是一个奇迹，他是吃了马肉才好的。他神秘地说：步年的马是有来历的，这匹马前世非常了不得。很显然，冯爱国相信轮回说。又有一天，冯爱国告诉人们：有些东西我们能看见，有些东西我们看不见，科学管看得见的东西，告诉我们重量和颜色，但对看不见的东西无能为力。冯爱国接着说：看不见的东西一样是存在的，我们通过练气功就可以看到它们。说出来你们也许不相信，我就能看到你们看不到的东西。我看到我们的空气中飞翔着红色的粒子，那就是气场，我们练功就是要吸收这个场。

冯爱国的思维与众不同。如前所述，冯爱国的爹冯思有是被常华害死的，照通常的理解，冯爱国一定会对常华恨之入骨，冯爱国却不恨常华，竟还同常华探讨起哲学问题。光明镇的人大不知道什么叫哲学，只知道毛主席的著作叫作哲学，所以，他们猜想，冯爱国和常华的对话就在这个层次上进行。这几年常华还是每天在江边钓鱼，就是刮风下雨也去照钓不误。光明镇现在比较现代化了，从前农业时代的用具早已丢弃，常华把这些用具都保留了下来。下雨时，他穿蓑衣、戴笠帽，他这个样子就有点古代世外高人的味道了。冯爱国认为常华的行为具有象征性。只有像冯爱国这样的诗人兼气功师才会在光明镇里发现具有象征性的事物。在一次和常华对话以后，冯爱国还写了一首叫《无常》的诗。他在上语文课的时候，把这首诗读给他的学生听。学生们虽然没弄懂诗的意思，但丝毫不会影响他们对冯爱国的崇拜。

游乐场的人马比赛如火如荼地进行着，冯爱国不但听说了，而且去看过几次。开始的时候，冯爱国不以为然，他一针见血地指出这是愚蠢行为，在这个物质社会中人们都变成了钱的奴仆，人与马赛跑就是这一关系的绝妙象征。为此，冯爱国又写了一首叫《奴仆》的诗。后来，冯爱国的态度有了改变。态度的改变同冯爱国的一位同学到来有关。冯爱国这位同学一到光明镇就喜欢上了这个地方，当他看到那笔天天高悬着的等待人们摘走的巨额奖金后，变得像疯子一样兴奋，他对冯爱国说：这么多钱，要是我们能赢就好啦，这笔钱可以出多少诗集呀，如果有了这笔钱，我们就可以设立诗人出版基金，为诗人们服务了呀。爱国，你不是有气功嘛，你气功一发不就可以赢了吗？

后来大家才知道冯爱国的这个同学是个闹自由化的家伙，据说同外国资产阶级有勾结，上面在抓他，他就跑到这里来了，以为这里山高路远可以躲避一段时间。哪知，镇长冯小虎一眼识破了他，把他抓起来，送到城里的公安局。这些事是冯小虎镇长喝醉酒的时候说给大伙听的。他一边说，一边大着舌头警告大家不可说出去，因为这是国家机密。

冯爱国就是在他的同学被抓走后，开始对人与马赛跑感兴趣的。他来游乐场的次数越来越频繁。光明镇的人见他跑得这么勤，就问他是不是也想试一试。冯爱国没回答他们。一天早晨，冯爱国像往日那样在树上攀援着练气功，练好后，满面红光，眼神飞扬。他告诉大伙，他找到了比马儿跑得更快的办法。他说，他只要处在气功态就可以比马儿跑得更快。大家对此将信将疑。有人晚上去学校观察冯爱国的动静，发现只要过了十点，冯爱国就会穿着短裤在学校的跑道上跑步。有时候他的上身是光着的，有时候他披着一件披风。披风在他跑的时候，会飞起来。大伙儿猜想，冯爱国想利用这件披风让自己有飞翔的感觉。让大家失望的是冯爱国跑得一点也不快，他们不知道他是不是在气功态中。

关于气功大家听得越来越多，一部分是听冯爱国说的，一部分是从各种报纸上看来的。由于人们的头脑中积聚的这类诸如隐身、人穿墙、药片从密封的瓶子中取出、意念搬运、人像磁铁那样能吸汤匙等等信息的作用，光明镇的人开始相信特异功能确实是存在的，气功也是能够治病的。由于冯爱国是光明镇唯一一位自称能替人治病的气功师，所以也有找他治病的。比如守仁，这几天他因为右手突然疼得厉害，老往冯爱国那儿跑。他的右手以前没痛过，也没受过伤，无缘无故突然疼痛难熬。他去了医院检查，照了 X 光，也没查出任何毛病，但他的手就是莫名其妙地痛，剧烈的时候，他痛得在地上打滚。因为医院里治不好，守仁找到冯爱国，要冯爱国替他发发功。冯爱国替守仁发了一道，守仁感到好了不少，但一回到家里又剧痛起来。守仁又连跑带爬来到学校，求冯爱国再发一道。冯爱国说：你的病不在手上，而是在心里。守仁说：这话怎么讲？冯爱国说：你的手一定干过坏事。守仁说：我这只手打过不少人，可别人也打人，别人怎么不痛？冯爱国说：你去庙里烧几炷香，我治不了你了。守仁就忍着痛回到家，打算听冯爱国的话，去庙里烧香。烧香的时候，守仁突然想起多年前是他第一个砸相公庙的菩萨，而且就是用这只莫明疼痛着的手砸的。想到这一层，他的背脊就冒出冷汗，想，这个冯爱国真不简单呢，一眼把我的病根给看穿了呢。守仁烧完香，手臂果然不痛了。守仁于是在镇里替冯爱国宣传，说冯爱国气功了得。

对于那些没病的人来说，更盼望的是一场比赛，他们想看看气功能不能在这方面产生奇迹。他们以为冯爱国会马上和马儿比一场，但冯爱国好像并不急。有一天，冯爱国练完功，对大伙儿说：我的功力还差一点点，再过一段日子，我就可以赢得这场比赛。

2

　　一次，冯爱国去城里开会，认识了另一位老师，这位老师是城里的气功协会的，冯爱国于是和城里的气功协会有了联系。气功协会常请一些大师来做带功报告，冯爱国有空的时候也去听一听。

　　星期天，冯爱国又去城里听带功报告。听那位老师说，这回表演的叫花大师的气功师十分了得，冯爱国不想错过这个机会。他到城里后直奔市委礼堂，因为根据经验，气功大师带功报告一般都在这种地方，气功大师喜欢到这种有点政治色彩的地方表演，以显示自己的档次。进入礼堂的时候，里面已经十分热闹了，气功爱好者的眼中满怀热望，他们都盼望大师的雨露惠及己身。这样的带功报告会，来的人总是很多，比放映国外的热门电影来的人还多。城里的功友们彼此认识，他们或表情夸张地打招呼，或聚成一堆讲练功心得，或渲染即将出场的花大师的神奇表演（有些人已听了好几场花大师的表演了）。冯爱国在这里没认识的人（他没有找到那位认识的老师），只好坐下静静等候。礼堂的音响效果很好，人们的喧哗声听起来嗡嗡作响，像是有无形的重物东西罩在头上，让人产生一种压迫感。一会儿，灯关了，就好像电影要开场了，场内一片漆黑，同时刚才那种有压力的声音一下子消失，礼堂一片安静，安静得连人们的呼吸声都听得到。这时，礼堂舞台上方一盏灯慢慢亮了起来，发出的光线有点儿蓝荧荧的。

灯光一亮，人们看到讲台上已坐着一个人，这个人穿着一件中式练功服，练功服上还镶着红色的花边，身板很壮实，头发很黑，脸上的精神十分轩昂。这个人用眼睛扫视了一下礼堂，抱拳向大家作揖，然后开口说话，声音非常浑厚，听起来中气十足，像是训练有素。那个人说出的话虽是很平常的开场白，但他每说一句，掌声就如惊雷在人群中炸响。开场白一完，气功大师的声腔就变了，他用一种幽暗的、神秘的、战栗的声音开始讲述他的功理。气功大师把他的功力归功于他在天上的师傅，他说：如果，现在你们有了想哭的感觉，有了想笑的感觉，有了既想哭又想笑的感觉，有了想手舞足蹈的感觉，有了呼天喊地的感觉，你们不要压抑自己，你们要放开自己，想发泄就尽情地发泄，我天上的师傅正看着你们，他知道你们的病在哪里，他正在替你们治病。台上大师的带功报告刚开了个头，台下有人像被催眠，进入无意识状态，做出各种奇怪的动作。要是以往，冯爱国早进入气场，他自认为对气功十分敏感，只要气功师一发功，他就会失去控制，随心所欲。但今天，他却难以进入。这是因为他心中有杂念的缘故。他觉得台上的气功师十分面熟，可怎么也想不起来在哪里见过。这样，别人在动的时候，他却一动不动坐在椅子上。虽然台上的气功师在说，不进入气功状态，别人发泄出来的病气就会进入你的身体，但冯爱国还是没办法让自己哭或笑或歌或舞。以往因为自己也进入了气功态，所以没注意别人的情况，今天他突然感到自己好像脱离了这个礼堂或站在礼堂的上方观察这里的一切。整个礼堂内发出一种奇怪的声音，这声音由气功大师的宣讲，功友们的哭、笑、尖叫、呼喊以及模仿各种动物鸟叫（如乌鸦、喜鹊、鸡、猪、狗）等构成，这声音就像黑暗洞穴中一支烛光，微弱地跳荡着，显得很有节制，好像他们受到一种什么能量控制。礼堂里，人们越来越疯狂，一些人或站着、或躺着、或单腿独立、或倒立，有人在模仿地上爬的动物，有人在模仿天空飞的鸟儿或刚刚出壳的虫子。很难想象平时这些人能够这样轻松自如地做出这等高难度的动作。冯爱国感到眼界大开。

一个小时以后，带功报告结束了，气功师照例要当场表演治病的绝活。气功师站了起来，给上台的病人单独发功。冯爱国坐在台下，觉得气功师发功的动作是多么眼熟。他想，我一定认识这个人，可是我在哪里见过他呢？这时，他的头脑灵光闪过，一个名字出现在他的嘴巴里。他说：花腔，原来是花腔，原来是那个被公安抓走的花腔。接着有关花腔的一切出现在他的脑中。他对花腔成为一个气功大师一点也不奇怪，因为花腔一直自称自己有目穷千里的本领，并且他的这一本领多次被光明镇的人证实过。冯爱国听说江湖上有很多伪大师，别人的真假他难以断定，但他可以断定花腔是一位真正的气功大师。他为自己找到一位真正的气功大师而激动。

冯爱国想，我一定要去拜见他。如果花大师能教我几招，我一定能更上一层楼。我现在差不多跑得和马儿一样快了，如果他能教我，我一定能比马儿跑得更快。

3

　　花腔花大师回来的消息一下子传遍了光明镇的每一个角落。花大师是冯爱国陪着回来的。冯爱国对光明镇的人说花大师的功法如何了得，并且绘声绘色地讲了花大师在城里做带功报告的情景。大伙儿发现花腔看上去确实像一个大人物，一点不像一个劳改犯。光明镇的人都是些以貌取人的势利小人，他们看到花腔庄严慈悲的外貌就决定相信花腔了，相信他是个气功大师了。花腔也给光明镇的人做了一场带功报告，效果和城里那场比可谓有过之而无不及。从带功报告会场出来，光明镇的人都感到一身轻松，好像那些时不时让他们无奈、恐惧的暗疾一下子从他们身上消失了，好像他们一个个成了初生的婴儿。

　　当然，可想而知，光明镇最激动的人是花腔的母亲花大娘。花腔的带功报告一结束，花大娘奔上台去要见花大师，但被花大师的保镖挡开，不得近身。花大师在一帮人簇拥下离开了会场。花大师住在光明镇最豪华的一家饭店里，花大娘只好找上门去。花大师的保镖拦住了她。她说：你们让我见见我儿子。保镖把花大娘求见之事传到花大师那里，花大师说：不见，我虽是她所生，但我不是她的儿子，我是天上大师的儿子，我只不过借了一下她的肚子。这话又传到花大娘那里，花大娘觉得有道理，不声不响回去了。她对大伙儿说：你们总是说我和货郎结了婚，你们总是说货郎不要我，把我们娘俩抛弃了。现在你们知道了吧，我是和天上的大师结的婚，我的丈夫在天上。有人听了这话哈哈大笑，也有人严肃点头。

那天，步年也在听花大师的带功报告，让步年吃惊的是花腔现在像个大学问家，说出来的话比教授还有文采。花腔从前只不过个放牛娃啊，他根本识不得几个字的呀，真是士别三日当刮目相看。花腔做带功报告时，步年虽然没一点反应，但还是被深深震撼了。步年看到了一个神秘的世界，在这个世界里，人们毫无顾忌地发泄着内心的痛苦、悲伤、绝望、快乐、疯狂、歇斯底里，看到人们在花腔大师面前无意识地哭、叫、号啕、狂笑，看到人们做出各种各样匪夷所思的动作。人们发出的声音好像被什么东西包裹起来，好像这些声音是从海底浮出来，有一种非人间气息。步年想，气功真的很神奇啊。如果小荷花在这里，说不定她的病就治好了呢。步年想找花大师替小荷花发道功。带功报告就要结束，花大师对人们说：现在你们看到了蔚蓝的天，天上有一道彩虹，彩虹是你们通向我天上的师傅的梯子，你们可以攀着彩虹上天，你们的眼前会出现万丈光芒，你们看到了莲花，莲花在光芒下安详地开放，莲花前人们喜悦和平，健康忘我，相互友爱。这时候，步年突然觉得有一束光芒刺入了他的双眼，或者说，天上的光芒照射到了礼堂，人们的脸上挂着梦幻般的幸福无比的笑意，好像他们真的看到了天上的师傅。花大师接着说：如果你们没有看到这束光，你们要让自己看见，因为只有看到这束光，你们身上的病才会消失。

带功报告结束，人们散去，步年依旧坐在那里。这说明他在思考问题，思考一些触动他心灵的问题。这些问题归纳起来有：花腔竟能让这么多人哭起来、笑起来、跳起来，他为什么有那么大的能力？人究竟是个什么东西，平时正经八百的，可一听花腔的报告就什么都不顾了，脸也不要了，该哭就哭该笑就笑？人是多么奇怪的生命呀！真有花腔描述的那个天堂吗？人究竟应该怎样生活才算有意义？所有这些问题同步年这段日子以来的心情有关。如前所述，自从小荷花被老金法关在笼子里展览，他对赚钱也没多少兴趣了，原来他以为只要赚够了钱，就会过上幸福的生活，现在他不这想，现在他把所赚的钱都捐给庙里。

有人见步年坐着不动，走过去神秘地说：步年，这下子你要输了，花大师功夫这么高，一定能赢你的马，他如果和马儿比赛，一定比马儿跑得更快。步年说：花大师不会和马比赛，他不是个凡人。那人笑了：你以为花腔不爱钱？花腔虽然自称是天上大师的儿子，但他一定也爱钱。也许天上的大师也爱钱。

实际上，带功报告一结束，就有人向花大师建议和马儿赛跑。那人表情夸张地说：有二十多万元奖金呀。花大师只是笑笑，态度不甚明朗。虽然花大师没态度，但人们还是到处传说花大师将亲自出马和马儿赛跑。光明镇的人因此都相信会有一场精彩的人马较量。这个传说自然进入步年的耳朵。步年心里想，如果花腔和马儿赛跑，那我会对他失望，如果他这样做，说明他同大家一样是个俗人。

花大师带着一班人去了一趟相公庙。如前所述，相公庙现在由他母亲花大娘管理着。当然他这次去不是为了见花大娘，只是花大师的习惯，他每到一地必要去当地的庙里烧一炷香。这庙在花腔坐牢前已被拆毁，是后来重建的，因此，这庙和花腔记忆中大不相同了。花腔说：这庙没以前气派了。冯爱国这几天一直陪在花腔身旁，他说：这庙是靠花大娘化缘化来的钱重修的，资金不是太多，造成这样已经很不容易了。这时，花大师看到庙堂里面有一尊奇怪的雕塑，仔细一看，原来是一匹马。花大师跑过许多地方，也算是见过世面的人，但从来没见过庙堂里塑上一匹马。花大师问：这马是何方神圣？冯爱国笑着说：这是步年的马啊。步年这辈子倒是很会折腾，赚了不少钱，可老天总同他过不去，家里出了好多怪事，日子过得也不开心。步年近来捐给庙里很多钱，赚得的钱都捐给庙里了。花大娘很感动，认为步年是活菩萨，要为步年塑一尊泥像。步年说他不是活菩萨，他的马倒是一匹神马，这些钱都是马儿所赚，要塑的话就塑马儿。这样，花大娘就在庙堂里塑了这马儿。这匹马的香火也很旺，光明镇的人现在把这马当作财神呢。冯爱国这么说的时候，花大师想起了步年，当年步年是同他玩得最多也是玩得最愉快的人。别的人花大师不想见，步年得见见。他对冯爱国说：我想见见步年。

　　步年听说花腔想见他，很高兴，他正有一些问题要问他呢。这个人竟能让这么多人发痴发呆（就像当年毛主席他老人家让红卫兵发痴发呆一样），他的能量来自哪里呢？难道他真的不是凡夫俗子？这个人竟能让人们看到天堂（那天带功报告结束后，步年问过镇上的人，他们都说确实看到了莲花簇拥的天堂，他们说那一刻他们像莲花一样喜悦）？难道真的有天堂吗？步年就去见花大师，决定好好向他请教。他在花大师住着的酒店见到了花大师，花大师看上去很严肃，也很慈悲。花大师瞥了一眼步年，说：步年，你的心很空。花大师的话很平常，语气温和悲悯，步年一下子被花大师语调中温暖的气息融化了，那气息就像一个襁褓，让步年变成了襁褓中的软弱的婴儿，步年试图让自己坚强一点，但他的眼泪还是莫名其妙地流了出来。步年不知道花大师说话的时候有没有发功，总之他就是想哭，一发而不可收，他像是突然找到了一个依靠，索性哭个畅快。步年一边哭一边说：我搞不懂啊，有很多事情我搞不懂啊，我折腾了半生啊，我现在却不知道都是为了什么。花大师见步年哭，就说：步年，我就知道你是有慧根的人，你有这层觉悟很不错了，说明你这辈子没白活了。人是很可悲的啊，大多数人都不知道自己在干什么呀，他们看见什么要什么，只要尝到一点甜头，就会想办法要得到更多。人是肮脏的，有病的，黑暗的，脆弱的，恐惧的。我知道人的秘密，所以我成了一个气功师。什么叫有，什么叫无？看见的叫有，看不见的叫无？我要做的事就是让人们把内部的黑暗恐惧发泄出来，洗去他们身上肮脏的东西。我要让人们看见他们看不见的东西，让他们看到所谓"无"即是"有"。这样，我不再认为我是一粒尘埃，我成了连接天和地的巨人。我知道人的秘密，人的身体中隐藏着整个宇宙的秘密。我看到了宇宙的秘密，因为我看到你们看不到的东西，我看到我们的身体和另外一个世界相连……花大师的语调飘忽而低沉，好像这语调中有哭泣剂，步年听了只想大哭。他甚至没听清花大师都讲了些什么，反正他只想哭，好像他积攒了一辈子哭的欲望，好像他今天不把长城哭倒誓不罢休。他大哭了一场，感到一身轻松，只觉得身上的尘埃都被他的眼泪擦洗干净了。他完全相信并且崇拜花大师了，甚至想把他的神马献给花大师，他认为只有花大师才配得上骑他的神马。他还提出要跟随花大师云游四方。步年没有忘记请花大师治小荷花的病。花大师听了小荷花的病情，说：步年，小荷花的病恐怕是天意。天意难违，我无能为力。

镇长冯小虎听说步年要把马儿献给花腔，而且还要跟随花腔去四方云游，很生气。他对手下人说：不能让步年把马送给花腔，游乐场不能没有马。游乐场是光明镇吸引旅游者的主要项目，如果游乐场关闭，游客就会减少，光明镇的财政就要受损失，所以步年这匹马不是他个人的，是我们整个镇的。不能让步年把马儿送给花腔，如果步年真要送，你们马上向我汇报，我去阻止他。

这几天，冯小虎没出门，他怕碰到花腔，是他把花腔送进牢房的，没想到现在花腔人模狗样回来了，还带了一大帮跟班，看起来比他还威风。花腔做带功报告时，光明镇的人几乎都去听了，只有冯小虎没去。冯小虎不相信这玩意儿，但气功报告结束后传来的信息使冯小虎不安起来，那些不相信气功的人听了报告后都相信了，他们来到冯小虎面前绘声绘色讲会场上发生的奇怪的事情。他们说：当时，连会堂里飞翔的虫子都晕头转向，都跳起舞来，它们叫的声音都同平时不一样，就好像它们身上装了个扩音器。经他们一讲，冯小虎的信念有所动摇。他骇然想起花腔从前一个关于他的预言，说他将死于一次车祸。现在冯小虎认为这个预言并非没有一点道理。当年，这地方没有汽车，花腔居然说他将死于一次车祸。如今光明镇汽车像虫子一样多，那么关于冯小虎死于车祸一说就不是胡说八道，而是变得很有可能了。这几天冯小虎呆在家里的另一个原因是怕一不小心真的撞到汽车上，他于是做了一个决定，从此后将不再坐汽车。如果要上城的话，他宁可走着去也不会再坐什么汽车了。

几天之后，花大师要走了。步年真的牵着马儿要跟花腔走，冯小虎带着光明镇的人赶来，把步年团团围住，坚决不同意步年和马儿的离开光明镇。步年和马儿的离开意味着游乐场就要关闭，意味着他们再也没有赢得那笔奖金的希望，意味着他们为此而花的精力将付之东流。他们说游乐场不是步年一个人的游乐场，而是大家的游乐场。马儿不是步年的马儿，而是大家的马儿。这样，步年终于没跟随花大师而去。花大师走的时候，对众人说：我虽然没去过游乐场，但是我看得见游乐场上的一切。我看到马儿在跑，人在跑，猪狗松鼠也在跑。但我可以告诉你们，在这个镇只有冯爱国才能比马儿跑得更快。花大师说：我已把我的功法植到爱国的身体里，爱国已成了一位真正的气功师，你们不久就可以看到一个奇迹，有人会赢马儿，这个人就是冯爱国。说完这句话，花大师带着他的手下离开了小镇，云游四方去了。

4

冯爱国相信那些古老的典籍里记载的奇闻逸事都曾经真实存在过。其中的一本叫《人类的奇迹和梦想》的书宣称，人曾经是会飞的。为了证实这个判断，这本书的作者证明道：会飞的东西不一定是要有翅膀的，比如那些节日里满天飞舞的气球，人类的身体曾经像羽毛一样轻逸。有一本书在列举了人类曾经能自由翱翔的种种事实后不无遗憾地指出目前人类能力的退化，书的作者说：人类已不相信自己能超脱身体的限度而进入另一种更为自由的状态，人类忘记了一直存在的并且确实存在过的关于飞翔的事实和伟大梦想，人类已懒得为此而努力了。作者进一步说：其实飞翔的密码祖先早已植入人类的身体里，只要寻找，人类最终会找到飞翔的方法。接着，作者开始详细罗列人类为寻找飞翔能力而进行的种种实践。作者说，这些实践从另一个角度证明了他的论断，其中的一个例子是这样的：有一个女孩子，她从小过着与世隔绝的生活，靠吃山上的昆虫为生，结果，这个小孩就有了飞翔的能力。书中说，这个小孩有一天和马儿赛跑，结果她比马儿跑得更快，因为她飞了起来，把马儿远远地抛在了后头。读了这则故事，冯爱国非常激动，怀疑这个作者曾到过光明村，但看了作者简介，作者生活在上个世纪，是一个英国人。他不知道是书中的故事走到了现实，还是现实跑向了上个世纪的作者笔下，就像人们所说的，历史有惊人的相似。那个吃虫子的女孩的故事曾发生在不同的时间和空间之中。总之，他相信这是事实，在天柱，人会飞翔之类的传说是太多了。关于这个问题，冯爱国曾请教过花大师。花大师告诉他：你只要想到自己会飞，总有一天你就会飞起来。

花大师走后，大家都把目光投向了冯爱国。花大师的预言有着惊人的力量，让冯爱国变得十分醒目。冯爱国生吃天柱的虫子就是在花大师走后发生的。大家看到冯爱国手中拿着刚刚捉到的蜻蜓在吃，还看到他在吃一只浑身是毛的蝴蝶，又看到他捉住一只刚刚孵化的蝉在吃。大家虽然生活在虫子出没的地方，但生吃虫子的人除了步年死去的女儿，还没有其他人。大伙儿好奇地问冯爱国为什么生吃虫子，冯爱国用鄙视的微笑回答他们。后来还是聪明的水明猜出了其中的原因。瞎子水明看不见冯爱国吃虫子，却猜出了原因。他说：冯爱国吃虫子是想让自己像虫子一样飞。如果能飞起来，他就能比马儿跑得更快。光明镇的人恍然大悟。那些正在训练自己牲畜的人也开始给狗或猪生吃虫子。这些牲畜显然不以为生虫子是美味，拒绝下咽，结果没少挨主人的棍子。顺便补充一下：光明镇的人时时刻刻在想胜过马儿的办法，办法越来越多，除了训练牲畜和鸟儿外，光明镇的人开始发明各种不用发动机就能跑得很快的机械，有人还想制造不会停息的装置——永动机。大家相信总有一天，他们会赢得比赛的。当然，如果现在去做一个调查，大部分人认为冯爱国的胜算最高。光明镇的人都相信花大师的预测。

光明镇的人对冯爱国的看法实乃小人之心，他们以为冯爱国所有的努力都只不过是为了赢得那笔奖金，事实是冯爱国的目的不光是为了比马跑得更快，是为了实践人类关于飞翔的伟大梦想。花大师给了冯爱国无限的信心，冯爱国坚信奇迹一定会在自己身上发生。奇迹曾经在许多人身上出现过，有高僧涅槃以后变成了树上的叶子，老子的身体可以化成一股烟在蓝天翱翔，全真道人想到某人某人就会飞到他的前面。他感到自己正在慢慢靠近史书上记载的那些伟大人物。

就在冯爱国致力于他的理想，感到功力渐长并且因此喜悦的时候，他碰到了一个挫折。有一天，冯小虎把冯爱国叫到镇里，黑着脸对冯爱国说，鉴于冯爱国目前的精神状态和兴趣爱好，他不再适合当一位教师，镇里决定取消他执教资格（冯爱国是民办教师，要取消他执教资格十分容易）。冯爱国没把这事放在心上，同他伟大的梦想比起来，教书在他生命里的位置不会更高。如前所述，冯爱国住在镇中学宿舍里，那里非常安静，适合于潜心修炼。有一天晚上，来了两个警察把他从睡梦中叫醒，要他从学校搬出去。警察的行为大大挫伤了他的尊严，他赖着死活不肯搬。他骂警察是流氓，触犯了公民神圣的权利。警察对冯爱国的抗议无动于衷，他们把冯爱国的家当都掷到镇中学外面，然后把冯爱国驱逐到街头。

关于冯爱国的遭遇，光明镇的人认为这是一个阴谋，原因一定是同那笔奖金有关。人人都相信冯爱国最终会赢得那笔钱，可有人不想他拿到，所以就把他驱逐出学校，算是给他一个警告。大家再一次明白步年开设游乐场的内幕深不可测，除了白道，也许还有黑道，决不是那么简单的事，还有很深的背景。有一天，光明镇的人碰到步年，问步年这事是不是他指使人干的。步年说：我怎么会干这种事？我巴不得有人把那笔钱赢了去，我也好关门大吉。

冯爱国对他莫名其妙被驱逐出学校一事耿耿于怀，他一定要镇里给个说法。他每天一早就去镇政府，坐在冯小虎办公室，要冯小虎处理那两个警察及幕后指使者。冯小虎开始还同冯爱国说理，他说：冯爱国，你是革命的后代，镇里也很照顾你，让你当老师。但你当老师后，很多人反映你不好好教书，只练气功，还在课堂上讲迷信，说人是外星人和地球上的猩猩生的，说人从前是会飞的，等等，把那些学生搞得神神道道。你这样教学生，他们以后怎么做无产阶级革命接班人？这些倒也罢了，可你不该利用学生对你的崇拜打女学生的主意呀。有家长说你还给女学生写露骨的情诗，这成何体统。冯小虎把冯爱国骂了一通后，叫他回去好好想想。但冯爱国不听，他对冯小虎说：你这是血口喷人。冯爱国依旧每天来冯小虎办公室讨说法。这可把冯小虎给惹火了，光明镇还没有一个人敢这样跟他胡搅蛮缠，如果人人这样，镇政府还怎么开展工作。于是，冯小虎一个电话打到派出所，让警察过来，把冯爱国驱逐出自己的办公室，并要两个警察每天站在镇政府门前，不让冯爱国再进来。

没想到，第二天，冯爱国发动他的学生到镇政府示威游行来了。冯爱国站在最前面，带领学生在镇政府前面喊口号。冯爱国喊：打倒法西斯！孩子们跟着喊：打倒法西斯！冯爱国喊：生命诚可贵！孩子们喊：生命诚可贵！冯爱国喊：爱情价更高！孩子们喊：爱情价更高！冯爱国喊：若为自由故！孩子们喊：若为自由故！冯爱国喊：两者皆可抛！孩子们喊：两者皆可抛！口号喊得很整齐，就好像冯爱国领着孩子在朗读课文，就好像学校搬到了镇政府。冯爱国带孩子造反的事可把冯小虎气坏了，他命令警察用自来水把孩子冲掉并把冯爱国抓起来。派出所的警察得令前去解决学潮。

　　大家认为，这回冯爱国要关些日子了。冯爱国关在过去村部的那几间房里。过去这里是光明村最高大、最权威的建筑，但今非昔比，如今里只能当堆放杂物的仓库了。如前所述，这个地方以前做过马棚，因此，现在进去还能闻到马粪味。警察认为这屋子的窗子是铁栏栅的窗子，门是铁门，铁门一锁，没有人能从这里溜出去。但冯爱国不这么认为，对警察说：我是个会飞的人，能从这里飞出去。说完，脸上露出疯狂的自以为是的笑容。两个警察认为冯爱国是个疯子（后来，他们还从冯爱国读过的大学里查到他就是因为精神分裂症才被退学的）。他们发现冯爱国整天不吃东西，眼睛变成了绿色，很像昆虫的复眼，非常明亮，又像有什么东西在燃烧，精力相当充沛，处在某种激动不安之中。有一天晚上，冯爱国对门外站岗的警察说：明天早上，我就不在这屋子里了，因为我打算今晚飞走。

　　第二天一早，那两个值班的警察开门进屋子时，冯爱国真的不在了。他们感到很奇怪，开始检查屋子里是否有敲凿的痕迹。他们检查了半天，发现门窗及锁都完好无损。他们想不出冯爱国是怎么跑出去的，难道冯爱国真的不翼而飞了？

两个警察向冯小虎镇长作了汇报后，分头去找，最后，在光明镇最高的建筑东方大厦的楼上找到了冯爱国。他们来到东方大厦时，大厦下面已聚集着一大批人。他们告诉警察，冯爱国今天要飞了。

关于冯爱国从关着的屋子里不翼而飞的消息早已在光明镇传得纷纷扬扬，紧接着大家听说冯爱国将尝试人类关于飞行的伟大梦想，可想而知，人们的兴趣有多么大。东方大厦广场上的人越聚越多，大家翘首望着大厦顶层，由于怕初升的阳光刺痛双眼，人们把手放在眼眉上遮挡阳光，他们看上去就像一群好管闲事的猴子。大厦顶部那个人非常小，他安详地悠闲地在上面走来走去，不时向大家招手，就好像他是个伟大人物。人们发现冯爱国浑身脱了个精光，在阳光下，他的皮肤亮晶晶的，好像上面布满了鱼的鳞片。大楼下面也有女人，但可以保证的是此时女人们绝对没有无聊的想法，她们的心灵无比纯洁，等待着令她们激动的迷人的一跃。其中一个男人对女人开玩笑：你们最好去找一架望远镜来，这样你们就能知道那个家伙的命根子是否令人满意，告诉你们，男人在做重大决定时下面会情不自禁地勃起来。这个玩笑引爆的只是男人的笑声，妇女们用庄严的眼神向那个男人表达愤怒，就好像那个男人亵渎了神圣不可侵犯的事物。两个警察开始向大厦的顶层进发。

就在两个警察快要接近冯爱国时，冯爱国跃向空中，大家觉得那令人迷幻的一跃就像阳光下一架银色的飞机，从头顶掠过。站在高楼下的人们出现骚动。与此同时，那具赤裸着的身体在空中飘浮了一会儿突然以惊人的速度坠落下来。那具身体在他们的眼中越来越大，后来完全遮蔽了天空。紧接着他们的耳边传来一声脆弱的响声，声音不大，就像一个西瓜坠落在地时那么响。等人们从那片黑暗中挣脱出来，发现类似于西瓜瓤的血肉和别的脏物沾满了他们的身体，东方大楼下顿时一片混乱，叫声一片。这时，光明镇的人已搞不清冯爱国是在实践人类关于飞翔的伟大梦想还是想自杀。来自警方的报告说：冯爱国聚众闹事，畏罪自杀。

步年知道这个事后，很震惊，半天说不出一句话。他认为冯爱国的死同他有关，是他搞的这个比赛害死了冯爱国。步年对着自己的影子说：冯步年啊冯步年，你是个杀人犯啊，你搞的这个比赛害人不浅啊，不知还会搞出什么事来呢。步年想，他真的应该找个机会全身而退了。顺便说一句，冯爱国的尸体是步年出钱请人埋葬的。

第十六章 小荷花突然醒了过来

1

冯爱国从光明镇最高的楼上飞跃而下，他的灵魂飞离了他的身体，灵魂在楼下聚集着的正在观看他惊人一跃的人们的头上盘旋了一会儿，当他听到人们发出一声惊叹声，他的灵魂就离开了他们，向天柱飞去。灵魂的飞翔如那些记载着奇闻逸事的书上所描述的那样像一缕烟，拖着长长的尾巴，看上去像那些在春天的水中游弋的蝌蚪。这缕烟在天柱山苍翠的林子里缠绕，那些在林子里飞翔的虫子见到这缕烟都纷纷让道，然后伫立在一旁向他行注目礼。冯爱国的灵魂将在天柱待上一段日子，不能升天。为了打发寂寞，他想和那些虫子交朋友，但虫子们似乎都有点儿怕他。他想，这大概同他生前吃了太多的活虫子有关。

冯爱国整天在天柱飞来飞去，有一天，他在林子里见到一个人，正准备向那个人飞去，那个人像光一样一闪就消失了。冯爱国在林子里找，功夫不负有心人，他终于找到了那人。冯爱国仔细一看，是个美女，再仔细一看，原来是小荷花。冯爱国吃了一惊，想，小荷花还像二十几年前那样年轻，他看到的一定是小荷花的灵魂。冯爱国就叫道：小荷花婶婶，你怎么在这里？小荷花不认识冯爱国。怎么会认识，小荷花昏迷过去时，冯爱国还很小哪。冯爱国自我介绍，说自己是冯思有的儿子。小荷花这才哇啦哇啦地叫起来。她说冯思有早就升天了，她说死了的人都升天了，只有她一个人升不了天，她去天上，天上的神就把她赶下来，说她阳寿未尽。冯爱国说：对呀，你在人间还活着呢，你在人间变成了一匹马，神志不清呢。小荷花听了有点迷惑，她说：我怎么会变成一匹马？步年才像一匹马儿那样在地上爬呀。冯爱国说：步年叔已不在地上爬了，他现在发财了，但他生活得不开心，把赚来的钱捐给了庙里。冯爱国就给小荷花讲了人间的事情，小荷花的思路有点跟不上。冯爱国就说：我同你说不清楚，你还是回去看看吧。

小荷花被冯爱国说动了，听说自己在人间变成了一匹马，被关在笼子里供人参观，很着急，她的灵魂像萤火虫那样闪烁不停地向人间飞来……

步年猛然醒来，坐在床上发呆。他回忆刚才的梦，感到很奇怪，自己竟会做这样一个清晰的关于灵魂的梦。他想，也许是花大娘经常同他讲灵魂的事，灵魂才到他梦里来，就像人们所说的"日有所思，夜有所梦"。想起小荷花，步年的眼泪又哗哗地流了出来。天底下命最苦的就数小荷花，好好的一个人变成了一匹马，好好的一个人却像牲畜一样被关在笼子里。步年起床，站在窗口，窗外满天是星，空气中有一些声响，听起来很神秘。步年想，那也许是虫子飞翔时发出的声音。步年一直在流泪，他这段日子老是想流泪，好像流泪很有快感。步年想他今夜肯定睡不着了，索性拿出他的唢呐，站在窗口吹了起来。唢呐的声音在寂静的夜晚听起来十分悲凉。

2

最初，那些外乡人对关在笼子里的小荷花很有兴趣，后来大棚艺人来到光明镇，在游乐场前拉开架势和老金法抢生意。显然大棚艺人的表演更有吸引力一点，他们的表演从头至尾都有裸露的舞蹈，光明镇的人无师自通地把这种舞叫作艳舞。艳舞一跳，光明镇的男人和游客们都被吸引了过去。老金法的生意就变得不好。有人对老金法开玩笑说小荷花虽然变成了一匹马，但她依旧很漂亮，她的腿很长，屁股很圆，奶子饱满，如果把小荷花脱光了关在笼子里，生意一定会好起来的。老金法不以为然，虽然生意不好，老金法还是每天驮着笼子来到游乐场前，声嘶力竭地喊：看一看，瞧一瞧，鱼儿在天上飞，人儿变骏马跑。不看不知道，世界真奇妙。老金法喊了半天，只过来几个人。他娘的，生意是越来越难做了。

步年没有心思再搞人马比赛，但任何事情有了个开头，就像有生命似的，他身不由己，只能照着惯性运转。这天，游乐场像往常一样热闹。不但人和马儿在跑，猪、狗、松鼠、狐狸也在同马儿跑。第一轮比赛结束了，步年想休息一会儿，老金法慌慌张张地闯了进来。老金法结结巴巴地说：步年啊，出了怪事了，小荷花醒过来了呀。步年说：爹，你别寻我开心啦，我替小荷花治了二十多年的病。去过上海，去过北京，请过最好的医生，还请气功大师对她发过功，她一点反应也没有，现在突然好了，你骗谁呀。老金法不想同步年多说，拉起步年就往游乐场外走。步年没想到老金法年纪一大把，劲儿还那么大。老金法边走边说：步年，说出来你不相信，我当时正在兜揽生意，笼子突然有人叫起来，我一看是小荷花。步年，你不会相信，小荷花的力气比牛还大，笼子是加了锁的，可小荷花硬是把笼子掰破了，跑出了笼子，朝天柱方向跑，一下子跑得无影无踪。步年，小荷花虽然醒了，好像也疯了。听老金法这么一说，步年就有点相信了。

步年到处找小荷花，热情空前。自从花大师花腔离开光明镇后，步年好像突然变成了一个思想家，见人就说：我现在算是明白了，一切都是空的，没有意义的。过去我们疯狂搞斗争，现在我们疯狂搞钱，搞得人人脸红心跳，我们只会瞎折腾。红尘多可笑，世事更无聊。大家问步年怎么会有那样的想法，步年诡秘一笑，说：说出来你们不会明白的。告诉你们，我看见过灵魂，灵魂就像一根水草，它在水中漂来漂去，不断长大，不断膨胀，它像鱼一样滑，没办法控制它，一点办法也没有。大家问他在哪里见到过灵魂。步年说：我当年住在天柱的时候见到过灵魂，后来不相信我见到过，现在想来我真的见到过。我住在天柱的时候，见到了冯友灿的灵魂，见到了当时很多"四类分子"的灵魂。在村子里"四类分子"很老实，但他们的灵魂一点也不老实。告诉你们，他们的灵魂就像一条蛇，如果惊动它，它就会咬你一口。步年说完就露出奇怪的笑容。大家觉得步年的话都是昏话，怀疑步年变得不正常了。这段日子以来，步年没有什么热情，像老和尚一样清心寡欲，对游乐场的比赛也不上心（这令大家认为赢得比赛的机会大大增加了）。但当步年知道小荷花醒来后，精神就振作了起来，就好像一个病入膏肓的人突然成了一个运动健将。步年含着眼泪四处求人帮他找小荷花，他说：小荷花吃了那么多苦，醒来不容易啊，我一定要找到她啊。步年许诺，如果有人找到小荷花，他会重金酬谢。但光明镇的人就是找不到小荷花，步年骑着马儿去天柱找，也没有像往日那样一找就找着。面对着天柱的蝴蝶、蜻蜓、螳螂、石蝇等昆虫，步年怀疑小荷花变成了其中的一只。步年说：小荷花，我是你丈夫啊，我们回去吧。那些虫子对步年的叫喊声无动于衷。

步年从天柱回来，碰到花大娘。如前所述，花大娘曾预言小荷花得病是因为灵魂出窍，花大娘见到步年后神秘地说：我早说过，小荷花的灵魂在天柱飞，我早说过的。现在小荷花灵魂回来了。步年，这都是你烧香烧出来的呀，步年，你如果想找到小荷花，你还得去庙里烧几炷香呀。步年说：花大娘，你还不知道我的心思吗？小荷花与我是患难夫妻，只要她能好，我什么都愿意做。步年就跟着花大娘去庙里烧了香，并且捐给庙里一万元钱。

3

步年派人到处找小荷花，连小荷花的影子都没有找到。传说很多，光明镇的人都说，这几天老是有一只蝴蝶在他们的身边绕来绕去，他们相信那只蝴蝶似乎同小荷花有某种关系。这几天，光明镇还出了几件事。一件是镇里美容院突然遭袭。当时，老金法正在接受美容院的一位小姐按摩，美容院的玻璃窗突然被人砸了。美容院的人当即追出去，但他们没有找到肇事者，只看到一只蝴蝶优美地飞向天空。另一件事是游乐场外的大棚和那只笼子突然起火。当时大棚里的演出正进入高潮，台上跳舞的女演员准备揭去她们身上最后一点遮挡，大棚突然起火，演员顾不得穿衣服就和观众从大棚里逃了出来。他们从大棚里逃出来时看到一只蝴蝶在天空打转。人们把光明镇发生的一系列事件都按到小荷花头上。他们一致认为小荷花醒过来后变疯了。瞧瞧她干出的那些事情，她一定变成了可怕的疯子。

一天，小香香跑来对步年说，她在河边见到了小荷花。她说，她开始以为自己在照镜子，那人同她一模一样，后来才想到原来是小荷花。步年赶到河边，没有小荷花的影子。别人还见到一只蝴蝶，步年连蝴蝶都没见到。守仁怒气冲冲地向步年走来。如前所述，守仁的右手莫名其妙地痛了起来，虽然他去庙里烧了几回香缓解了痛楚，但没多久，疼痛又恢复了，再去烧香也没有用了。每次疼起来，守仁都得在地上打滚。守仁去医院要求把他的右手割掉。医生认为守仁的右手没有毛病，毛病在守仁的心里。守仁还是坚决要求割掉。这样守仁只有一只手了。因为只有一只手，走路的姿态有点不平衡，他一颠一颠地来到步年面前说：一定是小荷花捣鬼，一定是。步年急问：怎么回事？守仁说：每天晚上，有人在我的院子里敲那辆破拖拉机，咣咣咣的，弄得我睡不好觉。你知道的，我过去做过很多坏事，小荷花是在报复我呀，我已被她弄得四天四夜没睡了，这都是报应呀。步年跟着守仁去他家却并没有发现小荷花的蛛丝马迹。

步年一直没有找到小荷花，关于小荷花的消息却源源不断，花样翻新。步青在镇里宣称，有天夜里有个女人拿着刀子差点杀了他。甚至连那个与世无争只知道钓鱼的常华也受到了骚扰。有一天，常华在钓鱼时打了个盹，当他醒来时，手中的钓竿已折成三段，钓线和钓钩不翼而飞。常华想了半天也想不明白这是为什么。他抬头看看天空，只看到一只蝴蝶在半空中孤单地飞行。

步年因为寻找小荷花，没时间休息，感到很累。一天，他实在太累了，回到家就睡觉。一会儿，鼾声像密集的雷声一样在房间里滚动，步年进入深邃的梦境之中。在梦中，他见到一个巨大的黑影从窗口钻了进来，就像一片乌云从天而降，黑影站在步年前面，小心地抚摸步年发福的身体，黑影的眼神有某种陌生的不安。步年还梦见那黑影手中拿着一把刀子，害怕黑影的刀子刺下来，猛地醒了过来，像一根弹簧那样从床上弹起，睁开眼发现站在他床前的黑影是小荷花。见步年醒过来，小荷花拔腿就跑。步年叫道：小荷花，你别跑啊，我是步年啊。

光明镇的人看到两个人在开放大道上追逐，后面那个人虽然大腹便便，但也跑得飞快，不过没有前面那个跑得快。光明镇的人不知道这两个人是谁，他们跑得实在太快，人们的视觉无法辨别他们的模样和性别。人们还以为是谁找到了比马跑得更快的办法，这是在训练呢。一会儿，人们这才认出原来是步年在追小荷花。他们找了这么久，找遍了光明镇的每一个角落没找到她，不知道她是从哪里变出来的。步年已跑得气喘吁吁，他对光明镇的人说：你们帮帮忙，你们帮帮忙，帮我抓住小荷花。她受惊了啊，她手里拿着刀子啊，再这样下去要出人命的呀。光明镇的人经步年这么一说，觉得有道理，出了人命可不是好玩的，于是他们分头行动，堵住开放大道上所有的通道。

最后，小荷花终于被大家围了起来。小荷花的双眼看上去是多么狂野，就好像她昏迷了几十年，醒来后成了一只狮子。大家或多或少有点奇怪，想当年小荷花虽然疯疯癫癫，闹出桃色新闻，但放火的事她是不会干的。他们猜想这也许同她受惊有关。怎么会不受惊呢，一觉醒来，这个地方完全变了样子，连生活也变了，怎么会不受惊？因为小荷花手中拿着把锋利的刀子，光明镇的人都不敢太靠近小荷花。后来还是步年从人群中走出来，向圈子中间走去。步年怕再不抓住小荷花，小荷花会变成一只蝴蝶（就像人们描述的）或一缕烟那样从人群的包围圈中飞走。步年靠近小荷花时显得很小心，迈一步只有五厘米。步年很紧张，害怕小荷花的刀子劈向他。就在步年五厘米，五厘米向小荷花靠近，不知道何年何月才能抵达小荷花时，小荷花却掷掉了刀子，扑向步年。

步年紧紧抱住了小荷花，担心小荷花再次逃走，他对光明镇的人说：快，快拿绳子来。有人就近找了一根绳子，递给步年。小荷花在拼命挣扎，还骂出非常难听的话。她骂：我不是破鞋，你们他娘的才是破鞋。步年从口袋里拿出一块手帕，堵住小荷花的嘴。一会儿，小荷花就被步年捆了个结实。

步年把小荷花弄到家里，光明镇的人都跟了去，步年不允许他们进入他家，大家只好站在屋外看热闹，有的人偷偷爬到步年家的窗子上面看。

步年把小荷花放到床上，他发现小荷花的眼睛非常陌生，从那眼神里他读出了小荷花深深的惊恐。步年想，小荷花一定想说话，步年把小荷花嘴上塞着的毛巾给了出来。步年说：小荷花，你安静一些，你没事的，我会慢慢告诉你发生了什么事的。小荷花根本听不进步年的话，只顾自己喋喋不休。她一定是想用说话来摆脱她的疑惑和恐惧。她说得杂乱无章，开始步年根本听不懂，后来步年终于弄懂了意思。她的话大意是这样的：她感到很奇怪，她睡了一觉，醒来后世界变成了这个样子，原来细小的石子路变成了像电线杆那样直的水泥路，原来低矮的房屋变成了像云一样高的大楼，原来虫子都在天柱，现在虫子像秋天的落叶一样飞扬在村子的上空。让小荷花奇怪的地方太多了。那个游乐场所发生的一切，也让她百思不解。她看到人们和马儿赛跑时，不知道他们在搞什么名堂。更让她奇怪的是现在这里的人们养着各种奇怪的动物，有人养了松鼠，有人养着狐狸，还有人养着兔子，许多人养着各式各样的鸟。他们好像不是因为想吃它们的肉或者观赏才饲养的。人们还用惊人的耐心教它们种种关于人类的生活方式及智慧。让小荷花吃惊的是，有一天，她听到这些动物竟能开口说话，它们见到她就叫"小荷花、小荷花"。起初，小荷花不知道是谁在叫她，正想拔腿逃跑时，发现那声音是从一只可爱的松鼠的嘴里传出来的。小荷花喃喃自语：多么奇怪啊，我睡了一觉，醒来后，能听得懂松鼠的话了。

步年想，小荷花睡了二十多年，猛然醒，眼前都是陌生的事物，一定是受惊了。谁碰到这种事都要受惊的。你瞧她说的话，多么令人伤心。她神志不清啊，她竟说那些动物被人训练得都会说话了，这是多么荒唐的说法，她在说胡话呀。步年不禁流下泪来。他想，在光明镇吃苦头吃得最多的就数小荷花了，我没让她过上一天好日子。步年跑到镇医院，请医生给小荷花打了一针镇静剂。

小荷花睡了两天才醒过来。她睁开眼睛，就看到了步年。她迅速地闭上眼睛，然后像一个婴儿一样无助地哭了起来。她边哭边说：步年啊，究竟发生了什么事，我怕啊。

4

如前所述，没抓住小荷花时，光明镇出了一些怪事，发廊等场所遭受到莫名的攻击和破坏。光明镇的人一致认为是小荷花所为。当小荷花被抓获时，光明镇的人都松了一口气，想，这下麻烦事就不会再出现了。

可没几天，这些事再度发生。有几家发廊又被人砸了；大棚再次起火；有一家叫东洋之花的桑拿浴室有一天管子里的水统统变成冷水，使得每个浴客不同程度患上了感冒。更为严重的是，光明镇的南边通知栏上又出现了大字报，大字报字体歪歪斜斜，内容很吓人，说那些追求资产阶级生活方式的人会受无产阶级专政的强有力的打击。虽然大字报字体同小荷花的笔迹不同，但光明镇的人还是认为这一切都是疯女人小荷花所为。小荷花的行为惹了众怒，大家在忍了几天以后，纷纷聚集到步年的家门口，要求步年把小荷花送进疯人院，不能让她再危害社会。大家的要求也得到镇长冯小虎的同情，他也认为小荷花生活在光明镇是不合适的，应该送她去疯人院。

步年对近日镇里发生的一系列事件感到百思不解。因为小荷花醒来后一直非常无助、非常软弱，她是不可能去干那些事的。况且，这几天步年一直在对小荷花讲她昏过去的二十多年间发生的事情。步年逆时间而上，渐渐向小荷花昏睡的那年逼近。如果镇里人不闹，步年可以把小荷花讲到她母亲的子宫里去。

冯小虎代表全镇要求把小荷花送进疯人院，步年坚决反对。步年说：我知道疯人院，在疯人院里医生不把病人当人看待，进疯人院的话小荷花还不如成为一匹马。冯镇长，我不是不给你面子，你就是打死我，我也不会送小荷花进疯人院的。

冯小虎没办法，说：步年，小荷花去不去疯人院是你的事，但你要管好小荷花，不能再让她危害社会。冯步年说：好的，冯镇长。这几天小荷花没出过门，一直在家里。那些事为什么一定是小荷花干的呢？为什么不会是镇里面对你心怀不满的人干的呢？

光明镇的怪事并没有消失，这些怪事就像某种流行病在镇里扩散。光明镇的人都愤怒了，他们把步年家团团围住，要步年交出疯女人小荷花，这一次他们铁定了心要把小荷花送进城里的疯人院。他们对步年说：再不把小荷花交出来，我们就冲进来了。步年不肯就范，把小荷花背了起来，想，如果他们冲进来，那他就带小荷花骑马逃到天柱去。光明镇的人在警告步年三次后，推开步年家的门，一起往屋里涌，好像他们是劫富济贫的起义军。步年骑上马，飞向天柱。光明镇的人没抓住小荷花。

光明镇的人再次见到步年和小荷花是二十天之后。步年和小荷花骑着马从天柱回来啦。小荷花一路上还唱着快乐的歌呢：公社好比常青藤，社员都是那向阳的花。步年脸上的忧伤一扫而光，笑得无比灿烂。光明镇的人不知道他们在天柱的这二十天中发生了什么事，从步年的表情看，他们猜测小荷花的病一定好了。大伙儿发现小荷花确实平静了，只是变成了一个活宝，一个十三点。每天晚上，步年家里总是传出哇啦哇啦的叫声，那是小荷花的叫声。他们就问小荷花，她每晚在叫什么。小荷花的脸红了，一会儿，她对他们说起她和步年在天柱的生活，说她和步年在天柱赤身裸体洗澡，说她总是

哇哇大叫，说她在天柱见到"四类分子"的灵魂，他们偷看
她和步年上床。大家听了都哈哈大笑。小荷花还一惊一乍告
诉他们，现在她能听懂动物的话，她说他们驯养的狗啊兔啊
狐狸啊麻雀啊都会说人话了。从各方面看，光明镇的人断定
小荷花的脑子依旧有问题。

孩子们见小荷花总是说些莫名其妙的话，觉得很有趣。
他们放学后就跟在小荷花背后，逗小荷花，希望小荷花说些
傻乎乎的、刺激性的话。他们听了后就唱顺口溜：

> 小荷花，真能睡
> 一睡睡了二十年
> 醒来变成十三点

小荷花听了这顺口溜，一点也不生气。

步年还是像从前那样一天到晚说红尘多可笑、世事很无
聊的话，嘲笑光明镇每一个人。光明镇的人正在为想出比马
儿跑得更快的办法而绞尽脑汁。有人在设计飞行装置，有人
在训练鸟儿做算术（计算速度），有人在制作一个大气球并把
虫子放到气球中（这样气球借着虫子的力量就会飞起来）。步
年阴阳怪气的话把大家给惹火了，他们质问他：那你说说什
么是有意思的？步年的脸上露出讳莫如深的笑容。

步年告诉他们，现在他最推崇的人就是那个整天坐在江
边钓鱼的常华。他们骂步年：你他娘的有毛病，常华把你打成
一匹马，把你的马抢走，到头来你竟还推崇他，你一定有毛

病。步年认为他们是庸人，笑一笑并不反驳。有一天，步年真
的去江边和常华聊天去了。常华不清楚步年为何而来，眼神
警觉。步年想同常华探讨一下人生哲学。步年媚笑着在常华
身边坐下来，但常华只看着钓钩，目不斜视。冷场了好一会
儿，步年才讷讷地问：常华……支书，你对当前的形势有什么
看法？常华咬了咬牙，恶狠狠地说：所有的人都应该去坐牢。
你瞧瞧，现在什么样的鸟事都有，乌七八糟，乌七八糟，一个
个都不是好鸟，统统都应该关到牢里去。常华的回答让步年
吓了一跳。他像弹簧一样从地上弹了起来，仓皇逃遁。步年
想，看来他推崇常华是个错误，常华也是可笑红尘无聊世事
中的一分子。

　　大家认为步年变得虚无的原因是吃的苦太多。步年苦了
一辈子，老了还要守着一个脑子有问题的女人怎能没有人生
感慨。虚无主义往往是生活坎坷引发的。但这是镇民们的看
法，步年不这么认为。自小荷花醒来后，步年感到很满足，好
像从此找到了人生的真谛，来到了一个崭新的世界。他们问
他为什么这样满足。他说：我怎么会不满足！从前，我如果买
来两只包子，我一转身，小荷花就抢着把包子吃啦，现在，我
如果买两只包子，小荷花就舍不得吃，会让给我吃。步年说
着，脸上露出无限幸福的表情。

第十七章 和马儿一起飞翔

1

　　这段日子，步年为了照顾小荷花，关闭了游乐场。光明镇的人因此感到非常失落，长期浸淫在某种疯狂气氛中，一旦过平淡的日子总归有点不适应。那笔奖金数额因为游乐场的停运而不再公布，这让一早就聚集在这里的人们感到十分无聊。往日，光明镇的人在这个地方谈得最多的就是这笔奖金，现在大家感到没有什么谈资。光明镇的人盼望步年早一点重操旧业，给大家带来快乐和刺激。为了打发这段无聊的日子，光明镇的人把所有的精力放在发明新的比马儿跑得更快的方法上了。

　　光明镇的人过分地乐观了，步年其实已下定决心不再开张游乐场，他早想关张了，一直没找到机会，现在他终于有了一个借口：他要照顾小荷花。他不会说不搞游乐场了，但他会让游乐场永远关闭下去。这几天，步年游来荡去在散布他那套红尘可笑之类的谬论，似乎早已忘了他还有一个游乐场。又过了一段日子，光明镇的人察觉了步年的企图，这让他们非常着急。光明镇的人不断地向步年暗示他应该马上恢复游乐场的比赛，步年装糊涂，没有重开游乐场的意思。大家忍了几个星期，忍无可忍，就召集了一批人，聚集在步年家门口，要求游乐场马上开张。

有一些精明的人，认为步年不开游乐场是想独吞那笔令人眼馋的奖金。如果步年不再开业，那笔奖金理所当然属于步年了。考虑到冯小虎镇长和步年是一伙的，那些人认为同镇政府说这个事没有用，他们就告到城里去了。他们要求上级有关部门过问这件事，使游乐场早点开业。他们在给上级有关部门的信中这样说：奖金是大家的奖金，不能让步年独占；游乐场是大家的游乐场，不能关闭。

对于这个游乐场，上级也有耳闻，上级很清楚这个游乐场实际上是变相赌博的场所，早应该关闭，只是光明镇山高路远，影响不大，上级没过问这个事。现在有人写信来告状，上级就不得不管了。如果有人告了再不去管，那就是失职。上级把冯小虎镇长叫了去，狠狠地训斥了他一通，要他严肃处理这个事情，妥当解决那笔奖金。

冯小虎镇长从城里回来，就对光明镇的人破口大骂。冯小虎说：好啊，你们他娘的有事不找我，竟告到城里去。你们什么目的？你们是不是想整我？谁在背后搞我，我很清楚，你们当心点。你们以为告到上级那儿，上级就会下命令重开游乐场？你们想得美！现在，我宣布，游乐场正式关闭！

冯小虎镇长的决定在光明镇引起哗然，大家对关闭游乐场这件事怎么也想不通，大家为了得到那笔奖金已经付出太多了。有人为了设计永远运动的，像声音和光一样快的机器而翻阅了大量的科学资料，他们原本识不了几个字，现在在速度这个领域成了专家。他们的视力因此急剧下降，有的眼睛近视，有的眼睛老花，满头的黑发变成了白发。有人为了驯养出像人一样聪明的动物，整天和动物同吃同住，付出的代价是身上常年散发着动物的粪便味。现在说不跑就不跑了，这意味着他们的努力统统付之东流了。他们岂能甘心，就闹到镇长冯小虎那儿，坚决要求冯小虎重开游乐场。冯小虎骂闹事的人：你们闹什么闹，都是你们自己告出来的，找我没用。

不久，光明镇贴出一张告示。告示的内容如下：

关于关闭游乐场的通告

为促进社会主义精神文明，抵制不良社会风气，接上级通知精神，本派出所勒令业主冯步年在规定期限内关闭游乐场，立即取消与马儿赛跑的各项活动。考虑到用于赛跑的奖金来自于各参赛者的参赛费，因此如何处置这笔费用将听取镇民的意见再做决定。如果镇民意见不能统一，将全数捐给希望工程。

这个通告一出，光明镇的人普遍感到绝望。这是政府的决断而不是步年的主意，大家一点办法也没有。关于如何分配那笔奖金，光明镇的人不主张平分，如果平分每家也分不到几个钱。光明镇的人现在赌性比较大，有人主张发彩票兑奖，谁兑中就归谁；有人主张抓阄；有人主张打扑克比输赢……最后大家几乎一致想到了一个方案：再给镇民一个机会，让他们再和马比一次。想参加的人都来参加，让他们把看家的本领使出来。若谁赢了，算他运气好，奖金全归他；如果没人跑得比马快，那就把钱捐掉。冯小虎带着这个方案征求了镇民的意见，镇民认为这个方案可以接受。

经过讨论，最后的比赛定在一个月后的清晨进行。光明镇所有人期待着那场注定宏大的激动人心的比赛。

2

在此必须赞美人类伟大的创造力。在一个月后那个既定日子的催逼下，光明镇的人加快了一直在从事的创造性工作。

如前所述，有人制作了一个巨大的气球，并且把虫子放到气球里，以便气球带着人能够像虫子那样快速飞翔。干这事的人是冯友灿。冯友灿一直是个有点子的人，当年他的灵魂在天柱飞时就数他主意最多。现在，冯友灿已经捉了两万只虫子了，虫子整天在气球里嗡嗡叫，声音就像天上的飞机发出来似的，甚至比飞机轰鸣声还要响。飞机轰鸣声称不上美妙，有时候大到能震碎玻璃门窗，应该算是噪音。但是不是噪音却因人而异，有人认为电视上外国人一大帮人围在一起弄出的音乐不是噪音，半夜狗叫才是噪音，可有人也许会反过来认为狗叫是音乐，外国人奏出的音乐是噪音。因此，以下关于冯友灿感受的叙述用不着奇怪，冯友灿认为这些比飞机轰鸣声更猛烈虫子的叫声就像世上最美好的仙乐。自从冯友灿有了这个创意后，他养成了一个习惯，就是不听着虫子单调的叫声不能入睡。因此，他只好在这个巨大的气球下搭了一张床。他在这张床上睡的时间也不算多，因为他需要捉虫子，他相信，只要他捉到十万只虫子，那么他的气球就会飞得像飞机那么快，那笔可爱的奖金就属于他了。他想，与其说这笔钱是奖给他的，还不如说是奖给他伟大的发明。

如前所述，有几个人正在发明像声音或光一样快的机器，并且他们为此阅读了大堆的资料，其中一个是步青。步青曾让小香香和马儿比赛过一次。他想起多年前，光明村在月光下搞运动会，步年的女儿曾在马前面飞，比马儿跑得更快。既然步年认定小香香是他死去的女儿，也许这是真的呢？他就让小香香和马儿跑了一次。结果令步青失望，小香香输得很惨，步青差点抽小香香两个耳光。现在，步青又发明了一种比马儿更快的装置，步青把装置放在镇政府他的办公室。新的规则可以用装置（但不能用发动机）代替人和马儿赛跑后，步青就一门心思研制这个装置了。为此，他跑了六十六趟城，买了六千六百六十六本关于速度的书，开始废寝忘食地学习。步青过去曾受常华指派去城里学习马列主义毛泽东思想，回来的时候，口袋里插了两支钢笔，现在步青不但口袋里插，连耳朵上也插，身上至少有四支钢笔。如果说插两支笔像个知识分子，插四支就变成了一个匠人。镇里人见到步青不断地把一些诸如钢材、木料、钉子等材料搬进镇政府的办公室里。关于他的装置，在此作一个简介（实际上文字无法穷尽其中的奥妙）：本装置的基本原理来自于人们熟悉的弹弓，只是步青的装置不像弹弓那么简陋。步青的装置由无数把暗藏着的弹弓组成，这些弹弓能把人快速地弹离地面，并在空中不停地弹，使速度达到音速，进而达到光速。现在步青的头脑中装满了宇宙知识，如果你问他什么是宇宙第一速度、宇宙第二速度他会马上告诉你。步青对这个工作投入了异乎寻常的热情，很多个晚上，步青没回家睡觉。步青的妻子小香香，以为自己的丈夫去寻花问柳了，就到光明镇的舞厅、发廊、酒吧、浴室找，她几乎找遍了所有她认为下流的地方，都没有步青的影子。最后，她找到镇政府。由于步青制作这个装置一直处在秘密状态中（他怕有人把他的技术偷走），所以他没有把这件事告诉小香香。现在小香香闯了进来，他必须如实以告。他激动地对小香香说：我已找到了比马儿跑得更快的办法，这意味着什么你知道吗？这意味着我们能得到那笔钱，意味着我们发财了。你不是老是说我没本事让你过上富裕的生活吗？你看着吧，等到那天，那笔钱就是我们的了。小香香的眼睛亮了起来，她看到步青办公室的装置，又看到步青脸上近乎疯狂的自信表情，她相信步青真的想出了比马儿跑得更快的办法。于是步青在小香香的眼里变得高大起来，变成了一个英雄。她温柔而热烈地一把抱住了步青，这次性爱对他们来说是前所未有的，空前绝后的，比他们刚结婚时还要好，他们几乎在性爱中飞到了九霄云外。就是从这天起，小香香每晚到步青的办公室里来过夜。小香香一般不打扰步青，而是在一旁静静观看。步青疲劳了，就和小香香做爱。有时候，他们做爱做到一半，步青突然有了新的想法，他马上从小香香身上爬下来，去制作他的装置，害得小香香总感到自己的身体像被人掏空了似的。小香香对步青一点怨言也没有，相反，她有一种度蜜月的甜蜜感。小香香相信步青一定能在这段日子解决装置存在着的几个难题。

在光明镇另一个致力于速度研究的人是瞎子水明。水明读不了书，因为他看不见。但这难不倒他，他出钱雇了一个孩子给他念书。如前所述，水明是个聪明绝顶的家伙，他马上从众多书籍所揭示的科学原理中综合出一个他自以为的真理，他称为瞎子第一定律。水明断定镜子中蕴藏着无穷的能量，因为大量事实证明，镜子能够把火柴点燃，能够把水烧开，甚至还能发电。这些，瞎子水明虽无法亲见，但书上都是这么说的。水明知道凡包含巨大能量的物质都可能产生惊人的速度。水明要做的工作是开发利用镜子的能量，让镜子飞起来带着他飞翔。人们看到瞎子水明成天围着一面巨大的镜子打转，不知他在干什么。大家就笑话他：水明，你他娘的又看不见，成天在镜子面前臭美，你在给谁看。水明不屑对这些庸人多说，依然头朝天思考着开发镜子中巨大能量的办法。

光明镇的大部分人则把目光投向了动物。其中守仁又养了两只兔子，当然这回不是长毛兔而是肉兔，守仁认为肉兔的肌肉更加发达，因而可能跑得更快。另有人养了狗、猪和狐狸等，一部分则驯养了一批飞鸟。在他们的精心训练下，这些动物变得很聪明，其中狗、猪和狐狸等都学会了哭、笑，还学会了和人说再见，飞鸟则学会了唱歌，有一只鸟能唱国歌。光明镇的各家各户还备了酒肉，烧了纸钱，祭祀祖先，他们希望祖先在天之灵能助他们一臂之力。总之，光明镇有志于和马一比高下的人都在做着充分的准备，他们等待着那个激动人心的日子的到来。

3

大家期待已久的比赛终于到来了。这天清晨，光明镇所有的人都早早起了床，参加比赛的人在游乐场里做最后的准备工作，看热闹的人也提前来到游乐场以便抢占有利地形观看。这天清晨光明镇成了一座空城，照例说这是个小偷作案的大好时机，但可以肯定地说这天不会有一个小偷作案，因为观看这个盛大的比赛显然比什么都重要。所有的热闹都集中在游乐场的沙滩上了。本来，那个大棚搭在游乐场的外面，这天，大棚的演员们也不想做生意了，都挤到游乐场里来看热闹。他们不但看热闹，他们还准备给这个盛大的比赛增添一点气氛。乐手拿来了乐器，站在起跑线边高声吹奏，奏出来的音乐很好听，一问才知道是一个叫贝多芬的外国聋子写的曲子，名为《欢乐颂》。而那些女演员穿着三点式，在沙滩上为大家免费演出，算是在紧张的比赛来临之前给人们放松一下。问题是男人们大都在忙比赛，而女人们对女演员的身体没多少兴趣，有的对她们的表演还不以为然。女人们倒是对那些卖力吹奏的男艺人很来电，认为他们吹得不错，特别是吹奏时他们脖子上露出一根根可爱的青筋，令她们涌出去摸一摸的愿望。越来越多的虫子向沙滩上空聚集，它们一定也有像人类一样的好奇心。

那些准备比赛的男人都搬来了他们的家伙，或带来了他们的动物和飞鸟。友灿气球里的虫子发出震天动地的声音，几乎把大棚艺术家的吹奏声掩盖过去。瞎子水明背着一面巨大的镜子，镜子在阳光下闪闪发光，他准备把自己吊到那镜子上面。瞎子水明吊好后，那镜子就像长在他身上的一对翅膀。步青的装置早早地安放在起跑线上，他的装置被漆成了红色，在阳光下发出逼人眼目的梦幻光泽。猪儿在叫，狗儿在吠，狐狸藏着狡猾的尾巴，松鼠不停地扫着警惕的目光，那些鸟儿则像是在争论某个让人类困惑不解的问题，它们的样子不像是来参加一场赛跑比赛，而是来参加中央电视台的一场辩论赛，看上去一个个都想做最佳辩手。这时，步年牵着他的白马出场，引起一阵骚动。今天，马儿看上去比往日更加洁白，更加令人敬畏，马眼看上去似乎有某种悲悯之色。这种眼神让那些比赛选手不舒服，他们把马儿的眼神理解为对他们的蔑视，选手们的内心顿时涌出一种不胜马儿誓不罢休的气概。值得一提的是小荷花也来了，跟在步年身后，神情看上去同马儿一模一样。光明镇的人在心里骂，做了二十年的马，究竟不一样，你瞧连眼神也和马儿一样。他娘的，她有什么资格小瞧我们。小荷花本来是不想来的，但这天早上，窗口栖息着一只鸟，向她叽叽喳喳地叫个不停。她听明白了鸟儿的话，鸟儿说：去呀，去呀，小荷花，难得一见的盛况呀，你不去会后悔的呀。小荷花不为所动。鸟儿继续说：去呀，去呀，小荷花，如果有心愿你就应该去呀，镇里的人和我们动物都是去实现自己的心愿的呀。这句话让小荷花动了心，决定去现场一睹盛况。步年今天很高兴，他终于可以把游乐场关闭了，终于解脱了。那些大棚艺术家依然卖力地演奏着《欢乐颂》，头上聚集的虫子越来越多，如果刚才把聚集在头上的虫子比喻成一小块乌云，现在则可以用黑云压城来形容。

比赛的时候到了，参赛的人、装置、动物和鸟各就各位，就等步年的发令枪响。步年感到这天天象有异，他看到有很多灵魂在空中飞——那是各家各户的祖先，吓了一跳，想，他在天柱见到过灵魂，难道因此有了特异功能，能看到别人看不到的事物？这个时候，站在一旁的小荷花又听到一只鸟儿在叫她，鸟儿说：来呀，来呀，小荷花，你不来赛跑你要后悔的呀，你如果有心愿你就来跑呀，镇里的人和我们动物都是在实现自己的心愿呀。小荷花听了这话又动心了，她挤到马旁边，加入了赛跑的队伍。大家见小荷花这个十三点也要比赛，哈哈大笑。他们认为这样更有意思了。步年也没制止她，想，她想玩就让她玩吧。步年见参赛的人、装置和动物都准备好了，鸣响了发令枪。起跑线上所有的人、装置、动物和鸟以各自的方式向那终点移动。

就在这个时候发生了奇迹，所有的人、装置、动物和鸟都飞起来了。鸟会飞一点都不稀奇，但其他东西能飞就有点奇怪。一会儿，人们就发现了其中的秘密，原来，赛跑的人、装置、动物和鸟向前移动时，像乌云一样笼罩在头顶的虫子突然包围了这些参赛者，它们用爪子抓住这些参赛者，把这些赛跑的人、装置、动物等带上了天空。就这样，大家看到在宏伟的《欢乐颂》乐曲中，这些参赛者腾云驾雾而去。大家看到了冯友灿的气球，他的气球实在太大，有一半露在那片乌云之上。大家还看到背着镜子的瞎子水明，他的镜子太明亮，镜子反射过来的光线刺痛了人们的双眼。关于瞎子水明，有以下补充：比赛刚开始时，瞎子水明背着镜子怎么也飞不起来，他只能跑，但他看不见跑道，所以没有任何方向感，在那里横冲直撞，后来一群虫子围住了他把他带上了天空。在远去的乌云中，大家没有见到马儿和小荷花，马儿和小荷花像是被人群包围起来了。见此情形，看热闹的人都惊呆了，他们刹那间安静了下来，大棚乐手都停止了吹奏，三点式姑娘个个目瞪口呆，身体像僵尸一样在某一刻定了格。

开始的时候，那些人、装置、动物等没意识到自己已远离了大地。一会儿，有人往脚下一看，吓了一跳，河流、山脉、大地竟像图片一样在自己脚下，相当遥远，他们这才意识到自己飞了起来。他们一意识到自己飞起来，顿时失去了飞行能力，纷纷像雨点一样落向大地。就像一场暴雨刚刚过去，天上的乌云不复存在，天空清清爽爽。这时，人们发现唯有马儿和小荷花依旧在天上飞，小荷花已骑在马儿上面，骑马的小荷花像一道雨后的彩虹那样多彩多姿，消失在天柱的上空。

步年看到他们飞离大地，并没感到奇怪，他看到灵魂在其中起了作用。小荷花骑着马儿消失并不让步年着急，他认为小荷花和马儿一定去了天柱，并且会在天柱等着他，他一定能把他们找回来，这点他很有把握。小荷花对天柱的向往就好像人类对天堂的向往，而人类的意志力最终总能达成他们的愿望，哪怕是虚幻地达成。步年向天柱走去。他向东走，那个日渐繁华的小镇像潮水一样从他的身后退去。他指望路上能碰到那些雨点般落下的赛跑选手，但步年没找到一个。步年走啊走，走到一个陌生的地方，仔细辨认，才认出眼前就是天柱。但现在天柱成了一座座光秃秃的山脉，根本没有那种茎部细小、叶子像大象耳朵般大的植物，也没有一草一木，当然也没有了成千上万种昆虫，就好像这里曾投下过一颗核弹，顷刻间一切都灰飞烟灭。步年继续找，他指望在这穷山恶土的皱褶中找到小荷花和马儿。他走啊走，穿着的鞋破了，脚磨出了血，血结成了厚厚的痂。他忍着痛找遍了这片荒芜的土地，其间天柱的天气变化无常，他经历了烈日、飞雪、冰雹、雷电、狂风、大雾、温和的春风拂面的日子，小荷花和马儿一无踪影。步年想，他可能再也找不到小荷花和马儿了。步年的头发变得像柳树那样长，胡子像倒挂在树上的狼尾巴。步年准备回镇子里去，但同样令他困惑的是他再也走不进那个镇子，就好像那个镇子在地球上消失了，就好像步年进入了另一个时空。步年显然不甘心，他一直向西走，走啊走，现在他脚上的痂变得像车子轮胎那样厚了，即使地上有最尖利的刺或锋利的刀子也奈何不了他的脚。天气还是那样变化无

常，他又经历了烈日、飞雪、冰雹、雷电、狂风、大雾和春风
拂面的温和的日子，那个小镇一直没有出现。他的头发变得
像飞瀑那样长，胡子则像杨柳那样随风飘荡，连眉毛也变长
了，就像鸟的翅膀那样凌空欲飞。步年看上去像这块荒凉土
地上唯一的植物。这个形象步年是从水中看到的，当他从湖
水中看到自己时，突然感到非常疲劳，打了个哈欠睡了过去。
不知睡了多少天，他醒了过来。太阳平静地照在他的身上，周
围贫瘠的泥土被太阳照得非常温暖，远处的湖水倒映着蓝天
白云。步年突然感到肚子饿了，他爬了起来，想，我不能饿
死，这里有太阳，有水，还有土地及土地下埋藏着的故事，只
要劳作，我就能有粮食，粮食可以做面包、美酒以及各种名目
繁多的小吃。我将把我的门敞开，等待我的爱人和远道而来
的客人。我们的生活总是这样开始的。

1999 年 1 月—2000 年 2 月初稿

2001 年 1 月—2001 年 3 月改定

2009 年 7 月—2009 年 8 月修订

2016 年 6 月—2016 年 7 月再次修订

附录

首发责任编辑手记：
命运是件很神奇的事

林宋瑜

　　回顾自己的编辑生涯，许多作家与我的缘分是从他们还是默默无闻时开始的。编辑遇到大作家时，容易把头低到尘埃里，这点我很难做到。人际关系上，我往往是对事不对人，所以在编辑这件事上，也只看作品不看人。加上脸皮薄，不容易去求人，所以如果需要去抢稿，我是百分之百抢不到的，因为我会主动放弃"抢"这件事。说到底，是脆弱的自尊心，还有旧文人的清高嘛。

　　那么，作为一个编辑，如何开拓自己的稿源？二十世纪八九十年代的《花城》，在中国文坛影响力还是很大的，所以稿源一事，也没有什么危机感。还有大量的自由来稿长期积压，编辑们几乎没时间去翻一翻。1996 年，我在《花城》杂志已经做了五年编辑了，算是有点资历，也积累了不少作者资源。就算懒散一点，两月一期的稿子，还是随便可以组得到。只是这样的工作状态我会觉得没意思。而对于源源不断的自由来稿，我也习惯性地隔段时间专门翻阅，绝大部分是做退稿处理。因为我自己就是个文学青年，十几岁就向刊物投稿，那种期待的心情可以理解。一块小石头扔进水里，也要有点涟漪才行。正因此，一些尚无名声的作家作品在自由来稿里与我不期而遇了。艾伟便是其中一位。

艾伟这个名字其实很普通，所以作者凭这个名字并不能给编辑留下深刻印象。但他那篇小说的题目《少年杨淇佩着刀》，却吸引了我。这个标题太有视觉感太有悬念了，也让我非常好奇：名叫杨淇的少年，为何佩着刀？他要干吗？发生了什么事？因此，我就一口气读了这篇小说。细节我已想不起来了，但是记得杨淇是个乡村少年，小说好像与青春期有点关系。还有小说里的那种氛围，有点灰黯，有点忧伤，有点人性方面的探索。总之，我当时觉得这是一个有意思的作品，就热情洋溢地推荐了，送审了。然后就被刊用了。这样，我就要写信通知艾伟了。关于这件事，我偶然看到《钱江晚报》一篇文章《作家艾伟搬家记》① 上写到这么一段："有一天，艾伟翻看一堆旧杂志，从里面掉出当时《花城》编辑林宋瑜1996年写给他的一封信，内容非常简单，'她通知我，我的处女作《少年杨淇佩着刀》将发表于当年的《花城》第六期。我那时候和文学界没有任何联系，这篇作品是林宋瑜从自由投稿中挑出来的。后来我的长篇处女作《越野赛跑》也是她编发的。'"这封简单的信件，艾伟保存了20年，可见这件事对他来说也是重要的。

然后我与艾伟开始了作家与编辑的联系。印象中艾伟不是侃侃而谈的人，往来信件都很简约，只谈稿件。寄信是寄宁

① 张唯、王湛，《作家艾伟搬家记》，《钱江晚报》，2015年9月16日星期三 A0017 版。

波他的家庭地址，我不清楚他做什么工作。后来他去了宁波的文学刊物《文学港》做编辑，不知是否因为开始发表作品的缘故。有一次，他来信说，他正在写一部长篇小说。他还从未写过长篇，但他想试试看。我当然关注他的第一部长篇，所以也为他高兴，说写完发来给我吧。这就是《越野赛跑》。

读《越野赛跑》留给我至今的印象，就是山林幽谷中一匹神奇的白马在狂奔，有寓言的深刻隐喻，又有童话般的天真神秘。用文学语言阐释，是南美魔幻现实主义风格的，又散发出卡尔维诺味道的。一匹小白马闯进一个小村庄，村庄的空中还有游荡的鬼魂，有许多奇怪的昆虫，疯长的植物……然后引出许多现实中的故事。艾伟反复讲述："我们村的人……""我们镇的人……"好像这故事不是他写的，是一群人讲的。这种叙述方式让我感到新奇。故事的背景从解放初期到热火朝天的"文革"时期，再到后来的经济改革开放年代，时间跨度很大。时间在变，环境在变，人的命运也在变。总之，既奇幻又现实；既平实又弥漫着诗意。艾伟出手不凡，第一部长篇小说就营造了如此迷人、耐人寻味的文学世界。所以，评论家、当时的人民文学出版社总编辑聂震宁先生评价："艾伟采取平静而自信、间离而透彻本质的叙述方式，他创造的现实——童话模式的小说世界，他编辑的大量有意味、有实感的小说细节，让我们看到了习以为常的生活中令人惊骇的深处。《越野赛跑》不仅是艾伟至今最好的小说作品，也堪称近几年来我国当代长篇小说新作中的优秀之作。"①《越野赛跑》迄今仍被认为是艾伟最好的作品之一，也当之无愧地成为艾伟的长篇成名作。并获全国大红鹰文学奖特等奖、浙江作家协会2000年—2002年优秀文学作品奖、宁波文学艺术创作奖等，艾伟的创作显示出敏锐的艺术感知力和较为深邃的审美内蕴，也开始备受文学界关注。他逐步成为有个性、有代表性的实力作家之一。

我与艾伟许多年都是未曾谋面的老朋友。君子之交淡如水。直到2003年，我到浙江参加第10届《小说月报》百花奖颁奖大会。那次是因为我责编作家潘军的中篇小说《合同婚姻》(《花城》2002年第5期；《小说月报》2002年第11期)获《小说月报》第10届百花奖。艾伟从宁波到杭州来看我，还陪我去了绍兴。这是我们第一次见面。因为之前有信件往来，所以没有陌生感。我问他许多如"为何喜欢写作"之类的问题，才知道艾伟原来是理工科出身，成为作家简直是意外。他显然是一个无事乱翻书的理工男，偶然在图书馆里借到马尔克斯的《百年孤独》，只是因为这个书名，他以理工男求真的心理，想知道百年孤独是一种怎样的状态。结果读到一部奇怪的小说，让他心灵受到强烈冲击，而且豁然开朗，小说原来可以这么写。然后他就提起笔来写小说了。

艾伟说："命运是件很神奇的事。"因为艾伟的经历，神奇的事情确实比较多的。斯斯文文的艾伟，创作力旺盛，写了

---

① 《论艾伟小说的叙事维度》，王海铝，《当代文坛》2004年第6期。

许多中长篇，是各大文学期刊重点邀约的作家，而且还有不少被改编为影视作品。我觉得艾伟做什么事都是自自然然，水到渠成。看着他温和的微笑，听着他平缓的语调，人心容易静下来。难以想象他的各种曲折神奇的小说故事是如何冒出来的。如今，又见艾伟在写作之余，书法、绘画也颇有造诣，有中国文人画的意象。与他的小说一样，极有灵性和内涵。所以，尽管我离开《花城》多年，艾伟依然是我乐意交往的一位作家朋友。

期待读到艾伟更多的新作品，更期待有一天看他的书画展！

2016 年 6 月 2 日，广州

轻逸诗人艾伟

汪　政

　　第一次认真阅读艾伟的小说是在 2000 年，那一年我们给《花城》写小说年评，而艾伟的第一部长篇小说《越野赛跑》就首发在这一年的《花城》上，我确实被它那种独特的气质吸引住了，加上当时我们思考与之相关的一些小说诗学方面的问题，所以就觉得特别契合我们的阅读期待。年评中有关《越野赛跑》的文字是这样的："一本正经的叙事退场了，取代它的是闹剧，是假面，是符号的汇聚，是打破了真实、虚拟、性别、文化诸多界限的人神共舞与语言宣泄。"我们认为它表现了一种独特的现实观、历史观："《越野赛跑》从实证的角度讲也是对通行的历史叙事的违规。作家将民间思维、神话思维与人们的非常态思维一并纳入到作品中。作家是不是企图表明这样的观念，客体永远是思维中的客体，因此，神话思维中出现的神话世界、民间思维中出现的传说世界、奇异思维中出现的幻象与我们的日常理性思维呈现的现实景观都应该属于客观世界，缺少了哪样，否定了哪样，都可能带来对客体的损伤。马尔克斯曾说他笔下的魔幻世界在欧洲大陆人看来是幻想的产物，但在拉美，它们是真实的，是现实世界的一部分,《越野赛跑》在对世界的看法以及对这个看法的美学处理,与之非常相近。作品中既有会飞的人,也有通人性的马,尤其是具有象征意义的天柱,就是一个神话的世界。作品中对昆虫的描写极具想象力,所有这一切都统摄于小说的写实风格之中,具象,白描,细腻,毫无夸饰之情。不但作品中的人物与神共舞、与兽同眠习以为常,而且在叙事人的眼中,这一切也是正常的,天经地义的,它们与文化大革命、与粉碎'四人帮'、与改革开放、分田到户、乡镇企业等等紧紧地水乳交融在一起。有意味的就是这样的叙事态度,在这样的叙事态度下,这就是现实之一种。"① 据此,我们认为艾伟是一个快乐的写作者。

但后来接触艾伟的作品多了,才发现艾伟实际上也有沉重而忧伤的一面。艾伟出生于 1966 年,有着那一代作家特有的童年记忆与知识谱系,我发现他对自二十世纪五十年代以来的中国当代史,尤其是"文革"有着执拗的叙事意向。《乡村电影》《家园》《水上的声音》《回故乡之路》《像一只鸟儿》等等都与"文革"有关,政治运动对日常生活以及对人内心的伤害等等在这些作品中得到了细致的表现。艾伟的第二部长篇《爱人同志》也是一部比较沉重的作品。小说描写了一位女学生爱上伤残军人并结为夫妇艰难生活的故事。一开始,鲜花、掌声包围了他们,但随着时势的变化,他们成了一对无人问津的普通人,不要说特殊与荣誉,连最起码的生

---

① 艾伟,《飞翔的小说》,《花城》,2001 年第 4 期。

计都成了问题，他们无力养活自己的孩子，甚至不得不去捡破烂。当然，小说的用意显然不在于表现社会的世态炎凉，也不在于提出某一社会特殊群体的生存问题，而在于剖析人物发生在内部一些紧张的东西。在小说中，人与社会的"战争"最终让位给具有人性意味的这对夫妻间的两个人的"战争"。不仅仅是这些题材的小说，连同《重案调查》《标本》《说话》《绕城三圈》《一起探望》等等，如果分析起来，可能都与一些沉重的话题有关。如果要对艾伟的写作进行表述，人们都会有些犹豫的，当我们遵循自我的感觉时，理应表达快乐，但当借助思想时，可能又会选择沉重。不过，也就在这矛盾之中，我们体会到了艾伟小说诗学的独特所在，他是一个超越了道德羁绊的、追求自由与快乐的小说家，不管他的叙述会把我们的经验与思想导向何方，在本质上，他是一个"轻逸诗人"。

我是从卡尔维诺那里借到这个对艾伟的概括方式的。卡尔维诺郑重地向人们宣布："轻是一种价值而非缺陷。"① 这种价值既是审美的，又是知识的，也就是说，既是文学的一种形态与风格，也是文学探究世界的手段和人类生活的某种状态与愿望，而这两者，往往又是密不可分的。卡尔维诺认为，任何人的写作都有现实的激发，"每个青年作家的诫命都是表现他们自己的时代"，但如果机械地理解这种关系，就不能实现"轻"的价值。卡尔维诺发现："本来可以成为我写作素材的

---

① 本文所引卡尔维诺语均见《千年文学备忘录》，辽宁教育出版社。

生活事实，和我期望我的作品能够具有的那种明快轻松感之间，存在着一条我日益难以跨越的鸿沟。大概只有这个时候，我才意识到世界的沉重、惰性和难解；而这些特性，如果不设法避开定将从一开始便牢固地胶结在作品中。"所以，归根到底，轻逸实际上来自于我们如何处理轻与重的关系，面对重，人将何为？艺术何为？

　　轻逸可以从对对象的选择、对角度的选择中得到，比如对细小、隐秘、不可见的选择等等。我发现艾伟有对儿童视角的偏爱。儿童是一个特殊的社会群体，儿童意味着软弱、无知、经验匮乏、缺乏恒定的价值观，同时也无须承担责任。换句话说，儿童视角有助于拉开与社会实体的距离，回避重大的政治话题。面对同样的现实事件，成人必须正面介入，直接回答，而儿童只能陈述这个事件的表象和与自己的喜乐相关的感受。所以，残忍的迫害在孩子那里只不过是对残疾者的戏弄（《水上的声音》）。孩童不关心成人的政治生活，他只感受这种生活在自己身上的结果以及他与小伙伴关系的改变，他所采取的应对也是合乎孩子天性的、幼稚的，他试图使自己成为英雄以改变自己的境遇，或者通过对战争影片的模仿来解决他所面临的问题（《回故乡之路》）。相比起成人视角，这样的视点显然是通往轻逸的途径。

　　卡尔维诺认为，卢克莱修是一位经由细微和幽暗而有效地"防止物质的沉重压垮我们"的诗人，这样的评价也适用于艾伟。同样是面对残酷的社会政治事件，艾伟常常回避直接的、正面的接触，那些细琐的、幽暗的、不确定的对象成了他展开叙事的依凭。《水上的声音》这个短篇不仅是儿童视角，更有趣的是"梅毒"这个在那个时代消失了的、隐匿的、很难有确解的词语，而且，它与瞎子地主的联系也是想象的、猜测的，因而，所有的叙事也都是探寻性的。当然，最幽暗之处是人的心理世界，因此，将激烈的、沉重的外部行为投入到幽暗的内心洞府，也会化解坚硬与沉重，《标本》《重案调查》等都是这类作品。这两篇作品都是以刑事案件为题材的，《标本》的案情扑朔迷离，叙述头绪纷繁复杂，而场面的展开也光怪陆离。有美丽的女植物学家，有众多神秘的标本采集人，有从精神病院逃逸的患者，还有警察家庭的情爱纠葛和好奇的、充满了窥视欲的山民。但故事的结局却出人意料，女植物学家竟然杀人如麻，竟然是一个从精神病院出逃的、曾经咬死自己丈夫与孩子的"广场综合征"患者。动机，必然性，因果关系，社会症候，一切都被不可理喻的反常精神世界消解了，失去了分量。《重案调查》也是关于两桩凶杀案的侦查，叙述是从不同的调查对象那里展开的，当凶杀和凶手被确证后，故事在陈述杀人动机上产生了严重的分歧，一方面是凶手的供述，另一方面是关系人的证言；一方面是患有抑郁症和强迫症的精神病人的陈词，另一方面是所谓正常人的辨析。刑侦定性以及继后的法律追究在此都碰到了麻烦，小说也因此成为一篇叙事形式意味远远高于这桩离奇"重案"的实验性作品。我之所以称《爱人同志》是一部由外向内的作品，实际上也就在于它成功地将人物与外部的紧张关系转移到内部，转移到两性，转移到性格与渺不可测的人性深处。

"这部小说不是在故事的层面上滑行，它是破冰而入，叙事的走向是不断向人物的内心深处推进。"① 虽然如此，艾伟还是反对将这部小说归入心理小说的范畴，之所以有这样的自我判断，是因为这部作品同时重视细微处的写作，"所有的心理因素都外化为日常生活中的戏剧冲突"②，艾伟说："这样的写作要有耐心，必须学会停下来，在每个细微之处辗转流连，在不可能的地方打开一个新的空间。有时候，你还得用显微镜的方法去放大某个局部。"③ 在艾伟的小说中，对许多问题的追寻最后都落在一些细微的物质、行为上。《乡村电影》也是关于"文革"的，关于迫害与反迫害、善与恶以及人性中永恒的东西，但这些艰难、沉重的话题最后由两个对立人物的眼泪来盛注，"我一直找不到这个关于意志力的小说在什么地方停住。后来，我发现了他们的眼泪，当我找到这个结尾时，我有种通体透明的感觉"④。这是一个由重而轻的典范。

艾伟反复叙述他的人物面对沉重时的选择，正如卡尔维诺所说的："只要人性受到沉重造成的奴役，我想我就应该飞入另外一种空间去。"卡尔维诺以萨满教为例说："面对着部落生活的苦难困境——干旱、疾病、各种邪恶势力——萨满的反应是脱离躯体的沉重，飞入另一个世界，另一层次的感受。"因此，逃逸与躲藏是艾伟小说中经常性的场面。《一个

① 艾伟《无限之路》，未刊稿。
② 同上。
③ 同上。
④ 艾伟《黑暗叙事的光亮》，《南方文坛》，1999 年第 5 期。

叫李元的诗人》叙述了一个八十年代味道很浓的热情、浪漫而又潦倒的诗人的故事，最后，这位诗人选择了出走与消遁。《家园》中一个名叫古巴的哑巴面对灾难选择的是爬到电线柱上。《回故乡之路》中的男孩解放基本上是生活在远离人群的山上。在山上，他先是躲在浓荫密布的树丛中："这里是一个秘密之所。这里的树枝和藤蔓纠集成一个像茧一样的空间"。后来，他把一枚挖去了炸药的炮弹壳当成了他的家，"他喜欢躺在那黑暗的弹壳里，呆在那个无人知道的远离现实的处所"。艾伟笔下的许多人物都迷恋和向往一种飞翔的姿态，飞升，下沉，一切可以摆脱束缚、纠缠的姿态。"解放走在山上，他看到蓝蓝的天，他会觉得这蓝天有着巨大的吸引力，像是会把他吸走似的。我如果被吸上天会变成什么呢？也许会变成一朵白云，也许会变成一缕看不见的气体。有几次他甚至觉得自己已经飞起来了……解放想，也许变成一朵白云或一缕气体是一件不错的事情。"在《像一只鸟儿》里，曾经霸道一时的老人失势后先是"把自己关在屋子里"，后来干脆爬到树上，任凭人们怎么劝说就是不下来，到最后，人们"惊奇地发现树上的那个人竟不在了"，"他们的爷爷变成了一只鸟，飞走啦"。《去上海》里孤独少年的理想就是出走、离开，当远去的理想不能实现时，他宁愿呆在水里，那沉入水下的感觉，让他体会到自由："我在向水下沉，我感到水温柔地包围了我，暖洋洋的，让我浑身舒坦。……我的内心平静极了，我的肌肤充满了快乐。……我才不会浮出水面呢，我的脸上露出了幸福的傻笑。"

躲避，让自己消失，飞翔或下坠，在艾伟的小说里更多的是一种广泛的行为心理和体验。《像一只鸟儿》中的老人下台后"不同任何人打交道，他偶然从屋子里出来，也不同任何人打招呼，即使面对面碰在一起，他也总是抬着头，好像别人不存在一样"，因此，人们"便把这个风云一时的人物给忘记了"。这实际上也是一种躲避，交际与语言总是一种暴露与敞开，而当隔断和终止这种通道时，便意味着封闭与躲藏。《说话》中的几个人物本来以为缄默是一件不能忍受的痛苦，事实上郭昕与鬈毛打赌称他可以一个星期不说话，而到了第三天就再也坚持不住了，但鬈毛却在接下来的打赌中成了赢家，而且，一向啰嗦的鬈毛竟因此变得沉默寡语，由此，外人再也摸不透他了，他躲在语言的屏蔽之中。《一起探望》中的老父亲面对儿子的同性恋以及接下来的丧子之痛采取的策略也是回避，即使当儿子当时的密友来到时，他本能的行为依旧是回避，他编造谎言，他带着他漫无目的地兜圈子，即使最终无法回避，哪怕延宕片刻也是好的。《到处都是我们的人》是一篇非常流畅的作品，带有已相当少见的"垮掉的一代"色彩，人物在其中体会到的是一种放任的堕落的快感，堕落也是一种轻，它意味着不再坚持，不再抓握，它是一种放弃，任凭自身的滑落与漂流，这里面并没有什么主动的追求、反抗和对自身状态的愤怒与怜悯。作品叙述了一种集体的堕落，因为决策的失误，他们成了一群挂起来的人，事业的责任感，以及正义、道德、爱情、友谊、善良等等都与他们没有了关系，他们听凭命运的安排在一起，制造着无事才能生非的快乐，在弄虚作假、勾心斗角、溜须拍马、放纵与背叛中安之若素，然后各奔东西作鸟兽散。小说的叙事语调非常契合这种堕落的氛围，或者说，是小说通过主人公兼叙事人的口吻流畅地传达出了一种自由落体般的感觉，并毫不掩饰地透出身处其中的快乐。

　　我感到《爱人同志》中刘亚军的人生轨迹也是一种堕落。刘亚军一开始是以抗争、刚强、愤世嫉俗的形象出现的，在战场上，他是一个英雄，当负伤后医生告知他将从此无法站立起来后他并不相信，漂亮的女学生张小影爱上他并且坚决地要和他结婚时，刘亚军表现出的是出人意料的拒绝。因为在内心深处他不愿听凭命运的安排，他不承认自己是一个弱者。他拒绝的不是爱情，而是同情与怜悯。同样的心理，使他对如潮水般涌来的荣誉、鲜花和连绵不断的采访与报告会以及那些关怀者有着本能的反感与不合作态度。他曾试图找到一份工作，像正常人一样地生活，享受尊严，他甚至试图充当一个仗义执言、为民请命的强者。但他失败了。人们不再把他当作英雄，社会抛弃了他，他成了一个多余的人。站立起来的愿望也早已成了泡影。刘亚军为什么对性事那么热衷，因为只有在性上，他才觉得自己是一个"行"的人，才有自己的自尊，可后来连这个证明的机会也无法获得了。他明白"自己这辈子确实十分失败，他不是一个合格的父亲，不是一个合格的丈夫，不是一个合格的男人，甚至也不是一个合格的人"。在无数次愤怒、咆哮与自虐之后，刘亚军终于明白他实际上是无法承受这些紧张与沉重的，于是他选择了堕落，他确认自己不能直立后就放弃了一切康复手段，连张小影千难万险找来的药他也泼掉了。他不再把自己当作英雄，甚至不在乎自己是不是个"人"。他放弃了自尊，蓬头垢面，衣衫褴褛，原先万人景仰的英雄，现在成了一个拾垃圾者。当他的行为连张小影也不理解时，他便干脆将自己锁在黑暗的屋内（躲藏），"我出门干什么呢，已没人再需要我了，也没人再理我了。我和这个世界已没有关系，我的世界只在这房间里面。他做出这个决定后，对自己说：'我要永远睡在黑暗之中'"。最后，在一把火中，他消失了。作品中，刘亚军与张小影是一对夫妻，但更像一对"敌人"，我前面说《爱人同志》是两个人的"战争"，如果从上面的角度讲，这场战争可以分成两个阶段，第一个阶段可以称为"重"与"重"的战争，而第二阶段则可以称为"重"与"轻"的战争。张小影一直到最后都未能从荣誉、信念中走出来，她对社会的变化缺乏深刻而清醒的认识，试图唤起社会对他们的重新关注，别人的一句玩笑都可以让她激动半天，她不能容忍刘亚军的"过失"，"她不能接受像他们这样的人物去捡破烂。她感到刘亚军捡破烂这件事是对她多年来所付出的一切的绝妙的讽刺。甚至是对这桩婚姻的绝妙讽刺"。"她这一生的意义就是因为他是一个英雄。如果他不是一个英雄而是一个捡垃圾的人，那她做的一切都失去了意义。"刘亚军与张小影的轻重不同就在这里，刘亚军认为"现实就是：他们什么都不是了，他们也根本没有什么面子问题"，而张小影却永远放不下她那个"圣母梦"。小说是在肖元龙的"哭泣"中结束的，肖元龙在作品中本是个桀骜不驯的另类，但刘亚军夫妇的遭遇击垮了他，肖元龙的"哭泣"，也是一种轻，它使刚硬的肖元龙一下子"柔软"了，在哭泣中，肖元龙参悟了这个世界，不妨将它看作轻之一义："这个世界的一切最终将被时间所吞噬，一切都是暂时的，人生的华宴转瞬即逝，躯体化为灰烬，装饰躯体的荣耀不复存在，就连曾经经历的苦难本身也最终成为一片虚无。"

卡尔维诺曾经指出过一条通往轻逸的路径，他以奥维德的《变形记》为例说："对于奥维德来说，一切都会变化成为不同的东西，关于这世界的知识意味着消解世界的实体性，对于他来说，在世界上存在的一切事物之间，都有一种本质上的可比拟性。"世界"不过是一个单一的共同本质的外在表象而已；这本质一旦被潜在的情绪激发，就会成为与其绝不相同的现象"。"奥维德正是遵循了一种形体向另一种转化的延续性，才表现出他无与伦比的才华。"卡尔维诺对这一点的解释也应该像解释人类的"飞翔"一样上溯到人类学。如果从人类学的角度讲，事物之间的相互变化是人类对万物有灵的古老看法，而人自身向其他事物的变化则一方面根植于生命的轮回、善恶的报应、巫术及神奇功能的作用等等观念，另一方面也源于人类对其他事物功能及作用的企羡，当人类遇到困境时，总是希望自己能幻化成相应的事物从而摆脱苦难。艾伟的小说时常有着这样奇异的思维，《标本》里的山民站在标本采集人小屋里的镜子面前时"发现他们在镜子里的形象成为巨大的虫子"，而在窥视者眼中，标本采集者们则真的变成了昆虫，"他见到里面的男女变成了两只巨大的虫子，他们长出了翅膀，长出了像虫子一样轻柔的羽翼。羽翼扑扇着，于是他们就飞了起来，在那些标本中间盘旋……"而解放在小伙伴和母亲眼里，早已变成一只神出鬼没的小松鼠（《回故乡之路》），至于《越野赛跑》则是艾伟这种小说套路的集大成，人可以为兽，可以为虫，可以生而复死，死而复生。

也就是在谈论《越野赛跑》的时候，我们曾经指出过它的"狂欢"气质，如今看来，它实际上是艾伟小说的一种整体品质。巴赫金是较早系统研究文学中的狂欢化问题的。文学中的狂欢化来源于狂欢节，狂欢节是一个解放了感觉、解放了禁忌、去除了界限的文化乌托邦。巴赫金先是在《陀思妥耶夫斯基诗学问题》中研究了它，继而又在《拉伯雷和他的世界》一书中重点论述了狂欢节的文化意义及其在文学中的表现。捷克作家昆德拉《被背叛的遗嘱》一书的开篇《巴努什不再让人发笑的日子》就是以拉伯雷的《巨人传》作为范例来分析和介绍欧洲小说这一伟大传统及其式微的，昆德拉慨叹说："今天的小说家，十九世纪的继承者，对早期小说家这个绝妙混杂的宇宙以及他们身居其中的快乐的自由不由生起含有羡慕之情的怀旧。"昆德拉对拉伯雷时代的作品作了回顾之后下定义说："小说是引人发笑的"，小说不应该一本正经，"彻头彻尾的小说即道德判断被延期的领地"。小说有小说自己的道德，它首先是"创造想象的田园，将道德判断在其间中止，乃是有巨大意义的；只是在这里，想象的人物才能充分发展，也就是说不是根据预先存在的真理而设计的人，不是作为善与恶的范例，或作为互相对抗的客观规律的代表，而是作为自主的、建立在自己的道德之上的人"①。现在看来，这一传统可能还要悠久得多，埃里希·奥尔巴赫指出，欧洲文学中的这种精神也许一直要推到史诗时代，而且，它一直是作为正统文体的颠覆者出现的，不管是在基督小说、骑士小说，还是宫廷小说和中世纪戏剧中，我们都能看到它的影子。比如在中世纪的基督教戏剧中，"粗野的写实开始泛滥，出现了文体混用的各种形式，出现了基督受难和插科打诨并存的情况"②。而十三世纪意大利文学家圣芳济谷的作品也"典型地体现了高雅和粗俗的混用，心驰神往，崇高的与上帝的联系与低俗具体的日常性混合在一起"③。如果说在艾伟的早期小说中尚有一点悲情的话，那么至少从《到处都是我们的人》开始，艾伟已基本放弃了对叙事人的道德戒律，并且渐渐转而寻找一种喜剧性的立场去看待一切。在我看来，这是艾伟小说美学上最本质的走向轻逸的地方，是艾伟小说风格的立足点。你可以说艾伟没有写过一件快乐的故事，但你又不得不承认艾伟一直在快乐地讲着他的故事，艾伟所做的是如纳博科夫所说的"使邪恶变成荒诞"④ 和卡尔维诺所说的用幽默使对象"失去实体的重量"的工作。艾伟称自己面对当代史的那些政治动荡的书写，他"没有从道德的角度评判任何人"⑤，他十分欣赏加缪、马尔克斯、辛格、卡夫卡、萨

---

① 昆德拉，《被背叛的遗嘱》第6—9页，上海三联书店。
② 埃里希·奥尔巴赫，《摹仿论》第175页，百花文艺出版社。
③ 同上，第178页。
④ 纳博科夫《文学讲稿》第509页，三联书店。
⑤ 艾伟，《让苦难成为一场狂欢》，《浙江作家》2002年第2期。

拉马戈、格拉斯这些作家，我想他正是从这些作家身上体会到一种奇异的精神，一种狂欢的回光。他喜欢《修道院纪事》里那只"不那么一本正经"、"见有油水捞，就不会放过图个快活的机会"的跳蚤，而《傻瓜吉姆佩尔》那"众声喧哗的谎言世界"也让他心仪，"谎言插上了想象的翅膀，像神话那样古老并且简洁有力"①。所以，在谈到《越野赛跑》时，艾伟用这样两句话加以概括："一句是把现实当成神话来写；另一句是把苦难当作狂欢来写。"② 在《1958 年的堂吉诃德》中，艾伟为我们讲叙了一个右派分子蒋光钿被发配到农村劳动改造的故事，这一部小说全然没有伤痕文学和忏悔小说的影子。蒋光钿有知识，富于正义感、同情心，但同时却又好吃懒做，胆小怕事，精于心计。在那样一个多事之秋，这样的人物与畸形的时代的冲突是不可避免的，在大跃进、造水库的浩大运动中，蒋光钿与热情万丈而又缺乏科学知识的农民们演绎了一出出让人哭笑不得的故事。时代的错误，农民们的错误，蒋光钿的性格，丝丝入扣，对缝合榫，制造了一场场悲喜剧。塞万提斯笔下的堂吉诃德是一位"一心重振游侠骑士的疯傻乡绅"，而艾伟笔下的蒋光钿则是一位沦落乡村，试图凭借自己的聪明智慧，避开现实的击打而不得，同时又无法战胜自己弱点的潦倒知识者，但艾伟确实试图"将世界作为戏剧来展示"，并且也力图使用"那种色彩缤纷的、透视的、

---

① 艾伟《虚构的事业》，《江南》2016 年第 2 期。
② 艾伟，《让苦难成为一场狂欢》，《浙江作家》，2002 年第 2 期。

不做评判的、不提出任何问题的中立态度"① 来叙述，这里透出的是一种超越的智慧。我们以前曾讨论过如何书写政治灾难题材的问题，艾伟在此又一次提供了可能。看来，中国作家是有可能从意识形态与道德的双重阴影中走出来的，也只有走出来，此类题材才可能获得更丰富的美学表现，才有可能被"狂欢化"。在巴赫金的研究中，这两重世界本来就应该是并存的，"中世纪人的生活近于二重组合：一方面是正式生活，极度的严肃和阴暗，服从严格的等级制度，充满着恐惧、唯心、虔诚和恭敬；另一方面则是狂欢节和娱乐广场式的生活，自由散漫，亵渎神灵，自暴自弃，粗俗无礼……"② "作为以取乐为目的的活动形式……可以说有原则性的区别，它们显示了看待世界、人和人的关系的另一种角度，绝对非官方、非教会和非国家的角度，可以说，它们在整个官方世界的彼岸建立了第二世界和第二生活。"③ 一旦去除了禁忌，什么样的场景都会被记叙、想象和创造出来，"它首先服务于他的目的，即一种创造性的讽刺，这种讽刺打乱了常规角度和比例，让现实出现在超现实中，让智慧显露在愚蠢里，让愤怒表现在惬意的有刺激性的生活中，让自由的可能性闪亮在可能性的游戏里"④。《越野赛跑》已如前所述，同样的文本还有《家园》《标本》等，这样的作品是不容易转述的，因为它们

---

① 埃里希·奥尔巴赫，《摹仿论》第 399 页，百花文艺出版社。
② 托多罗夫，《巴赫金、对话理论及其他》第 282 页，中国社会科学出版社。
③ M. 巴赫金《巴赫金文论选》第 100 页，中国社会科学出版社。
④ 埃里希·奥尔巴赫，《摹仿论》第 309 页，百花文艺出版社。

的场景、细节和语言仿佛作品中天柱山上的昆虫一样，铺天盖地而来，放射着斑斓陆离的光彩，散发出令人眩晕的气息。这是《家园》的章节标题，我们可以据此推想一下那是怎样的一个世界："在电线杆下产生的幻想"，"充满了图画和诗歌的村庄"，"抵抗饥饿的办法"，"所有的事物都长出了翅膀"，"光明村到处都是饥饿的鬼魂"，"柯大雷一枪打中了寡妇屋顶上的内裤"，"雷电映照着电线杆上的古迹"，"寡妇的身上散发着革命的气息"，"女人的下体犹如莲花，在天边绽放"，"青苔、蹦蹦跳跳的娃娃鱼和大蟒蛇"，"洪水退去了，荒芜的大地上长出了蘑菇"，"古巴生活在一张铁皮上面"。在这个世界中，可以想象，"鲜血变为美酒，血战惨死变为欢乐的饮宴，火刑架变为厨房的炉火。血腥的激战、屠杀、焚烧、死亡、厮打、格斗、诅咒和辱骂，都沉浸在掌握生杀争夺大权、不容许任何旧事物永垂不朽、不断生育着新事物的'快活的时间'里"①。

也许是对《越野赛跑》先入为主，我不知道我对艾伟写作的表达是否准确，有一点是肯定的，在艾伟小说的诸多形态中，这种快乐轻逸的气质是我的首选，正如下面艾伟的一段文字在他的诸多道白中为我所看重：

　　我喜欢那种对世界充满好奇、质询和想象的小说。我喜欢那种具有孩子般天真或邪恶的小说。我喜欢那种

①　M. 巴赫金《巴赫金文论选》第178页，中国社会科学出版社。

从深远的历史和现实中飞翔起来，具有广泛的概括能力的小说，这种小说最终会像一把匕首那样刺入历史或现实的心脏中。我喜欢那种有趣的、轻微的恶作剧式的小说。我喜欢能够带来笑声，然后这笑声马上落入无限的寂静与空虚里的小说。我喜欢生机勃勃的，有着热带植物般喧闹的小说。我喜欢那些具有冒险精神的小说，这样的小说总是有勇气通过叙述抵达我们仰望的天空，抵达我们内心的神秘地带。①

2003 年 2 月 16 日，金陵白云园

---

① 　洪治纲，《艾伟：苦难的深度隐喻》，《作品与争鸣》，2007 年第 5 期。

让苦难成为一场狂欢

——关于长篇小说《越野赛跑》的对话

黄百竹 艾 伟

黄百竹（以下简称黄）：马尔克斯曾经说过，当一本书出版后他就不再感兴趣了。你也这样吗？

艾伟（以下简称艾）：你知道《越野赛跑》是我的第一部长篇小说，感觉不一样，有一种很特别的情感，会有点儿放不下，会不自觉地倾听外界的反应。对这本书的艺术质量我还是比较有信心，但这本书会不会受到读者的欢迎，我没有一点把握。

黄：有不少作家声称写作是他的生命需要，哪怕只有一个读者照样会按照自己的想法写。那么，你在乎读者吗？

艾：写作的时候倒是没有太考虑读者。这是我第一部长篇，一般来说，写作者会比较看重自己的长篇处女作，他考虑更多的是最大限度地把自己对艺术、对社会生活及人的思考融入作品。写作是一个很自我的过程，完全凭快感行事，怎么高兴怎么来——在我这里写作首先是一种享受。我相信能让写作者畅快的作品一定也能打动读者的。说到读者，我想每一个作家都希望自己的读者越多越好。

黄：说到处女作，我感兴趣的是你为何选择这个题材，用一匹白马做主角——可以认为白马是主角吗？你所写的这一切和你的经验息息相关吗？

艾：任何人类写的，哪怕写的是另一个星球、另一种生命的故事，其实很难脱离我们自身的经验。这本书最初的灵感来自一匹马。在我童年的时候，我居住的村庄边的群山里突然开进了一支军队，因此经常有运送给养与情报的马在我们村的机耕路上奔驰而过。这个场景一直留在我的记忆之中。你知道马是一种容易进入文学、容易被艺术化的动物，它奔跑的姿态，健硕的肌群充满美感。作为意象，马还和梦、孤独等词语联系在一起。

黄：我刚才说你这部小说的主角是白马，其实你的小说不完全在写一匹马，马更多的是联系世上万物的一个纽带，你小说的内容要庞杂得多，丰富得多。

艾：对长篇来说，内容的丰富本身就是价值之一，这样我们可以从多个角度去理解一部作品。就我这个长篇来说，我想你可以看出来，它是直指我们的历史和现实的一部作品。

黄：这部小说的现实性我想读者还是可感受到的，你所写的生活及事件我们国家确实都发生过，我们也经历过。比如"文革"，比如"四人帮"下台，比如乡镇企业热和气功热等等。小说大部分写的也是日常生活，所谓饮食男女，描写也比较写实。但小说还有另一面，有很多神话或童话的成分。因为你设置了天柱这个神奇的地方，而这地方总是有奇迹发生。你甚至让灵魂直接出现在现实中，还让人像马一样在地上爬。

艾：这部小说的写作方法我想可以用两句话加以概括：

一句是把现实当成神话来写；另一句是把苦难当作狂欢来写。把现实当成神话来写，我想主要还是由我们的历史决定的，"文革"出了很多匪夷所思的事情，简直比神话还要来得不可思议；到了开放时期，由于人性中的各种东西纷纷释放，社会生活也具有神话性。至于把苦难当狂欢来写，我想这是我们中国人的生活态度决定的。我们这个民族懂得苦中作乐，可以说这成了我们的世界观。

黄：这部小说确实具有狂欢气质，甚至你写到死亡时似乎都有某种喜悦的意味。

艾：小说一开始就写了一个叫高德的老头自杀一事，然后就写了出殡的场面。整个出殡的过程因为一匹马的突然降临而有了兴高采烈的喜剧色彩，但我觉得这个热闹场景的底色是安静和恐怖。这个老头为什么自杀，是因为他预感到自己在"文革"中不会有好果子吃。热闹表面上看是冲淡恐惧的好办法，但往往使恐惧更为骇人。我试图追求那种欢笑中的泪水。

黄：让我们换个话题，来谈谈小说中的人物吧。在这部小说里，你最喜欢哪个人物？

艾：这个问题我曾问过我的朋友们，有一个朋友告诉我他最喜欢小荷花，如果现实中有小荷花这样的女子他愿意娶她为妻。我同意他的看法。小荷花身上那种纯真无邪、天真烂漫、无所顾忌的个性，确实令人着迷。

黄：有最讨厌的人物吗？

艾：作家不会从道德的角度去评判任何人。作家只有把人物当朋友，设身处地地站在人物立场上思考，才能写出人的丰富性和复杂性。在这本小说里，即使像守仁这样的打手、恶棍到最后都变得十分令人同情。我发现，在这个世界上，无论是施暴者还是承受者都有他内心的磨难。

黄：我觉得小说中一个次要人物冯爱国是个很有意思的人物。他最初是一个梦游症患者，饥荒时因为偷吃了马肉，梦游症治好了。改革开放时考上了大学，迷上了诗歌，又迷上了气功。后来这个人幻想自己会飞，结果跳楼死了。我觉得这个人物的信息量特别大。

艾：有时候我想，梦游可能是一种极快乐的状态，就像飞翔。其实表面上看冯爱国治好了梦游症，但后来他迷上了诗歌和气功可能是另一种梦游的开始。有些人需要一辈子在梦中。

黄：我还喜欢那匹马，那匹不停奔跑着的马使小说有了一种奔放的气质。

艾：洪治纲先生在《诗性的复活》（《文学报》2000年7月20日）一文中说，这部小说设置了两个极具飞翔品质的载体：一匹军队留下来的白马，一处总是发生奇迹的天柱山谷。白马是动态的，天柱是静态的，小说在这一动一静中翻飞跳跃，建立起大量异质化的审美信息。我觉得他说得很有道理。我希望这样的设置能使小说从习以为常的日常生活中飞升起来，直指本质。

黄：在小说里有一个在天柱的林子里、在马儿前面飞来飞去的小女孩。当这个小女孩被守仁一枪打死后，我感到特别残酷。本来，她在天上飞来飞去，多么美好，简直就像天使，可她就这么死了。

艾： 这部小说确实有些比较残酷的场景。

黄： 应该说这部作品具有一定的先锋品格，但让我感到奇怪的是这部小说似乎比较朴素，完全是以讲故事的方式叙述的，也比较好读，几乎可以一口气读完。看上去似乎也没有玩什么技巧，你在叙事上是怎样考虑这个问题的？

艾： 小说从 1965 年开始，一直写到八十年代末，时间跨度近三十年。这部小说完全按时间顺序来写，这种方式其实是难度最大的一种，因为你不可能有大的跳跃，你必须在每个时间段上有合适的内容。朴素的东西往往更难写好。在这部小说里我选择了一种讲故事的方式。实际上，这种讲故事的方式是最有力的，这种方式不会产生一惊一乍的东西的，匪夷所思的事情发生了就发生了。马尔克斯曾说起卡夫卡《变形记》给他的启发，说像他奶奶讲的故事。《变形记》开篇写道："一天早晨，格里高尔·萨姆从不安的睡梦中醒来，发现自己躺在床上变成了一只巨大的甲虫。"就是这么平平常常的事。小说归根到底是一种腔调，一种说话方式。正是一种说话方式才带动你一直叙述下去。

黄： 说到变形，你的小说中也一样存在许多变形夸张的写法，布满了象征和隐喻，比如天柱这个地方，比如步年像马儿一样地在地上爬，比如小荷花被关在笼子里，包括人和马的比赛等等，只是你把这些突兀的事物融入日常生活之中。

艾： 这是小说在整个寓言框架下最重要的部分。这也是我作为一个写作者最满意的部分。天柱是一个很重要的象征，不去说它，其他的细部我也设置了许多隐喻。比如，冯小虎被打倒时和马儿的比赛，他跑了一夜，天亮了，马儿已经不跑了，但他还在无意识地独自赛跑。这隐喻了政治运动已进入了人们的无意识领域，成为一种不受意识控制的本能反应。比如，马儿在"文革"时没有发情，改革开放后马儿才突然发情，其用意不言而喻。关于想象力，我是这样认为的：不是描述奇异、怪诞的事物就叫有想象力，想象应该是从现实和历史中抽象、提炼出来，经过放大、夸张后的产物，想象力应该受到理性的控制，想象中应包含一个"意义"。我看重想象世界的涵盖性。

黄：你曾说过这也是一部关于"奔跑"的小说。在小说里你多次描述人和马赛跑的场面，这些场面的寓言性是不言而喻的。你还说小说中的速度描述隐喻着我们的时代特征，为什么？

艾：这恐怕同我们这个国家相对落后有关。我觉得速度是我们国家一个最重要的词汇之一。大跃进是一种速度，改革开放同样是一种速度。速度曾经是、恐怕现在还是我们的一个乌托邦。但小说中这一切只不过是一个大背景，小说关注的是"奔跑"及"奔跑"的驱动者：欲望，讲述了欲望的蓬勃、无序和盲目。

黄：最后一个问题，你这个小说可以用"魔幻现实主义"这个称号吗？

艾：我一直不喜欢"魔幻现实主义"这个词，我觉得这个词现在变得十分专横和霸道，透着马尔克斯的气息，好像这个词是马尔克斯的专利。我更愿意把这类作品说成是"打通现实和幻想界限"的小说，这样的作家有一大帮，他们是萨拉马戈、卡尔维诺、卡夫卡、布尔加科夫、拉什迪。就我个人趣味和天性来说，我喜欢那些有着疯狂念头的作家。每个写作的人都有他的师承，所谓影响，其实是某一个或某一些作家激活了他真实的自我。

2001 年 11 月 20 日